Astrid

W0283138

A Faint Cold Fear Thrills Through My Veins
William Shakespeare

Zu diesem Buch

«Einer meiner Klienten glaubt, jemand versucht ihn umzubringen.» Aileen, die Psychotherapeutin, weiß natürlich, daß diese Angst bei Schizophrenen zu den Krankheitssymptomen gehört.

Diese Menschen glauben immer, daß sie ständig belauert, verfolgt und bedroht werden. Und doch hat sie Zweifel. Gary wirkt eher schüchtern und vernünftig, gar nicht wie ein typischer Schizophrener. Aber wer sollte wohl Gary umbringen wollen?

Der Junge hat eine Leiche gefunden. Womöglich vermutet der Mörder, daß Gary ihn identifizieren könnte? Aileen weiß nicht, was sie tun soll. Muß sie Gary vor dem Unbekannten schützen?

Da setzt Gary die Gardinen in seinem Zimmer in Brand. Jetzt scheint es klar zu sein, der Junge ist wirklich verrückt und der bedrohliche Fremde ein Produkt seines kranken Gehirns. Doch nichts in dieser Geschichte ist so, wie es erscheint...

Michael Dibdin, geboren 1947, besuchte die Universität in England und Kanada. Er verbrachte vier Jahre in Italien, wo er an der Universität von Perugia lehrte. Jetzt lebt er in Oxford. Er gewann den Gold Dagger der British Crime Writer's Association.

Michael Dibdin

Der Mann im Schatten

Deutsch von Ute Tanner

Rowohlt

rororo thriller
Herausgegeben von Bernd Jost

Deutsche Erstausgabe
Veröffentlicht im Rowohlt Taschenbuch Verlag GmbH,
Reinbek bei Hamburg, November 1992
Copyright © 1992 by Rowohlt Taschenbuch Verlag GmbH,
Reinbek bei Hamburg
Die Originalausgabe erschien bei Faber and Faber, London, 1989
unter dem Titel «The Tryst»
Copyright © Michael Dibdin, 1989
Umschlagtypographie Peter Wippermann / Susanne Müller
Umschlagfoto Brigitte Müller
Satz Aldus (Linotronic 500)
Gesamtherstellung Clausen & Bosse, Leck
Printed in Germany
890-ISBN 3 499 43059 2

Die Hauptpersonen

Aileen Mackay	nimmt ihren Beruf sehr ernst
Douglas Mackay	hält seine Frau für leicht durchgedreht
Gary Dunn	fürchtet sich vor einem Unbekannten
Raymond	hatte ein aufregendes Leben und einen plötzlichen Tod
Steven Bradley	hat nur Bilder statt einer Vergangenheit
Jimmy Dave Alex Tracy	essen, schlafen, saufen, sniffen
Ernest Matthews	ist einem Geheimnis auf der Spur
Maurice und Rupert Jeffries	sind die sprichwörtlichen feindlichen Brüder
Aubrey Deville	täuscht fast alle

Für meinen Vater und
meine Mutter

Jedes Verbrechen hat etwas von einem Traum an sich. Verbrechen, die verübt werden wollen, schaffen sich alles, was sie brauchen: Opfer, Umstände, Vorwände, Gelegenheiten.

Paul Valéry

1

«Einer meiner Patienten glaubt, daß er umgebracht werden soll.»

Es sollte locker und beiläufig klingen, aber die Worte kamen gehetzt und atemlos und gaben damit ihre Gefühle preis, ihr Engagement, ihre Bewegung. Verrückt, daß sie überhaupt von dem Jungen angefangen hatte!

Oder vielleicht bilde ich mir das nur ein, dachte sie. Vielleicht hat er nichts gemerkt.

Ihr Mann spießte eins der Rechtecke auf, in die er seine Portion Quiche unterteilt hatte, strich dick Mayonnaise darauf und schob es in den Mund. Ein paar Sekunden kaute er bedächtig, dann sah er zu seiner Frau hinüber.

«Ist das nicht... ziemlich normal?»

Natürlich war das eine Falle. Wenn sie ihn beim Wort nahm, würde er behaupten, er habe ja nur Spaß gemacht. Betrachtete sie die Bemerkung als Beispiel für den trockenen Humor, auf den er so stolz war, würde er mit einiger Schärfe fragen, was es über einen Menschen in Todesangst zu lachen gab.

«Eine normale Wahnvorstellung meinst du?» fragte Aileen und schenkte Wein in die beiden Gläser.

Ihr Mann überlegte. «Ich gehe davon aus, daß der- oder diejenige...»

«Er heißt Gary. Iß doch die Quiche auf, es ist schade, wenn was übrigbleibt.»

Douglas legte sich das letzte Stück Quiche auf den Teller und fuhr mit dem Messer tief ins Mayonnaiseglas.

«... wirklich verrückt ist», beendete er seinen Satz.

«‹Verrückt› ist kein anerkannter psychiatrischer Terminus mehr», gab seine Frau steif zurück.

«Gut, dann also psychosozial benachteiligt oder wie immer das im neuesten Fachchinesisch heißt. Nach nicht normativen verhaltensmäßigen Kriterien handelnd, seelisch entwurzelt, in einer völlig unterschiedlichen Befindlichkeit –»

«Er leidet als Folge einer extremen seelischen Belastung an einer Depression», fuhr Aileen noch steifer fort. Zu spät begriff sie, daß sie ausgetrickst worden war und nun als humorlose Zimtzicke dastand, die die ulkigen Scherze ihres Mannes mit säuerlichem Lächeln quittierte.

Douglas Macklin wischte die letzte Mayonnaise mit dem durchweichten Rest Quiche vom Teller.

«Was war denn mit ihm?»

«Er hat einen Mord mit angesehen.»

Sekundenlang war das Interesse ihres Mannes offenbar nicht geheuchelt.

«Ach, wirklich?»

«Zumindest hat er die Leiche gefunden.»

Sie wußte, welcher Gefahr sie sich aussetzte, aber sie mußte es riskieren. Es ging schließlich um den Jungen. Der Druck all der ungesagten Worte wäre sonst unerträglich geworden.

«Seine Sozialarbeiterin hat ihn als schizophren eingestuft. Mit Fragezeichen, aber –»

«Moment mal», unterbrach Aileens Mann sie stirnrunzelnd. «Was ist Schizophrenie?»

«Wie meinst du?»

Douglas Macklin wiederholte seine Frage.

«Komm, Douglas, was soll das?» protestierte seine Frau mit einem Auflachen, das fast echt klang. «Hast du unsere endlosen Diskussionen darüber vergessen?»

Sie wußte nur zu gut, daß Douglas Macklin sich nie gestatten würde, etwas zu vergessen.

Er spielte auf Zeit. «Worüber?»

«Über Schizophrenie. Davon sprechen wir wohl doch gerade...»

«Ehrlich gesagt, wußte ich nicht so recht, wovon du gerade gesprochen hast, und habe mir deshalb erlaubt nachzufragen.»

Aileen biß die Zähne zusammen. Sie hatte schon bei weitem zuviel gesagt. Wie hatte sie sich nur einbilden können, daß sie sich den Luxus einer Aussprache über diesen Fall ausgerechnet mit ihrem Mann würde leisten können?

«Und was unsere Diskussionen betrifft», fuhr Douglas mit neuem Schwung fort, «habe ich die natürlich nicht vergessen, obgleich das jetzt – warte mal – ja, gut und gern zwanzig Jahre her ist...»

Er hielt inne und lächelte gedankenverloren. «Wenn ich mich recht erinnere, hast du damals die These vertreten, daß Wahnsinn schlicht und einfach eine Strategie ist, eine Möglichkeit, sich in einer wahnwitzigen Welt zu behaupten. Daß die nach unserem Sprachgebrauch Verrückten in Wirklichkeit derart normal sind, daß sie von ihrer Umwelt förmlich ins Verrücktsein getrieben werden. Ist das noch immer deine Meinung? Ich glaube, sie ist nicht mehr so *en vogue* wie früher.»

Der Effekt dieser wohlgesetzten Rede wurde leicht beeinträchtigt dadurch, daß er sich gleichzeitig einen großen Klacks Mayonnaise auf den Teller tat und sie mit einem Stück Brot aufstippte, während er Aileens Salat verschmähte. Douglas Macklin stammte aus der unteren Mittelschicht von Aberdeen, aus einer Familie, in der Knapsen und Knausern an der Tagesordnung gewesen war. Innerlich war er infolgedessen das stets unbefriedigte Kind geblieben, ein Nimmersatt, der unbesehen alles Eßbare in sich hineinstopfte, was ihm unter die Finger kam, ohne daß seine hagere Figur auch nur ein Gramm Fett ansetzte. Aileen wußte, daß er sich, wenn allein und unbeobachtet, im Stehen in der Küche mit Schmalzbroten und klebrigen Rosinenbrötchen vollstopfen würde, die er mit vielen Bechern heißem süßem Tee herunterspülte.

«Natürlich», sagte sie scharf. «Du kennst mich doch. Ich plappere einfach alles nach, was gerade modern ist.»

Sie verschluckte, was sie noch hatte sagen wollen, aber es war schon zu spät.

«Das habe ich nicht behauptet», sagte ihr Mann so langsam, als diktiere er einer nicht übermäßig intelligenten Sekretärin einen Brief. «Ich habe dich nur nach deinen Ansichten zu einem Thema gefragt, das uns beide von Berufs wegen interessiert. Was ist dagegen einzuwenden?»

Sie schwieg.

«Ehrlich, Aileen, ich mache mir allmählich Sorgen um dich. Manchmal siehst du die Dinge völlig verzerrt. Du neigst zu grotesken Überreaktionen.»

Er vollendete seinen Sieg mit einem ebenso besorgten wie kritischen Blick.

Zu Beginn ihrer Ehe hatte Aileen die allabendlich bei Tisch stattfindenden Kämpfe als eine Art psychologischer Schachpartie gesehen. Sehr bald aber hatte sie begriffen, daß dieses Bild schief war. Die Rangeleien glichen eher einer Schlammschlacht mit Griffen, die intim, verletzend, glitschig, tückisch und entwürdigend waren. Während sie über die Essensreste hinweg ihren Mann betrachtete, fragte sie sich wieder einmal, wieso sie eigentlich hier saß, was sie so weit gebracht hatte. Kennengelernt hatten sie sich 1968 an der University of Sussex, wo Douglas sich gerade auf seinen Abschluß als Bachelor of Sciences vorbereitete, mit einer Arbeit über «die chemische Suppe, die so in unserem Schädel herumschwappt», wie er sich auszudrücken pflegte. Auch Aileen beschäftigte sich mit dem menschlichen Gehirn, wenn auch auf anderer Ebene. Wäre es nach ihren Eltern gegangen, hätte sie ihr Psychologiestudium an einer gediegenen Hochschule wie Exeter absolviert, aber die verführerische Glitzerwelt der Sussex-Studenten, die durch ihr ausgefallenes Tun und Treiben immer wieder im Scheinwerferlicht standen, hatte sie bewogen, sich dort zu bewerben. Acht Monate später war sie depressiv, einsam, überarbeitet, unterernährt und heimwehkrank. Außerhalb der Saison war Brighton kalt und freudlos. Die Wohnung, die sie mit zwei Kommilitoninnen teilte, war übelriechend und feucht, was in besonderem Maße für das Zimmer galt, das man ihr zugewiesen hatte. Schlimmer aber war der Mangel an Freunden, was sie um so mehr traf, als ihre Wohnungsgenossinnen ständig abgeholt, ausgeführt und erst nachts oder am nächsten Morgen heimgebracht wurden. Aileen sah sich allmählich in die Rolle der Haushälterin gedrängt, die Nachrichten und Anweisungen übermittelte, Schlüssel und Zettel aushändigte, Ausreden erfand, schwindelte und ans Telefon ging, das nie für sie läutete. Wurde sie dann doch mal eingeladen, war es bestimmt kein Anlaß, mit dem sie in London hätte Staat machen können. Der sonntägliche Empfang ihres Tutors beispielsweise. Ebendort aber, bei viel zu salzigen Erdnüssen auf Untertassen, einem Fingerhut voll Zypernsherry und ebenso ödem wie anstrengendem intellektuellem Gelaber, lernte sie Douglas Macklin kennen.

Aileen hatte sich auf den Empfang gefreut, bis ihr dämmerte, daß das Erscheinen dort praktisch Pflicht war und alle anderen nur die eine Sorge hatten, sich sobald wie möglich mit Anstand wieder zu verdrücken. Die Erkenntnis, daß sie die einzige war, die nichts Besseres zu tun hatte, führte bei Aileen zu einem heftigen Anfall von Selbstmitleid, so daß sie dem mageren Schotten mit dem rötlichen Haar fast dankbar war, als er fast eine Stunde nonstop über seine Arbeit sprach. Beim Abschied notierte er sich ihre Adresse und Telefonnummer mit der unpersönlichen Sachlichkeit eines Immobilienmaklers. Sie war deshalb sehr überrascht, als er ein paar Tage später anrief und sie ins Kino einlud. In der folgenden Woche führte Douglas sie in ein Restaurant, das sich eher durch eine überladene Einrichtung und eine aufdringliche Bedienung als durch gutes Essen auszeichnete. Hinterher gingen sie noch in ein Pub, und als sie vor ihrer Wohnung standen, bat Aileen ihn auf einen Kaffee herein. Wenig später rückten ihre partyfreudigen Wohnungsgenossinnen mit der üblichen Clique von Bewunderern an, und Aileen beschloß spontan, in dieser Nacht nicht allein zu schlafen. Wenn auch im Wortsinn nicht mehr Jungfrau, war sie noch nie mit einem Mann im Bett gewesen. Alles lief so, wie sie es sich vorgestellt hatte. Douglas gab beim Sex ebenso kompromißlos den Ton an wie bei ihrer Unterhaltung auf der Party ihres Tutors, und auch diesmal war Aileen weder überwältigt noch enttäuscht, sondern einfach dankbar, daß er sich ihrer angenommen hatte. Als sie am nächsten Morgen aufstand, um Tee zu kochen, wußte sie, daß die anderen es nie mehr wagen würden, sie so auszunutzen wie bisher.

Die Beziehung hielt sich mehr schlecht als recht das ganze Studienjahr über, immer gefährdet durch Aileens wachsendes Selbstvertrauen, das sie an jenem Morgen zum erstenmal in sich gespürt hatte. Früher oder später hätte sie das Verhältnis wohl von sich aus beendet, doch dann löste sich das Problem mehr oder weniger von selbst. Douglas wollte zu Forschungsarbeiten nach London, ans Neurologische Institut; es war zwar ziemlich vage die Rede davon, daß sie sich dort treffen würden, aber als Aileen mit einer Freundin zum Trampen nach Griechenland aufbrach, hatten sie noch nichts Konkretes verabredet. Im Oktober kam sie dann nach Brighton zurück und lernte Raymond kennen, einen Literaturstudenten aus Kalifornien, dem sie die Bekanntschaft mit Marihuana, Acid Rock, Anchovis, Reinkarnation, William Blake, gebatikten T-Shirts, Erdnußbutter, Zen-Parabeln und oralem Sex verdankte.

Wenn Aileen jetzt an Raymond dachte, war es die geisterhafte Ähnlichkeit zwischen ihm und ihrem Patienten Gary Dunn, die sie beschäftigte, eine Ähnlichkeit, die um so gespenstischer wirkte, als sie purer Zufall war. Damals hatte sie natürlich noch keine Ahnung von dem Horror gehabt, der sie erwartete, damals hatte sie es allenfalls erstaunlich gefunden, daß Raymond so viel Ähnlichkeit mit seinem Vorgänger hatte. Der Amerikaner war groß – wie Douglas –, über eins achtzig, schlank, aber unsportlich, hatte wie Douglas rötliches Haar, graublaue Augen und ein fliehendes Kinn. Damit allerdings hatten sich die Ähnlichkeiten erschöpft. Nicht nur, weil Raymonds schulterlanges Haar zu einem Pferdeschwanz gebunden war und er einen gewaltigen Schnauzer hatte wie ein RAF-Pilot. Vom Wesen her hätte man sich kaum größere Gegensätze vorstellen können. Douglas war ganz Reserve, lauerndes Abwarten und Understatement. Für ihn war es Lob, wenn er das Fehlen bestimmter Nachteile oder Defekte hervorhob. Raymond andererseits warf mit Ausdrücken wie «phantastisch», «unglaublich» und «riesig» nur so um sich, mit Worten also, die sich der knauserige Douglas, wie er zu sagen pflegte, für besondere Gelegenheiten aufsparte und die ihm deshalb praktisch nie über die Lippen kamen. Raymond war abwechselnd lebhaft, lethargisch, sentimental, bissig, vulgär, beredt, tolerant, egoistisch, weise und oberflächlich. Er wußte, daß er sich so gut wie alles leisten konnte, und es war fast erstaunlich, daß dieses Wissen seinem Charakter offenbar wenig hatte anhaben können. Selbst Leute, denen er aus Prinzip gegen den Strich ging, erlagen seinem Charme, wenn sie ihn persönlich kennenlernten.

Über Mangel an Abwechslung konnte Aileen sich nun nicht mehr beklagen. Raymond besaß ein erstaunliches Talent, Freunde zu gewinnen, und hatte immer reichlich Geld, was Aileen nicht weiter verwunderlich fand, weil sie automatisch davon ausging, alle amerikanischen Eltern wären reich und großzügig. Während Douglas mit ihr Strandspaziergänge im Regen gemacht hatte, organisierte Raymond Fahrten mit einem Fischkutter, dessen Skipper er kennengelernt hatte. Er kaufte ein Motorrad und machte mit Aileen Wochenendausflüge nach Frankreich. An ihrem neunzehnten Geburtstag fuhr er sie zu einem Privatflugplatz bei Brighton, ein Freund mit Pilotenschein packte die beiden in ein kleines Flugzeug und donnerte, von Raymond zu immer kühneren Manövern angestachelt, eine Stunde im Tiefflug über die Dächer der Stadt. Hinterher zitterte Aileen so heftig, daß er sie zum Wagen tragen mußte. «Denkst du, ich hatte keine Angst?» sagte er. «Mann, ich hab mir fast in die Hosen gemacht. Aber sag mal ehrlich: Wirst du den heutigen Tag je vergessen? Nie im Leben, stimmt's? Und darum geht's doch.» Diese spontane Art hatte auch ihre Schattenseiten. Tagelang pflegte Raymond ohne Vorwarnung aus Brighton zu verschwinden. Wenn Aileen versuchte, in ihm ein schlechtes Gewissen zu wecken, kam er ihr mit griffigen, pseudophilosophischen Sprüchen. »Entspann dich», mußte sie sich anhören. «Folge der Strömung. Kämpf nicht gegen dein Karma. Wenn du mich liebst, laß mich frei.» Ihre Versuche, herauszubekommen, wohin er verschwand und was er in der Zwischenzeit trieb, führten zu nichts. Dabei handelte es sich bei Raymond nicht einmal um Geheimniskrämerei, er war nur völlig auf die Gegenwart fixiert – «Wir leben immer nur im Hier und Jetzt, etwas anderes gibt es nicht...» – und hatte deshalb nicht das mindeste Interesse an dem, was gestern war. Wenn er aus Brighton verschwand, hörte er auf zu existieren. Sobald er wieder auftauchte, setzte er die Beziehung mit unverminderter Intensität fort. Aileen war deshalb nicht sonderlich überrascht, als sie an einem Winternachmittag in die gemeinsame Wohnung in Kemp

Town kam und sah, daß Raymond beim Packen war. «Ich muß weg», sagte er zu ihr. «Meine Mom hat's erwischt, sie ist schwer krank. Hab gerade einen Anruf gekriegt.» Am gleichen Abend noch fuhren sie mit dem Zug nach Gatwick. Raymond kaufte ein Ticket für den nächsten Flug nach Amsterdam, wo er Anschluß nach Los Angeles bekommen konnte. Er versprach, regelmäßig anzurufen, gab ihr eine Telefonnummer und meinte, in spätestens einer Woche sei er bestimmt wieder da. Zweiundsiebzig Stunden später wählte sie die Nummer, die er ihr gegeben hatte, und erfuhr, daß der Anschluß abgemeldet war. Nach siebzehn Tagen kam ein zerknitterter Luftpostbrief. Er habe beschlossen, «eine Weile» drüben zu bleiben, schrieb er und schilderte ihr so vage, daß es schon fast beleidigend wirkte, ein Leben heiteren Müßiggangs. Vom Gesundheitszustand seiner Mutter war nicht die Rede.

Der nächste Lebensabschnitt war schlimm für Aileen. Die Trennung tat fast unerträglich weh, sie spürte den Schmerz buchstäblich am ganzen Körper, so daß sie Angst hatte, sie könne einen bleibenden Schaden davontragen. Manchmal betrachtete sie sich im Spiegel und staunte, daß ihr Körper noch unversehrt war. Sie sah blaß aus, angestrengt, leer, die Schönheit, die Raymond entdeckt und so liebevoll gehegt und gepflegt hatte, war verschwunden. Sie schrieb ihm schamlose, enthemmte Briefe. Er antwortete selten, kurz und oberflächlich, aber sie verzieh ihm, denn sie wußte ja, daß die Intensität der Gefühle, von denen sie heimgesucht wurde, nicht normal war. Sie war entschlossen, ihm zu folgen, sobald sie ihren Abschluß gemacht hatte, und flüchtete sich dankbar in die Ablenkung der dazu erforderlichen bürokratischen Schritte: Visaanträge, Bewerbung um einen Platz im Graduiertenprogramm der UCLA. Dann kam das Büffeln für die Abschlußprüfung. Ende Juni traf sie in Kalifornien ein, nachdem sie ihre Prüfung, fast ohne es zu merken, mit Auszeichnung bestanden hatte. Raymond erschien mit einer Stunde Verspätung auf dem Flugplatz. In seinem Heimatland kam er ihr vor wie ein völlig anderer Mensch, er wirkte schmaler, ruhiger, gewöhnlicher, ärmlicher und weniger exotisch. Außerdem – und das war weit schlimmer – schien ihn das Wiedersehen nicht sonderlich zu freuen. Sie fuhren lange durch eine eintönige Stadtlandschaft bis zu einem klapprigen Holzhaus in einem Block abrißreifer Gebäude, in dem er zusammen mit anderen Acid Heads wohnte. Die Stimmung war flau, die Vibes waren schlecht. Die meisten von Raymonds früheren Freunden kämpften entweder in Vietnam, oder sie waren nach Kanada oder Mexiko ausgewichen. Raymond selbst hatte sich vor seiner Europareise erfolgreich vor der Einberufung drücken können. Er hatte sich einfach freiwillig gemeldet mit der Begründung, er stelle es sich riesig vor, Menschen umzubringen, und könne es kaum erwarten, damit anzufangen. Inzwischen aber durchschauten die Rekrutierungsstellen solche Tricks, und die Kolonie der Drop-outs am Ort war stark geschrumpft. Abend für Abend zeigten die Fernsehnachrichten Szenen von blutigen Gemetzeln. Die hämischen Bemerkungen der Hausbewohner, die Aufnahmen seien ja sowieso getürkt und wahrscheinlich in den Hollywoodstudios entstanden, vermochten das Grauen nicht zu mindern. Die sechziger Jahre waren vorbei, die Welt hatte sich gewandelt, der Jugend war das Feeling entglitten. Um es zurückzuholen, stürzten sich Raymond und seine Freunde in einen immer größeren Konsum von Speed, Meskalin und Acid.

Das machte Aileen Probleme. In Brighton hatte sie nichts dagegen gehabt, hin und wieder Gras oder Hasch zu rauchen, härtere Sachen aber waren nie ihr Fall gewesen. An der amerikanischen Westküste galt diese Einstellung als spießig. «Woher willst du wissen, daß du nicht drauf stehst, wenn du's noch nie probiert hast?» fragte Raymond. Für ihn war das ein unschlagbares Argument, und Aileen war derart unsicher, daß sie einfach keinen Mut hatte, nein zu sagen. So legte sie sich denn eines Abends, als sie in ihrer Dachkammer mit ihm allein war, ein Stück mit Acid getränktes Löschpapier auf die Zunge. Sie hatte fest damit gerechnet, Mirakel oder Monster zu erleben. Was ihr widerfuhr, war auf den ersten Blick weit undramatischer. Seit ihrer Kindheit hatte Aileen immer wieder denselben Traum, ihren «Traum vom Fliegen», wie sie es nannte, obgleich es sich dabei eher um ein Schweben denn ein Fliegen handelte. In diesem Traum waren auch Zeit, Ort und

Landschaft genau bestimmbar, aber hinterher erinnerte sie sich immer nur der schwerelosen Bewegung, des schwebenden Gleitens wenige Zentimeter über dem Boden, des Glücksgefühls, sich ohne Anstrengung oder Widerstand in jede beliebige Richtung bewegen zu können. Mit ihrem ersten LSD-Trip begab sich Aileen erneut in diese Traumwelt, diesmal aber bewußt und willentlich. Ihre eigene Erinnerung daran war nicht weniger unbestimmt als bei ihren früheren Träumen, aber etwas von dem Szenario konnte sie sich aus Raymonds Neckereien zusammenreimen. «Du hast die Fremdenführerin gespielt in einem dieser englischen Herrenhäuser, hast den Besuchern alle Sehenswürdigkeiten gezeigt und die üblichen Jokes über amerikanische Touristen gemacht. Als wär ich so ein Provinzheini auf Pauschalreise durch Europa. ‹Schau dir diesen Rasen an›, hast du zu mir gesagt. ‹So was habt ihr in den Staaten nicht, das kann man mit Geld nicht kaufen. Viele hundert Jahre ist er gerollt und geschnitten und wieder gerollt worden, bis er so aussah wie jetzt. Wie gut, daß meine Füße nicht den Boden berühren, meine Abdrücke würden das Bild stören.› Mann, du bist wirklich und wahrhaftig geflogen!» Daß sie später hysterisch geworden war und von einem Todessturz gefaselt hatte, daß sie versucht hatte zum Fenster zu gelangen, daß er ihr mit Hilfe seiner Freunde Orangensaft mit Barbituraten hatte einflößen müssen, um sie ruhigzustellen, hatte er ihr wohlweislich verschwiegen. Das erfuhr sie erst später, nach ihrem zweiten Trip, von einem der Mitbewohner. Sie war so erleichtert gewesen, ihre erste LSD-Erfahrung hinter sich zu haben, daß sie sich gar nicht wunderte, als Raymond keinen weiteren Versuch machte, ihr Acid aufzudrängen.

Der Sommer ging in diesem gleichbleibenden Klima fast unbemerkt in den Winter über. Aileens Bewerbung um ein Doktorandenstipendium an der UCLA wurde abschlägig beschieden, aber ihre Enttäuschung darüber hielt sich in Grenzen. Sie hatte inzwischen begriffen, daß sie sich für das Psychologiestudium nicht in erster Linie deshalb entschieden hatte, um früher oder später Psychologin zu werden. Gleichzeitig begriff sie, was sie sich wirklich wünschte, was ihre Verunsicherung beheben, die Situation klären und Raymond fest an sie binden würde. So wie sie an jenem Abend ganz bewußt mit Douglas Macklin ins Bett gegangen war, legte Aileen es jetzt darauf an, schwanger zu werden. Sie sagte Raymond nichts davon – auch nicht, als feststand, daß ihr Plan gelungen war –, aber sie machte sich eigentlich keine Sorgen wegen seiner Reaktion. Die Zukunft war gesichert, ein neues Leben entstanden. Alles andere würde sich finden.

Es fand sich in der Tat. Ein paar Wochen später fuhr Raymond, vollgestopft mit Amphetaminen, zum Drachenfliegen an die Klippen von Santa Barbara. Er hatte den Wind unterschätzt, verlor die Kontrolle über seinen Flieger und kam unrettbar ins Trudeln. Bei der Trauerfeier las einer seiner Freunde einen Abschnitt aus *Die Möwe Jonathan*. Raymond, sagte er abschließend, habe für sich den besten Abgang aus diesem Leben gefunden. Auf der Trauerfeier lernte Aileen auch Raymonds Vater kennen, einen fundamentalistischen Farmer aus dem Mittelwesten, der offenbar seinen Sohn schon vor Jahren als hoffnungslosen Fall abgeschrieben hatte. Raymonds Mutter war zehn Jahre zuvor im Kindbett gestorben. Der Kummer wurde wie eine scharfe Handgranate von Hand zu Hand gereicht und landete schließlich bei Aileen, die damit in ihre Dachkammer zurückkehrte. Dort ging die Ladung los. Aileen trat an den Schrank mit Raymonds Vorräten. Langsam und feierlich, wie bei einer rituellen Handlung, schnitt sie die Acid-Bogen in kleine Streifen und aß sie nacheinander auf.

Die folgenden achtundvierzig Stunden waren so unwiederbringlich aus ihrem Leben getilgt wie ein gelöschter Tonbandabschnitt. Als ihre Erinnerung wieder einsetzte, lag sie im Bett und fühlte einen dumpfen Schmerz am ganzen Körper. Es war warm und still und ruhig. Weißgekleidete Gestalten bewegten sich um sie herum und murmelten etwas von Wundern. Vielleicht ist an dem, was sie uns im Kindergottesdienst vom Himmel erzählt haben, doch was dran, dachte Aileen, doch dann tauchte vor ihrem Bett ein Pärchen auf, das mit ihnen im gleichen Haus gewohnt hatte. Als sie Aileen auf dem Rasen hatten liegen sehen, erzählten die beiden, waren sie total ausgeflippt. Die gemeinen Schweine vom Rettungsdienst hatten Aileen zuerst gar nicht mitnehmen wollen, weil sie Angst hatten, sie würden keine Kohle kriegen, aber zum Glück war Beth noch flüssig, weil ihr Dealer gerade verreist war und sie nichts hatte kaufen können. «Du mußt einfach total relaxed gewesen sein», sagte Beth. «Ich hab mal gelesen, daß ein Baby von einem Balkon im vierten Stock auf den Parkplatz darunter gefallen ist und überlebt hat. Weil eben Babys von Natur aus relaxed sind. Verkrampft werden wir erst später, dann müssen wir Yoga machen und so Zeug.» Die Ärzte und Schwestern bestätigten, sie könne von Glück sagen, noch am Leben zu sein. Und daß sie ohne Knochenbrüche und Verstauchungen, ohne jede innere Verletzung davongekommen war – ja, das war nun wirklich das reinste Wunder. «Vom Fenster bis zum Vorgarten sind es gut und gern dreißig Meter», sagte eine der Schwestern so mißbilligend, als sei Aileen eine berüchtigte Kriminelle, die man nur wegen eines Verfahrensfehlers hatte freisprechen müssen.

Als sie wenige Tage später mit dem Taxi heimfuhr, stand vor dem Haus ein Wellblechzaun mit dem Namen einer Abrißfirma, deren Bulldozer schon im Garten herumwühlten. Aileen sah zum Dachfenster hoch, das, gehalten von einer verschnörkelten schmiedeeisernen Stütze, noch offenstand, und in diesem Moment drang deutlich vernehmbar ein Schrei durch das lärmende Rumpeln der Baumaschinen. Ein hoher, durchdringender, langgezogener Schrei wie von einem Baby, dem etwas weh tut. Erst jetzt begriff Aileen, daß sie doch nicht ungeschoren davongekommen war, daß sie im Tausch gegen ihr eigenes ein anderes Menschenleben hatte hergeben müssen.

Die vertriebene Hippiekommune hatte sich zeitweilig ein paar Häuserblocks weiter wieder zusammengefunden, und dort ging in der folgenden Woche Aileens Schwangerschaft zu Ende. Die körperlichen Symptome waren kaum unangenehmer oder dramatischer als bei einer besonders starken Periode, aber der Schmerz ging viel, viel tiefer, als sie je gedacht hätte. Tagelang weinte sie fast pausenlos. Zu sagen gab es nichts, und es gab auch niemanden, zu dem sie etwas hätte sagen können. Niemand ahnte, daß sie nicht um einen, sondern um drei Menschen trauerte: Um Raymond, um das gemeinsame Kind und um sich selbst. Denn Aileen wußte, daß sie zwar überlebt hatte, daß sie aber von nun an immer eine Überlebende sein würde, jemand, der *trotz allem* noch am Leben war. Sobald sie sich einigermaßen erholt hatte, brach sie ihre Brücken in Amerika ab. Als die Krankenhausrechnung bezahlt war, blieb ihr gerade noch genug Geld für einen Stand-by-Flug nach London. Ihre erste Reaktion nach der Ankunft war ein großes Staunen, daß es diese Stadt überhaupt noch gab. Nicht einmal ein Jahr war sie in Kalifornien gewesen, aber sie stand noch so sehr im Bann der dortigen Endzeitstimmung, daß sie ihren Augen kaum trauen wollte, als sie merkte, daß in England alles noch immer seinen dumpfen, glanzlosen Gang ging, daß das Land von den Voraussagen globaler Katastrophen ebenso unbeeindruckt war wie vorher von einem neuen Wassermann-Zeitalter. Aileen war buchstäblich wieder dort angekommen, wo sie einst angefangen hatte, das Jahr im Ausland hatte ihr nichts gebracht, außer einer Lücke im Lebenslauf. Ihre früheren Freunde, die sie während der wilden Zeit mit Raymond entweder ignoriert oder begönnert hatte, waren ihr fremd geworden. Aileen versuchte zu retten, was zu retten war. Zunächst brauchte sie einen Job. Die besten Chancen dafür boten sich in der klinischen Psychologie, und mit Hilfe ihres früheren Tutors bekam sie eine Doktorandenstelle am Institut für Psychiatrie. Im Rahmen eines Seminars mußte sie zu einem Praktikum in die Nervenklinik am Queen Square. Sie wußte wohl, daß dort unter anderem auch das Institut für Neurologie untergebracht war, aber das Leben vor Raymond schien ihr so weltenweit entfernt, daß es ihr wie eine Fügung des Schicksals vorkam, als sie eines Tages ein hagerer, hochgewachsener Mann mit sandfarbenem Haar auf dem Gang ansprach und sich als Douglas Macklin zu erkennen gab.

War England schon beruhigend unverändert gewesen, so war Douglas der Inbegriff von Unveränderlichkeit. «Na, wie war's in Amerika?» fragte er so beiläufig, als ginge es um einen Film, den sie kürzlich gesehen hatte. Zu einem anderen Zeitpunkt – nach fünfzehn Jahren Ehe etwa – hätte Aileen diese Frage möglicherweise als ausgesprochen unbedarft empfunden. Damals aber war es genau das, was sie hören wollte. Mit einem für sie ganz neuen

Scharfblick taxierte sie Douglas, um abzuchecken, ob er schon anderweitig gebunden war, was aber allem Anschein nach nicht der Fall war. In der gleichen Woche lud er sie zum Essen in seine Wohnung ein. Aileen blieb nicht über Nacht, aber nach der nächsten Verabredung schlief sie mit ihm. Der Sex mit Douglas, täppisch und gut gemeint wie eh und je, bestätigte ihr, daß sie sich bei ihm sicher fühlen konnte. Douglas Macklin war ein Mensch mit Realitätsbezug, er war solide und beruhigend unzulänglich. Ein Mann, mit dem ich werde umgehen können, dachte sie. Als sie von Heirat sprach, runzelte er ein wenig die Stirn, dann sagte er: «Ich wüßte nicht, was dagegen spräche.»

Nach anderthalb Jahrzehnten hätte Aileen so einiges vorbringen können, was dagegen sprach. Die Arbeit ihres Mannes auf dem Gebiet der Neuro-Endokrinologie war mit einem Forschungsstipendium belohnt worden, aber der große Durchbruch, von dem er sich internationale Anerkennung erhofft hatte, war ausgeblieben. Aileen hatte nach ihrem Abschluß eine Weile im Maudsley Hospital gearbeitet, hauptsächlich mit Jugendlichen, danach hatte sie eine Stellung in der Jugendabteilung einer psychiatrischen Klinik gefunden, nicht weit von ihrem Haus entfernt. Die Klinik war in einem großen Kasten aus der Jahrhundertwende untergebracht und lag in Stamford Brook. Aus Gründen, die Aileen so gut zu verstehen meinte, daß sie sie nicht näher prüfen mochte, war die Ehe kinderlos geblieben. Tagsüber widmeten sich die Eheleute ihrer Arbeit, nachts – mit seltenen Ausnahmen – dem Schlaf. Wenn sie heimkam, ging Aileen gleich hinauf in ihr Arbeitszimmer, wo sie las oder Radio hörte oder einfach nur aus dem Fenster sah, bis es Zeit war, das Abendessen zu machen. Inzwischen trank Douglas unten im Wohnzimmer mehrere Glas Whisky mit immer weniger Wasser und sah die Nachrichten, erst auf ITV, dann auf BBC 1, zuletzt auf Channel 4. Pünktlich um acht setzten sie sich zu Tisch, und die Schlacht begann.

Aileen konnte sich nicht mehr erinnern, wann genau sie den in seiner Schlichtheit so wirkungsvollen Grundmechanismus durchschaut hatte: Ihre Ehe war ein geschlossenes System mit einer begrenzten Menge an Emotionen. War ein Partner besonders hochgestimmt, reduzierte er damit zwangsläufig die Stimmungslage des anderen. Kam etwa Douglas beschwingt von einem beruflichen Erfolg nach Hause, erfaßte Aileen sogleich tiefe Niedergeschlagenheit. Hatte ihn im Dienst etwas geärgert, so daß er schroff und kurz angebunden war, wurde sie sofort sicherer und gelassener. Das funktionierte natürlich auch umgekehrt. Ihre Erfolge deprimierten ihn, ihre Fehlschläge bauten ihn auf. Auch Douglas war sich – ob bewußt oder unbewußt – darüber durchaus im klaren, und daraus ergaben sich ihre Kämpfe. Bei ihren Wortgefechten ging es manchmal nur um quantitativ geringe Emotionen, aber es waren häufig kritische Mengen, die für ihn oder für sie über Erfolg und Mißerfolg des Abends entscheiden konnten. Außerdem ließ sich dabei – da es vor allem um den äußeren Schein ging – trefflich schummeln. Wenn es Douglas gelang, sie davon zu überzeugen, daß ihn heitere Ruhe erfüllte, wurde sie nervös und kribbelig, was in ihm echte Heiterkeit und Ruhe erzeugte. Aus Mystifikation wurde Realität, aus Fälschung echtes Gefühl.

Auch Aileen verstand sich auf dieses Spiel, leider aber hatte sie zwei verhängnisvolle Fehler begangen, den einen schon vor vielen Jahren, während des Studiums in Sussex. Da hatte sie zu später Stunde mit Douglas darüber gesprochen, was sie bewogen hatte, Psychologie zu studieren, und nebenbei erwähnt, daß es in ihrer Familie Anlagen zu Geistesstörungen gab. Hinter dieser Bemerkung steckte pure Eitelkeit: 1968 war Wahnsinn noch «interessant». Außerdem wollte sie dartun, wie weltgewandt sie war, wie klar sie ihre Beweggründe durchschaute. «Daß ich gerade dieses Fach studiere», hatte sie zu Douglas gesagt, «zeigt wohl, daß ich unbewußt versucht habe, den Gedanken zu verarbeiten, ich könne womöglich selbst betroffen sein, und durch einen Objektivierungsvorgang den Begriff des Wahnsinns zu entschärfen.» Dabei hatte sie mit ‹Wahnsinn› entschieden zu hoch gegriffen. Fest stand nur, daß Aileens Großmutter gegen Ende ihres Lebens etwas wunderlich geworden war und daß ihre Mutter die Befürchtung geäußert hatte, Aileen könne diese «Wunderlichkeit» geerbt haben. Ob es einen konkreten Anlaß für solche Befürchtungen gab, blieb unklar, wenn man davon absah, daß Aileen bei Vollmond zum

Schlafwandeln neigte. Daß sie darüber mit Douglas gesprochen hatte, war ihr völlig entfallen, bis sie ihren zweiten Fehler begangen hatte: Sie hatte versucht, mit ihm über die Verschlechterung ihrer Beziehung zu reden. Zu ihrer Bestürzung hatte ihr Mann sich nicht nur geweigert, mit ihr über dieses Thema zu sprechen, sondern hatte ihre Darstellung als verzerrt und übertrieben zurückgewiesen. «Nimm's mir nicht übel», erwiderte er in jenem fürsorglichen Ton, den sie schon damals haßte und fürchtete, «aber ich habe den Eindruck, daß du wirklich jedes Wort auf die Goldwaage legst. Wenn ich abends nach Hause komme, bin ich viel zu erledigt, um solche Spielchen zu treiben, wie du sie schilderst. Abends will ich meine Ruhe haben und ausspannen und Gespräche führen, wie sie unter normalen Eheleuten üblich sind. Meinst du nicht, daß du dich vielleicht ein bißchen zu sehr von deiner Arbeit vereinnahmen läßt, Aileen? So was ist nie ganz von der Hand zu weisen, besonders bei einer Frau mit deiner Vorgeschichte.» Erst jetzt fiel Aileen ein, daß sie ihm von dem «Wahnsinn» in ihrer Familie erzählt und ihm damit eine unfehlbare Waffe in die Hand gegeben hatte, sie zu besiegen, wann immer er Lust dazu hatte.

Douglas Macklin schenkte sich den restlichen Wein ins Glas und musterte mit Kennerblick den sich langsam absetzenden Weinstein. Sein nüchtern prüfender Gesichtsausdruck änderte sich nicht, als er dann seine Frau ansah.

«Dieser Junge, dieser... Gary», sagte er. «Ich bin nicht ganz schlau daraus geworden, worauf du eigentlich hinauswolltest. Es klang fast, als glaubtest du, er habe recht, als wolle ihm wirklich jemand ans Leben.»

Endlich konnte sich Aileen die Zigarette anzünden, auf die sie sehnsüchtig gewartet hatte, während ihr Mann mit den Resten seines Essens herumspielte.

«Letztlich will uns allen jemand ans Leben...»

«Wie aufregend. Wer zum Beispiel?»

«Wer von uns sitzt denn ständig vor dem Kasten und sieht die Schreckensnachrichten aus aller Welt? Die PLO, die IRA, multinationale Drogenkartelle, die Atomwirtschaft. Durch die Atomraketen, die auf London gerichtet sind, kann jeder von uns hundert Tode sterben. Oder gar tausend?»

Die Rolle des verhuscht-kopflosen Weibchens war eine recht erfolgreiche Verteidigungsstrategie, vor allem wohl deshalb, weil Douglas im Grunde seines Herzens Sexist war und deshalb nur schwer akzeptieren konnte, daß seine Frau das Dummchen nur spielte.

«Alles klar», sagte er. «Dieser Knabe ist offenbar einer dieser ausgebrannten Linken.»

Aileen setzte ein freundliches Lächeln auf. «Und wie läuft deine Arbeit?» fragte sie liebenswürdig. Zu liebenswürdig – denn der Ton verriet, daß er seine Ironie an das falsche Ziel verschwendet hatte.

«Leider im Augenblick recht öde und prosaisch», schnurrte er. «Wenn ich dir so zuhöre, bekomme ich richtig Sehnsucht nach der guten alten Zeit, als man das Gehirn noch als etwas ganz Besonderes ansah, den Sitz magischer Kräfte und geheimer Mächte. Die Wirklichkeit ist – wie meist – weniger aufregend. Inzwischen hat sich herausgestellt, daß das Gehirn auch nur eine Drüse ist, nicht interessanter als Niere oder Pankreas. Ehrlich, manchmal beneide ich dich geradezu.»

Aileen klopfte sorgsam die Asche von ihrer Zigarette. Um keinen Preis durfte sie sich provozieren lassen. Nach dem Gesetz des Ausgleichs würde ihr Mann um so kühler bleiben, je heftiger sie sich erregte. Umgekehrt war es denkbar, daß er, wenn sie ihn lange genug frustrierte, die Fassung verlor, und dann hatte sie gewonnen.

«Du beneidest mich? Meinst du, weil ich es mit dem ganzen Menschen zu tun habe und nicht nur mit einem Gewebeklumpen?»

«Nein, nein. Ich beneide dich, weil du beruflich gesehen in der Vergangenheit lebst. Du behandelst Menschen, deren mentale Modelle des Gehirns vor vielen Jahren, im finsteren Mittelalter, entstanden sind. Deine Patienten sind wie Leute vom Land, die noch an nachts im Wald herumgeisternde Gespenster glauben und sich hinter vorgehaltener Hand Geschichten über seltsames Tun und Treiben im Herrenhaus erzählen. In Wirklichkeit sind die Wälder inzwischen mit EG-Zuschüssen abgeholzt worden, und im Herrenhaus sitzt ein Zentrum für Agrarwirtschaft. Du aber hast den Kopf noch voller Gespenstergeschichten.»

«Mein Job ist es, den Zustand meiner Patienten zu bessern, und dazu bediene ich mich der modernsten Methoden, die zur Verfügung stehen.»

«Die aber im Lichte der derzeitigen Forschung trotzdem primitiv sind. Nimm nur diesen Jungen. Nach dem heutigen Stand der Wissenschaft leidet er lediglich an einer endokrinen Störung, die hormonell analysiert und behandelt werden kann. Du dagegen lebst in einem Land, in dem es noch Dämonen gibt, die Schizophrenie und Paranoia heißen. Gesehen hat diese Burschen noch niemand, und niemand weiß, wie sie vorgehen, aber daß sie die Menschen plagen, gilt als sicher. Deine Aufgabe als Medizinfrau ist es, den Dämon zu benennen, von dem dein Patient besessen ist, und dann den geeigneten Hokuspokus zu seiner Austreibung zu veranstalten. Mir ist durchaus klar, daß du einfach nichts anderes tun kannst. Tatsache aber ist, daß deine Sicht des mentalen Lebens sich von den Erkenntnissen, über die wir in Boston reden werden...» – Douglas wollte Ende der Woche zu einer Tagung am MIT – «...so grundlegend unterscheidet wie ein moderner Atlas von einer alten *mappa mundi* mit einem groben Umriß und vielen weißen Flecken, auf denen geschrieben steht: ‹Heimstatt der Ungeheuer›».

Aileen drückte ihre Zigarette aus und stand auf, um das Geschirr abzuräumen.

«Unsere Behandlungen sind durchaus wirkungsvoll», sagte sie.

«Ach ja? Die letzten Daten, die ich gesehen habe, schienen mir nicht sehr überzeugend. Aber ich sage ja gar nichts gegen Medizinmänner oder -frauen! Placebos sind nicht das Schlechteste in der Heilkunde. Bei mindestens einem Drittel aller Patienten, die über irgendwelche Beschwerden klagen, stellt sich eine gewisse Besserung ein, nachdem sie eine Weile anweisungsgemäß unmittelbar vor dem Schlafengehen mit einer Mixtur aus Tomatenketchup und heißer Limonade gegurgelt haben.»

Diese Bemerkung war so weit hergeholt, daß man sie getrost ignorieren konnte. Er gab sich demnach heute mit einem Unentschieden zufrieden. Aileen ging in die Küche, stellte das Geschirr in die Spüle und ließ zum Einweichen Wasser darüber laufen. Als sie den Hahn zudrehte, sah sie sich selbst in der spiegelnden Fensterscheibe. Jetzt, Ende September, wurde es schon früh dunkel. Aileen war nie so recht zufrieden gewesen mit ihren regelmäßigen Zügen, dieser perfekten Ovalform, die der Landadel des 18. Jahrhunderts so hoch schätzte, daß es den Malern jener Zeit gutes Geld brachte, sie ihren Porträts überzustülpen wie eine Maske. Die berühmt-berüchtigten sechziger Jahre hatten ein anderes Schönheitsideal, und in ihrer Jugend hatte Aileen sich nach Kräften bemüht, auffallend und ausgeflippt zu wirken. Dabei hatte sie feststellen müssen, daß sich mit Perfektion nicht viel anfangen läßt. Wenn sie versuchte, mit ihrem Gesicht irgend etwas anzustellen, sah es sofort plump und gewöhnlich aus. Erst Raymond hatte sie gelehrt, sich so zu akzeptieren, wie sie war, zu begreifen, daß es zwischen der Person, die andere sahen, und der Person, die sie war, keinen Unterschied gab. Bis dahin hatte sie gedacht, ihre Hände und Füße, über deren Größe ihre Mutter immer gejammert hatte, und ihre Augen, die von jeher als ihre «Stärke» herausgestellt worden waren, seien das Auffallendste an ihr. Sie war aufgewachsen mit einem Bild von sich als einem knopfäugigen Insekt, zwischen dessen Boxhandschuh-Pfoten und Armeestiefel-Füßen sich weiter nichts Beachtenswertes befand. Erst Raymond hatte ihr gesagt, daß sie einen «tollen Arsch» und «klasse Titten» hatte, daß ihre Muschi ihn anmachte und daß sie schön war. In Cheltenham war «schön» ein Wort ohne Resonanz, man benutzte es für eine Tasse Tee oder eine Vase mit Blumen oder für das Wetter. Es besagte, daß das sehr begrenzte Maß an Befriedigung, das man solchen Dingen vernünftigerweise abverlangen konnte, erreicht war. Wenn Raymond «schön» sagte, begann das Wort zu leuchten. «Du bist schön», sagte er. «Du bist unheimlich schön.» Wohl mehr aus Spaß hatte er auch gesagt, daß ihn bei ihren Motorradtrips auf den Kontinent der Zoll immer durchwinkte, weil er eine so typisch englische, stinknormale Braut auf dem Soziussitz hatte. Raymonds Liebe hatte Aileen geholfen, nicht mehr zwischen ihrem privaten und ihrem öffentlichen Ich zu unterscheiden. Und als diese Unterscheidung dann doch wieder spürbar wurde, hatte sie eine subtile Änderung erfahren. Zwar gemahnte das von dem dunklen Fenster zurückgeworfene Bild Aileen jetzt wieder an den Landadel längst vergangener Zeiten, aber sie sah darin nicht mehr Torheit und Geistlosigkeit, sondern die tragische Leere von Menschenleben, die sich in Äußerlichkeiten verausgabt hatten. Jene starren, gleichförmigen Züge waren ein ebenso unabdingbares Hilfsmittel gewesen wie die ärztlich verordneten Schutzmasken für die Soldaten, denen Granatsplitter das Gesicht zerfetzt hatten.

Ein Laut schwang durchs ganze Haus, irgendwo hoch oben beginnend und nach unten gleitend, ein langgezogener Jammerlaut, der schließlich abkippte und in tausend Stücke zersplitterte wie ein Fernsehbild bei einer Computergraphik. Wer das Haus nicht so gut kannte wie Aileen, hätte den Laut für den Schrei eines Babys halten können, dem etwas weh tat, aber niemand wußte besser als sie, daß kein Baby im Haus war, daß niemals ein Baby im Haus sein würde. Was da so jammerte, war die Wasserleitung. Im letzten Winter war die Zuleitung zum Wassertank auf dem Boden geplatzt, und der Klempner hatte bei seiner Reparatur offenbar die Schalldämmung nicht genügend berücksichtigt. Aileen lauschte dem verklingenden Geräusch nach, indes das Spülwasser an ihren Händen trocknete, und musterte die Frau in der dunklen Scheibe. Sie wirkte trügerisch normal. Nur ihren Augen mochte man ansehen, daß da irgend etwas fehlte. Sie hatte wie durch ein Wunder überlebt, aber praktisch war ihr Leben vorbei. Mit fünfunddreißig Jahren war Aileen Macklin überzeugt davon, daß ihr nie wieder etwas Bemerkenswertes widerfahren würde.

2

Genau in diesem Moment bereitete sich jene Kette von Ereignissen vor, von denen Aileen allerdings erst durch den Anruf von Pam Haynes am nächsten Morgen kurz nach acht erfuhr.

Aileen saß allein am Tisch und rauchte die erste der drei Zigaretten, die sie sich täglich gestattete. Dieser kurze Zeitraum zwischen Douglas' Aufbruch und dem ihren war – sofern er sie nicht darum betrog, indem er zu spät losfuhr – wie ein zweiter Schlummer, ein Moment der Stille und Sammlung, der sie den kommenden Tag ertragen ließ. Es war ein schöner Morgen. In trägen Spiralen kringelte sich der Zigarettenrauch durch eine breite Sonnenbahn, die den Raum in zwei Hälften teilte. In der äußersten oberen Ecke des Fensters sah man ein Stückchen blauen Himmel. Aileen ärgerte sich deshalb besonders, als das Telefon mit der Lautstärke eines Weckers loslärmte.

«Hier Mrs. Haynes», sagte eine kurzatmige weibliche Stimme. «Die für Gary Dunn zuständige Sozialarbeiterin, ich weiß nicht, ob Sie sich noch an mich erinnern... Ich habe es in der Klinik versucht, aber dort wußte niemand über Gary Bescheid, und dann habe ich Ihre Nummer im Telefonbuch gefunden. Ich bin im Heim, es ist etwas passiert.»

Aileen horchte dem durch die Telefonmembran verstärkten dumpfen Pochen ihres Blutes nach.

«Passiert?»

«Sie könnten wohl nicht mal kurz hier vorbeikommen? Ich würde Sie nicht darum bitten, aber es eilt ein bißchen. Am Telefon kann ich schlecht darüber reden, Sie wissen ja, wie das hier läuft. Weit ist es nicht, nur müßte es noch vor neun sein.»

Aileen drückte ihre Zigarette in einem Aschenbecher aus, auf dem in ländlich-idyllischer Landschaft ein lüsterner Liebhaber hinter einer koketten Nymphe herlief.

«Es ist doch alles in Ordnung mit ihm?» fragte sie.

«Ja. Das heißt mehr oder weniger.»

«Geben Sie mir die Adresse.»

Schon zogen draußen Wolken auf, am späten Vormittag war es bestimmt wieder ganz bedeckt. Andersherum passiert das nie, dachte sie. Irgendwo gab es da offensichtlich eine Gesetzmäßigkeit – eine von vielen, deren Auswirkungen sie beobachtete, ohne die Ursache zu begreifen.

Das Heim zur Beobachtung und Begutachtung psychisch kranker Jugendlicher lag in Fulham, in der Nähe der Putney Bridge. Es war, wie Pamela sehr richtig gesagt hatte, nicht weit, aber in der Rush-hour brauchte man für jede Meile gut und gern zehn Minuten. Aileen nutzte die Zeit, um sich den Fall in Erinnerung zu rufen. Im Juli war Gary auf Betreiben von Pamela Haynes in die Klinik eingewiesen worden mit der Bemerkung, er habe «Symptome von Verwirrung, Desorientierung und orale Halluzinationen schizophrener Art». Auch Ärzte schätzen das Seltene und Ausgefallene, und die Aussicht auf einen Patienten, der unter Geschmackshalluzinationen litt, weckte erhebliches Interesse, das aber sofort wieder erlosch, als sich auf Nachfrage herausstellte, daß Mrs. Haynes «oral» und «aural» verwechselt hatte. Sie habe, wie sie sich in einem Gespräch mit dem Chefarzt ausdrückte, eigentlich gemeint, daß Gary «ein bißchen daneben war und so Sachen hörte».

Wenn der Junge Probleme hatte, war das angesichts seiner Lebensgeschichte ganz und gar nicht verwunderlich. Der siebzehnjährige Gary war nicht nur in einen Mord verwickelt (wie der Fall im einzelnen lag, war noch nicht klar), sondern stand offenbar auch völlig allein in der Welt, hatte weder ein Heim noch eine Vergangenheit, weder Freunde noch Familie. Von Amts wegen gab es ihn überhaupt nicht. In keiner der Stellen, die Obdachlose betreuten, gab es eine Akte über einen Gary Dunn, sämtliche Datenbanken meldeten Fehlanzeige. Die Polizei verlor das Interesse an dem Fall, als feststand, daß der Junge ihnen nicht mehr über den Mord erzählen würde, als sie bereits wußten. Er wurde dem Sozialamt übergeben und Pamela Haynes zugeteilt, die sich nach ein paar Wochen mit der Jugendabteilung der Psychiatrie in Verbindung setzte. Die Schizophrenie-Diagnose nahm dort niemand ernst. Unbestritten aber war, daß Gary Betreuung und Behandlung brauchte. Der Chefarzt führte ein erstes Gespräch mit ihm, sein Oberarzt verschrieb ihm Antidepressiva und ordnete eine ambulante Gruppen- und Beschäftigungstherapie an.

Aileen sah Gary Dunn zum erstenmal, als eine Schwester ihn in den Aufenthaltsraum brachte, wo sie ihre offene Gruppe abhielt, eine lockere allgemeine Gesprächstherapie. Bei seinem Anblick war ihr, als habe ihr jemand eine Hand im Samthandschuh aufs Herz gelegt. Es war eine sanfte, behutsam-warme und doch fast unerträglich intime und zudringliche Berührung. Um sie herum saßen zehn, zwölf Leute, und doch kam sie sich völlig allein vor. Die Luft im Raum schien zu flimmern, und sie hatte das Gefühl, kurz vor einer Ohnmacht zu stehen, was auch nicht verwunderlich gewesen wäre, war sie doch in diesem Augenblick fest davon überzeugt, der Junge, der vor ihr stand, sei ihr totes Kind.

Es dauerte nur wenige Sekunden. Dann setzte sich wie bei einem *déjà-vu* die Wirklichkeit durch und machte ihr klar, daß sie sich das alles nur eingebildet hatte. Aileens neuer Patient war ein kaum bemerkenswerter Halbwüchsiger mit dem für dieses Alter typischen gedunsen-unfertigen Gesicht, das wie nicht ganz durchgebackener Teig aussah. Das rötliche Haar war kurzgeschoren, was zur Zeit wieder sehr modern war, was aber Aileen, die den jeweiligen Moderichtungen stets mit hängender Zunge hinterherlief, nach wie vor an Rekruten oder Entlausung erinnerte. Daß nur wenige Sekunden verstrichen waren, merkte Aileen daran, daß er und die Schwester in diesem Moment erst in der Zimmermitte angelangt waren.

Bei dieser wie auch bei späteren Begegnungen hielt Aileen ihre Beobachtungen in der Akte des Jungen fest. Seine Miene war ausdruckslos und wachsam, ansonsten aber wirkte er relativ normal. Sein Bildungsniveau – wenn man davon bei ihm überhaupt sprechen konnte – war niedrig, aber an Intelligenz fehlte es ihm offenbar nicht. Er war schüchtern und reserviert, redete nur, wenn man ihn ansprach, und auch dann nur ein, zwei Worte. Seine Störung verriet sich in dem, *was* er sagte. Gary Dunn behauptete, wie Aileen unvorsichtigerweise ihrem Mann verraten hatte, daß jemand ihn ermorden wollte.

In dem Berichtsformular der Klinik war eine Spalte mit der Überschrift «Wahnvorstellungen – systematisch/unsystematisch» vorgesehen, darunter war Platz für zusätzliche Bemerkungen gelassen. Aileen kreuzte das «systematisch» an und fügte hinzu: «Verfolgung, Schuld(?), Abhängigkeiten». Die letzte Entscheidung lag beim Chefarzt, aber für Aileen deutete bei Gary nichts auf schizoide Symptome hin. Die Höllen, in denen Schizophrene erschreckend reale Qualen leiden, kommen dem Außenstehenden vor wie aus verschiedenen pessimistischen Filmen mit schwerfälligen Plots, wenig überzeugenden Spezialeffekten und schlechten Schauspielern zusammengeschnittene Montagen. Garys Geschichte dagegen war einfach, klar und stimmig. «Der Typ, der's gemacht hat, weiß, daß ich ihn gesehen hab. Der ist hinter mir her. Der will mich auch killen.» Auf die Frage, wie dieser Mann denn aussah, antwortete der Junge, daß er komisch lief, wie einer, der mal muß, und viel lächelte. «Aber kein richtiges Lächeln.» Aileen unterstrich das in ihrem Bericht. Im Gegensatz zu Patienten, die unter paranoider Schizophrenie leiden und dazu neigen, ihre Verfolger in allen möglichen Leuten aus ihrem Umfeld zu sehen – von der Putzfrau bis zum Fernsehansager –, hatte Gary Dunn offenbar einen bestimmten Mann im Sinn. Die «auralen Halluzinationen» bestanden, wie sich herausstellte, aus einer Stimme, die zu Gary Sachen sagte wie: «Das wird dir noch leid tun...» – «Ich krieg dich noch...» oder: «Du endest mal genauso.» Auch das unterschied sich wesentlich von den sadistischen Sprüchen oder dem einschmeichelnden Gemurmel, unter dem Schizophrene so häufig zu leiden haben. «Keine affektiven Auffälligkeiten», vermerkte Aileen noch. Typisch für eine Schizophrenie ist unter anderem, daß emotional das Verhältnis zwischen Ursache und Wirkung nicht mehr stimmt. Freundlich lächelnd beschreiben solche Patienten in grausigen Einzelheiten all die teuflischen Pläne, die angeblich geschmiedet werden, um ihren Untergang zu besiegeln. Gary hingegen fiel es offenbar ungeheuer schwer, über die angebliche Bedrohung seines Lebens zu sprechen. Mehr als einmal regten sich Zweifel in Aileen, ob es sich wirklich um eine Wahnvorstellung handelte. Daß ein Mord geschehen war, stand fest, und noch war es nicht zu einer Verhaftung gekommen. Die Polizei hatte Gary wegen fehlender Beweise laufenlassen, hatte aber immer noch den Verdacht, daß er irgendwie an dem Verbrechen beteiligt war und den Täter kannte. Wenn das stimmt, überlegte Aileen, wenn der Mörder weiß, daß Gary im Bilde ist, schwebt er tatsächlich in Lebensgefahr.

Paradoxerweise wollte der Junge selbst davon nichts hören.

«Ich bin krank», sagte er nachdrücklich zu Aileen. «Krank im Kopf.»

Auf den ersten Blick schien das ein gutes Zeichen zu sein. Psychisch Kranke sehen ihren Zustand sehr unterschiedlich. Manche behaupten steif und fest, sie seien völlig in Ordnung, andere stellen ihre Symptome als Nebenwirkungen einer rein körperlichen Erkrankung dar. Eine dritte Gruppe – meist die hoffnungsvolleren Fälle – erkennt, daß etwas in ihrem Leben schiefgelaufen ist und daß ihr Zustand etwas mit Ereignissen in ihrer Vergangenheit zu tun hat. Gary Dunn aber paßte in keine dieser Kategorien.

«Was glaubst du denn, was mit dir los ist?» fragte Aileen ihn eines Tages.

«Na, ich bin doch schizofreak.»

Sie verbiß sich ein Lächeln.

«Wie kommst du darauf?»

Er zuckte ungeduldig die Schultern, als läge die Antwort auf der Hand, sei aber unerheblich.

«Man weiß doch, wenn man was hat. Wenn man krank ist.»

«Krank? Wie meinst du das?»

«Bei 'ner Grippe oder so.»

«Du glaubst also, Schizophrenie und Grippe wären dasselbe?»

«'türlich nicht», sagte er empört. «Was ich hab, dafür wirste weggesperrt. Das haste im Kopf. Es ist was Gefährliches. Ich könnt was anstellen. Man kann nie wissen, was ich anstellen könnte.»

Und er rollte gewaltig mit den Augen, als grause es ihn selbst bei dem Gedanken an die Schlechtigkeiten, die ihm möglicherweise zuzutrauen waren. Aileen mußte an sich halten, um nicht loszulachen, aber im Lauf der Wochen wurde ihr klar, daß der Junge ein festes Ziel vor Augen hatte. Das war nun wirklich selten. Meist hatten es die Mitarbeiter der Klinik mit Patienten zu tun, die mehr oder weniger gegen ihren Willen eingeliefert worden oder nur ungern auf der Station waren, nur wenigen waren schon Patienten untergekommen, die sich geradezu danach drängten, aufgenommen zu werden. Garys Andeutungen, er «gehöre weggesperrt», wandelten sich zu dringenden Forderungen. Er begann, andere Patienten zu imitieren, ihre Tics und Anfälle nachzuspielen. Jenny Wilcox, die Beschäftigungstherapeutin, die ihr Büro neben Aileen hatte, war Zeugin einer solchen Szene geworden. «Es war unglaublich», berichtete sie. «Der Junge ist ein richtiger Schmierenkomödiant. Selbst unsere Hirnis, Stan und Trevor zum Beispiel, haben gemerkt, daß alles nur gespielt war. Wir haben dagesessen und uns für ihn geniert.» Gary Dunns Schau war nicht nur bei Jennys «Hirnis», sondern auch bei allen anderen – angefangen beim Chefarzt – ein Flop. Niemand begriff, warum er unbedingt aufgenommen werden wollte, aber er war eben nur einer von vielen Patienten, die alle ihre ganz besonderen Wünsche, ihre ganz besonderen Bedürfnisse hatten. Bei dem akuten Bettenmangel, der in der Klinik herrschte, konnten sie unmöglich einen Platz für einen Patienten freimachen, dessen Zustand eine stationäre Behandlung nicht rechtfertigte. Als Aileen an diesem Dienstag vormittag die Fulham Palace Road hinunterfuhr, verfolgte sie wie ein Schreckgespenst der Gedanke, daß Gary eine garantiert funktionierende, makabre Möglichkeit hatte, seine sofortige Aufnahme zu erzwingen – durch einen Selbstmordversuch.

Das Heim war in zwei weitläufigen, um die Jahrhundertwende erbauten Häusern untergebracht, die miteinander verbunden und mit den verschiedenartigsten Erweiterungen versehen worden waren, so daß sie jetzt eine formlose Masse mit seltsamen Auswüchsen bildeten. Im Inneren hatte man Wände herausgenommen und neue hochgezogen, so daß die ursprüngliche Form oder der ursprüngliche Zweck der Räume nicht mehr zu erkennen war. Um die Heimmosphäre etwas aufzulockern, hatte man die Räume nicht durchnumeriert, sondern mit Namen gekennzeichnet, die früher alle einen gewissen Sinn gehabt hatten; so waren zum Beispiel auf einem Gang die Zimmer «Mars», «Venus» und «Saturn» zusammengefaßt. Generationen von Heiminsassen aber hatten die ursprünglichen Bezeichnungen überschmiert und entstellt – in diesem Fall zu *Arsch*, *Penis* und *Sauereien* –, so daß die innere Raumplanung des Heims ebenso verwirrend war wie seine äußere Erscheinung. Aileen hatte sich mit Pamela Haynes im Büro des Heimleiters verabredet, zahlreiche Irrwege aber führten sie immer wieder in einen Aufenthaltsraum, in dem vier junge Männer Tischfußball spielten und zwei weitere vor dem Fernseher saßen, wo ein Mann in Ölzeug sich darüber ausließ, wie man es anstellt, größere Rosen zu züchten. Sobald Aileen auftauchte, drehten sich alle um und starrten sie an, was sie erheblich verunsicherte. Enttarnt als eine unechte Autoritätsperson, die sich in diesem Haus nicht zurechtfand, fühlte sie sich, allein in diesem Rudel junger Wölfe, deutlich unwohl und begrüßte Pamela Haynes, die sich auf die Suche nach ihr begeben hatte, mit ganz ungewohnter Herzlichkeit.

Die Sozialarbeiterin war eine ungelenke Frau Ende Dreißig, sie wirkte gehetzt, abgearbeitet und ausgepumpt wie alle Menschen, die zuviel von ihrer Zeit für andere opfern und zuwenig dafür bekommen.

«Unheimlich lieb von Ihnen, daß Sie gleich gekommen sind», sprudelte sie hervor. «Wir müßten es gerade noch schaffen. Das Büro macht nämlich um neun auf, und dann muß Leonard, der Heimleiter, anrufen. Er ist ein sehr anständiger Kerl, aber schließlich ist es ja nun mal eine strafbare Handlung. Wenn wir nichts unternehmen, kommt er vor Gericht und wird eingesperrt, was anderes kommt für die ja heutzutage gar nicht mehr in Frage. Aber nach allem, was der arme Junge schon erlebt hat, würde ihn das echt fertigmachen.»

«Was hat er denn angestellt?»

«Sie haben ihn erwischt, wie er versucht hat, Vorhänge in Brand zu setzen. Gestern abend gegen neun. Es ist weiter nichts passiert, aber hier muß er natürlich weg. Fragt sich nur, wohin.»

Sie wechselten einen stummen Blick.

«Sie meinen, wir sollten ihn nehmen», sagte Aileen.

«Sonst schnappt ihn sich die Polizei. Die warten doch nur darauf, ihn noch mal durch die Mangel zu drehen, weil sie den Verdacht haben, daß er ihnen nicht alles gesagt hat, was er über den Mord weiß.»

Aileen sah auf den Fußboden, der mit Kunststoffplatten von unbestimmter Farbe belegt war.

«Wo ist er jetzt?»

«Im Büro des Heimleiters. Deshalb konnte ich am Telefon nicht deutlicher werden, er saß direkt neben mir. Wollen Sie mit ihm sprechen?»

«Am besten spreche ich zuerst mit dem Heimleiter.»

Leonard war ein untersetzter Mann in abgetragener Tweedjacke mit Lederflecken an den Ellbogen, abgewetzten Cordsamthosen und Hush Puppies, die genau wie ihr Besitzer bereits etliche kahle Stellen aufwiesen. Er wirkte wie ein Lehrer, der sich damit abgefunden hat, daß er für seine Schüler eine Witzfigur ist, aber noch nicht erkannt hat, daß auch seine Kollegen auf ihn herabsehen. Auf Aileens Bitte führte er sie nach oben zum Tatort. Der Schlafsaal war ein großer, kahler Raum, die Wände waren mit Ölfarbe gestrichen, der Fußboden lackiert, was eine merkwürdig frostige Atmosphäre vermittelte, obgleich es in Wirklichkeit fast erstikkend heiß im Raum war. Die angesengten Vorhänge waren nicht mehr da, aber Scheiben und Wände waren rauchgeschwärzt und der Fensterrahmen an einer Seite angekohlt.

«Er hat den Stoff mit Feuerzeugbenzin getränkt», erklärte der Heimleiter. «Zum Glück hängt draußen auf dem Gang ein Feuerlöscher, so daß wenig Schaden entstanden ist. Hätten die Flammen das Holz erfaßt, wäre das alles hier in Flammen aufgegangen, da hätte niemand was machen können.»

«Wer hat ihn erwischt?»

«Zufällig war einer unserer Jungen gerade auf dem Weg zur Toilette, die Tür stand sperrangelweit offen. Als er vorbeikam, brannten die Vorhänge schon lichterloh.»

Während sie wieder nach unten gingen, ließ sich Leonard über die Schwierigkeit seiner Situation aus. «Es ist einfach so, daß nicht genug Personal da ist. Gary kann von Glück sagen, daß er Pam hat. Um die meisten unserer Jugendlichen kümmert sich niemand so recht. Allein im letzten Jahr hatten wir sechzehn gewalttätige Übergriffe auf Mitarbeiter.»

Erst als Aileen in seinem Büro Garys geschwollenes, grünblau schillerndes Gesicht sah, begriff sie, warum Leonard ihr das alles erzählt hatte.

«Ich konnte nichts machen», sagte der Heimleiter rasch. «Während wir damit beschäftigt waren, das Feuer zu löschen und notdürftig Ordnung zu schaffen, hat sich eine Clique auf dem Klo über ihn hergemacht. Ich bin der letzte, der Gewalttätigkeiten billigt, aber in gewisser Weise habe ich auch Verständnis für diese Reaktion. Wenn niemand was gemerkt hätte, wären wir jetzt alle Rauchfleisch.»

«Aber das war doch gerade der Sinn der Sache», fuhr Aileen auf. «Sie *sollten* es merken. Hat denn das wirklich keiner hier durchschaut?»

Eine Welle hilfloser Liebe schlug über ihr zusammen. Der Drang, den Jungen in die Arme zu nehmen, war fast unwiderstehlich. Sie reagierte auf diese irrwitzige Regung, wie andere etwa auf den Gedanken reagieren würden, sich von der Spitze eines hohen Gebäudes zu stürzen – in der festen Überzeugung, daß es dazu nicht kommen wird, aber ziemlich entsetzt darüber, daß man an so etwas überhaupt denken konnte. Mittlerweile hatte sich Aileen damit abgefunden, daß es sich bei ihrer Beziehung zu Gary Dunn um den eklatantesten Fall von Gegenübertragung handelte, der ihr in ihrer Praxis je untergekommen war. Es ist nicht ungewöhnlich, daß Patienten bei ihrer psychotherapeutischen Behandlung auf den Therapeuten Gefühle übertragen, die sie Autoritätspersonen aus ihrem früheren Leben entgegenbrachten. Heranwachsende neigen besonders dazu, eine Therapeutin mit der Mutter zu identifizieren. Auch bei Therapeuten kommt eine entsprechende Gegenübertragung von Emotionen nicht selten vor, und Aileen wußte seit langem, daß sie als kinderlose, in der Jugendarbeit tätige Frau dafür besonders anfällig war. Ihre Gefühle für Gary Dunn aber waren völlig anders als alles, womit sie bisher hatte umgehen müssen. Als der Schock der ersten Begegnung sich gelegt hatte, konnte sie das Problem bis zu einem gewissen Punkt vom Verstand her aufarbeiten. Hätte sie ihr Kind behalten, wäre es jetzt etwa so alt wie Gary. Außerdem bestand tatsächlich eine gewisse Ähnlichkeit zwischen dem Jungen und Raymond, besonders im Hinblick auf die Haarfarbe und den einen oder anderen Gesichtsausdruck. Schlimm war, daß sie nicht darüber sprechen konnte. Weder mit Douglas – aus offensichtlichen Gründen – noch mit ihren Kollegen. Jenny Wilcox pflegte zwar zu sagen, daß der staatliche Gesundheitsdienst nur deshalb noch nicht zusammengebrochen war, weil es Frauen gab, die das Leben nicht ertragen konnten, ohne sich unentbehrlich zu fühlen, so daß sie Gehälter und Arbeitsbedingungen akzeptierten, die andere Arbeitnehmer nie hingenommen hätten, aber ihr Problem mit Gary Dunn mochte Aileen ihr trotzdem nicht anvertrauen. Vielleicht war der staatliche Gesundheitsdienst ja wirklich darauf angewiesen, die Muttergefühle seiner Mitarbeiterinnen auszubeuten, aber eine Therapeutin, die einen Patienten mit ihrem ungeborenen Kind verwechselt, konnte ihre Behörde ebensowenig dulden wie das Rekrutierungsbüro den Bewerber Raymond hatte dulden können, der es angeblich gar nicht abwarten konnte, Menschen abzuschlachten.

«Ich hab's Ihnen doch gesagt», meinte Gary triumphierend, als Aileen mit ihm allein war. «Die Stimmen haben mich dazu gezwungen. Ich muß alles machen, was sie sagen.»

Aileen gab es einen Ruck.

«Was für Stimmen?»

«Die ich im Kopf höre. Ich hab doch immer gesagt, daß noch was passiert, wenn Sie mich nicht wegsperren lassen. Jetzt müssen Sie mich doch nehmen, nicht? Wer weiß, was die mir das nächste Mal sagen.»

«Von diesen Stimmen hast du mir nie was erzählt.»

Stimmen, die ihre Opfer steuern, findet man als Symptome für eine Schizophrenie in jedem Lehrbuch. Hätte Gary vorher etwas von diesen angeblichen Stimmen verlauten lassen, hätte man Pams vorläufige Diagnose wohl nicht so rasch vom Tisch gefegt.

«Was sagen sie dir denn noch, diese Stimmen?»

«Daß ich nicht glauben soll, was die Ärzte sagen. Daß man denen nicht trauen kann. Daß ich die Pillen nicht nehmen soll, die sie mir gegeben haben. Daß ich nichts wert bin, ein nutzloser, böser Mensch. Daß ich mich umbringen soll.»

Aileen seufzte. Wie hatte Jenny sich ausgedrückt, als sie eine von Garys Vorstellungen geschildert hatte? *Wir haben dagesessen und uns für ihn geniert.* Was er jetzt brachte, war fast ebenso peinlich.

«Wir können dich nicht in die Klinik aufnehmen, wenn du dort Feuer legst», meinte sie.

«Dort mach ich das ja auch nicht.»

«Aber du hast gesagt, daß du machen mußt, was dir die Stimmen befehlen. Wenn sie dir nun sagen, du sollst wieder Feuer legen?»

«Tun sie nicht.»

«Woher willst du das wissen?»

«Weiß ich eben.»

Aileen ging zum Fenster, wo ein riesiger Gummibaum sich bis zur Decke streckte und sich dort ausbreitete wie ein Geist, der gerade aus der Flasche gefahren ist. Sie strich mit dem Finger über ein Blatt und streifte die Staubschicht ab. Bis zum Wochenende war in der Aufnahmestation ein Bett frei. Das waren nur drei Tage, aber zumindest fiel dann der Junge nicht sofort der Polizei in die Hände. Eine weitere Brandstiftung war unwahrscheinlich. Gary hatte die Vorhänge ganz gezielt in Brand gesetzt, er hatte sich dazu ein Zimmer ausgesucht, von dem aus ein Feuerlöscher schnell erreichbar war, er hatte die Tür weit offengelassen und das Streichholz erst angerissen, als jemand vorbeigekommen war.

Aileen äußerte ein paar unverbindlich beruhigende Worte, dann ging sie auf den Gang hinaus, wo der Heimleiter mit Pamela wartete. Sie würde sich um Garys Aufnahme in die Klinik bemühen, sagte sie, und versprach, sich im Lauf des Vormittags von dort aus zu melden.

Sie hatte ihren klapprigen roten Mini – Douglas hatte ihr den Wagen vermacht, als er sich den Volvo zulegte – gegenüber vom Heim auf der Straße abgestellt. Auf dem Garagentor neben ihrem Parkplatz prangten Graffiti und Sprüche wie *Zieh Leine, du Arsch!... Skins raus!...* und *Hip hop don't stop*. Doch was Aileens Aufmerksamkeit fesselte, waren vier in sauberen Blockbuchstaben untereinander angeordnete Worte:

ESSEN
SCHEISSEN
STERBEN
KISTE

Während der Fahrt zur Arbeit wiederholte Aileen diese Wortfolge immer wieder. Normalerweise beachtete sie Graffiti nicht weiter, aber diese vier Worte gingen ihr merkwürdigerweise nicht aus dem Kopf. Erst als die Klinik vor ihr auftauchte, konnte sie wieder logisch und vernünftig denken. Ja, falls der Chefarzt nichts dagegen hatte, würde sie Gary zumindest bis zum Ende der Woche in der Klinik unterbringen können. Wenn die Behauptung des Jungen, jemand wolle ihm ans Leben, eine Wahnvorstellung war, mußte sie – wie alle Wahnvorstellungen – eine Funktion gehabt haben. Er mußte etwas wissen, was er nicht zugeben mochte, oder aber er hatte früher einmal ein traumatisches Erlebnis gehabt, das er nicht akzeptieren konnte. Wenn man ihm helfen wollte, mußte man feststellen, worum es sich handelte, und das bedeutete, den Schutzwall niederzureißen, den er um sich herum errichtet hatte, in seiner Vergangenheit zu stochern. Denn dort, das spürte Aileen ganz deutlich, würde sie den Ursprung seiner eingebildeten Ängste und die Erklärung dafür finden.

3

Vor acht Monaten, im kalten Januar, war Gary Dunn noch zwei Jahre jünger gewesen. Damals hieß er Steve, Steven Bradley, und bis die Schnüffler ihn aufnahmen, hatte er in einem Kanalrohrabschnitt unter der Westway-Autobahnbrücke genächtigt, zwischen Wood Lane und der U-Bahn-Trasse. Sie waren älter als er, große, kräftige Typen, fast erwachsen. Er hatte sie schon öfter gesehen mit ihrem steifen, roboterhaften Gang, die prall aufgeblasenen Plastiktüten in der Hand, die Augen glasig wie die der Fischköpfe, die er manchmal fand, wenn er auf der Suche nach einem Abendessen die Mülltonnen durchwühlte. Sie retteten ihn aus den Fängen der Polizei. Der eine hieß Jimmy, der andere Dave, und auf dem Revier waren sie aufgrund der Anzeige einer Frau gelandet. Dabei hatten die beiden bloß «zickige Scheißfotze» zu ihr gesagt, weil die Alte sie irgendwie blöd angeglotzt hatte. Die Polizeibeamten hatten sie ein bißchen schikaniert, aber viel mehr konnten sie ihnen nicht tun. Der Erwerb von Leim ist nicht verboten, und wenn der Konsument ihn weniger seiner Klebkraft als seiner halluzinogenen Wirkung halber kauft, so ist das seine Sache. Das Leben hingegen darf man erst ab sechzehn ohne die Aufsicht Erwachsener konsumieren, und daß er über sechzehn war, konnte Steve nicht beweisen, womit für die Polizei zunächst mal alles klar war. Dann aber warf ihnen Jimmy, ein übler Schläger mit blonden Locken und dem Gesicht eines gefallenen Engels, Sand ins Getriebe.

«Ist doch mein Bruder, wa?»

«Verpißt euch», sagte der Wachhabende ausdruckslos.

«Ehrlich. Hält uns an der Kandare. Kümmert sich 'n bißchen um uns. Ohne den wären wir viel schlimmer dran.»

«Reine Monster wären wir ohne den», bestätigte Dave. Er war groß und mager und trug eine zerschlissene Jeansjacke, auf deren Rücken in Kugelschreiberschrift «The Cult» stand, abgeschnittene Army-Hosen und schwarze Springerstiefel. Hakenkreuztätowierungen zogen sich über seinen Hals, seine Wange und den kahlgeschorenen Schädel wie die Fußabdrücke eines exotischen Vogels.

Natürlich nahm ihm der Sergeant das nicht ab. Er wußte, daß die beiden Schnüffler ihm nur die Schikanen heimzahlen wollten. Doch er war ein alter Hase und wußte, daß es nicht lohnte, hier Energie zu investieren. Davon hatten diese Typen mehr als genug – trotz des Raubbaus, den sie mit ihrem Körper trieben –, während er selbst, auch wenn er sich streng an seine Diäten und Fitnessübungen hielt und viel schlief, am Abend immer fix und fertig war. Jungsein war einfach unfair. Und was sollte er sich schließlich mit diesem halbwüchsigen Streuner aufhalten? Die Eltern wollten ihn wahrscheinlich gar nicht mehr haben. Oder aber der Junge wollte nicht zu ihnen zurück. Das Sozialamt war erst recht nicht scharf auf solche Kandidaten, und bei einem der freiwilligen Wohlfahrtsverbände war er womöglich schon gewesen und prompt wieder abgehauen. So oder so – ein hoffnungsloser Fall. «Verpißt euch», wiederholte der Sergeant und wandte sich ab.

Vor dem Revier wollte Steve sich davonmachen.

«Hiergeblieben», sagte Jimmy kopfschüttelnd. Den Jungen hinter sich herziehend, ließ er sich des langen und breiten darüber aus, daß solche abgefuckten Typen wie er nicht mal nach Hause finden würden, wenn man sie nicht an der Hand nahm. Dabei redete er sich derart in Rage, daß Dave vorschlug, mal eben einen Sniff zu nehmen. Den Stoff, den sie bei sich gehabt hatten, waren sie bei den Bullen losgeworden. Die hatten überhaupt kein Recht dazu gehabt, ihnen was wegzunehmen – «Aber was soll's, wir können schließlich nicht jedesmal unseren Anwalt verständigen!» –, und sie machten einen Abstecher zu Woolworth, um sich neu einzudecken. Ein großes Schild machte die geschätzte Kundschaft darauf aufmerksam, daß die Geschäftsführung sich das Recht vorbehielt, mit Lösungsmitteln hergestellte Produkte nur in kleinen Mengen abzugeben, aber die Typen an der Kasse sahen alle aus, als ob sie selbst snifften und bedenkenlos auch den Preis einer Atombombe eingetippt hätten, sofern ein Preisschild dran war. Auf der Straße machte Jimmy die Tube auf und drückte etwas Leim in die Plastiktüte, die Dave sich genommen hatte, ohne zu fragen. Dann machten sie sich, abwechselnd die Tüte vors Gesicht haltend, auf den Heimweg. Als Dave seinen Zug gemacht hatte, reichte er die Tüte automatisch an Steve weiter, aber Jimmy riß sie ihm erbost aus der Hand.

«Daß du mir Klein-Stevie nicht verdirbst!» fuhr er ihn an. «Die Mama würd sich im Grab rumdrehn.»

Steve trabte brav hinter den beiden Schnüfflern her, die ihn scheinbar vergessen hatten. Er hatte schließlich nichts zu versäumen.

An einer Kreuzung nördlich der Uxbridge Road waren Jimmy

und Dave plötzlich verschwunden. Das Eckgrundstück war mit Wellblechplatten eingezäunt, und während Steve noch zaudernd dastand, kam zwischen den Platten plötzlich ein Arm hervor und zog ihn durch eine Lücke. Dahinter war es wie auf dem Land: eine modrige Wiese mit welkem Gras und hohem Unkraut. Überwucherte Büsche und Sträucher kämpften um Licht und Lebensraum. Auf den verfallenen Resten von Stufen und auf dem Weg lagen grünschimmelige Zweige. Jimmy stieß seinen dicken Zeigefinger Steve unters Auge.

«Kannst von Glück sagen, daß wir dich nicht zu Brei schlagen. Wenn du uns noch mal bei den Bullen reinreißt, mach ich dich platt.»

Wäre Steve sicher gewesen, wo die Lücke zwischen den Wellblechplatten war, hätte er versucht, sich abzusetzen, aber dazu war es jetzt zu spät. Auf einem Trampelpfad, der durch das verfilzte Gras führte, gingen sie zum Haus, das in dieser stillen Wildnis aus der Nähe sehr groß schien. Fenster und Türen waren mit Sperrholzplatten vernagelt, aber Dave stemmte die Platte vor der Hintertür so weit auf, daß sie sich durchzwängen konnten. Hätte das Haus zum Verkauf gestanden – es sollte in Kürze abgerissen werden, weil auf dem Gelände eine Altenwohnsiedlung geplant war –, hätte in der Maklerbeschreibung stehen können: «Seltene Gelegenheit zum Erwerb einer Immobilie, die viele Chancen für phantasievolle Neugestaltung bietet.» Alex, einer der Mitbewohner, der ein geschickter Bastler war, hatte unter Umgehung des Zählers die Stromversorgung angezapft. Es war sogar mal davon die Rede gewesen, Heizung einzubauen und einen Herd anzuschließen, aber daraus war nichts geworden. Treppe, Türen und Scheuerleisten wie auch die meisten Dielenbretter waren inzwischen verheizt. Auf der immer kleiner werdenden Insel noch vorhandener Dielenbretter lagen Matratzen um einen Fernseher und einen Videorecorder herum. Die Geräte waren die Spende eines Kontaktmannes von Jimmy, der hin und wieder schlagkräftige Unterstützung für seine zahlreichen Projekte benötigte. Leider war er kurz vor Weihnachten in ein Messer gelaufen, und seitdem ging es bei Schnüfflers ein bißchen knapp zu.

Als Steve mit den anderen hereinkam, lag Alex auf einer Matratze und sah fern. Ein Mädchen mit weißem Haar und schwarzen Lippen in limonengrünem T-Shirt, kurzem silbrigem Rock, zebragestreiften Strumpfhosen und rosa Socken, einen Sony-Walkman im Ohr, lag bäuchlings auf einer zweiten Matratze. Die Beine hatte sie in die Luft gestreckt, der linke Fuß streichelte lässig die Rundung ihrer rechten Wade. Tracy, so hieß das Mädchen, und Alex, ein rüder Straßenjunge aus Belfast, waren von Steves plötzlichem Auftauchen sichtlich verblüfft. Doch niemand – bis auf Dave, wenn er mal wieder seinen Koller hatte – bestritt, daß Jimmy hier das Sagen hatte, und bei dem hatte sich nun mal der Gedanke festgesetzt, daß Steve sein jüngerer Bruder war, der sich um sie kümmerte und sie halbwegs an der Kandare hielt. Nachdem die Woolworth-Tüte ein paarmal gekreist war, zweifelte – außer Steve – niemand mehr an diesem Tatbestand.

Steve fand sich schnell in seine neue Rolle. Er war zum erstenmal, so weit er zurückdenken konnte oder mochte, zu etwas nütze, er war Teil einer Familie, gehörte dazu. Er ging zum Einkaufen in den Laden auf der Trencham Road mit dem Schild LE ENS ITTEL, wo er fast alles bekam, was die Schnüffler brauchten – Eßbares, Schnaps und Leih-Videos. Er erinnerte sie, sich rechtzeitig beim Sozialamt zu melden, und tippelte brav bis zu dem großen Wohnblock, den sie als Adresse angegeben hatten, um die Schecks aus dem kaputten Briefkasten zu holen. Er hielt sie, so gut das möglich war, davon ab, sich durch elektrischen Strom umzubringen oder sich zu vergiften, wenn sie total out waren, was jeden Abend und meist auch tagsüber der Fall war. Er war der Mittler, der Verbindungsmann, der Schabbesgoi, der für die Schnüffler Botengänge in die Wirklichkeit machte.

Die Schnüffler hielten sich getreulich an Jimmys Szenario und ließen Steve nie an ihren Ritualen teilnehmen. Er blieb Zuschauer, wenn sie die berauschenden Dämpfe einatmeten und die Plastikflaschen mit Apfelwein herumgehen ließen. Er sah sie lallend, mit stumpfem, angsterfülltem Blick, in der Gegend herumfuchteln. Er sah sie raufen, meist mit täppischen, harmlosen Schlägen, die ihr Ziel weitgehend verfehlten. Allerdings gab es Ausnahmen. Eines

Abends packte Dave Jimmys Kehle und drückte mit seinen Wurstfingern zu, bis Alex ein brennendes Scheit aus dem Feuer holte und ihm damit über den Kopf schlug. Steve sah sie vögeln, sah, wie sie nacheinander Tracy bestiegen, als sei das eine lästige, aber unverzichtbare Notwendigkeit, wie Stuhlgang. Danach schliefen sie ein, wo sie gerade lagen, und am nächsten Tag ging alles wieder von vorn los. Es war, als teile man einen Käfig mit einem Rudel reizbarer wilder Tiere, die gewalttätig und unberechenbar, aber nicht besonders schlau waren. Steve sah die Gefahren wohl, tröstete sich aber damit, daß er in jedem Fall einen kleinen Vorsprung hatte und die Stimmungsumschwünge der Schnüffler wittern würde, ehe sie selbst so richtig wußten, was sie wollten. Alles in allem ging es ihm besser als seit langem.

Allerdings reichten seine Erinnerungen nicht sehr weit zurück und waren auch nicht sehr klar. Sie bestanden aus einer Sammlung von Bildern, die so unzusammenhängend und scheinbar sinnlos waren wie eine Handvoll beliebiger Schnappschüsse. Wie die meisten Fotos zeigten auch diese Schnappschüsse nur lächelnde Menschen, aber Steve zog daraus nicht den üblichen Fehlschluß, daß die Vergangenheit eitel Glück und Wonne gewesen war. Die Kamera schien häufig ihr eigentliches Ziel verfehlt zu haben und hatte statt dessen ein Stuhlbein abgelichtet, ein Stück Teppich oder ein elektrisches Kaminfeuer, in dessen blinkendem, konkavem Blech sich zwei Heizstäbe spiegelten, von denen der untere manchmal in einem stumpfen Rot glühte. Menschen gab es auf diesen Fotos eher zufällig, als seien sie aus Versehen ins Bild gestolpert, so daß nur ein Stück von ihnen – eine Schulter, ein Stück Kleid, eine Haarsträhne – deutlich zu sehen war. Trotzdem war Steve ganz zufrieden mit seinen Erinnerungen, auch wenn das entscheidende Foto fehlte, das ihm die Erklärung dafür geliefert hätte, warum es diese Sammlung überhaupt gab und warum sie sich in seinem Besitz befand.

Jimmy allerdings waren die Unwägbarkeiten in Steves Beziehung zu seiner Vergangenheit nicht begreiflich zu machen. Er kapierte einfach nicht, warum sich der Typ nicht einfach wie alle anderen bei diesem Scheiß-Sozialamt meldete. Hielt dieser Wichser sich etwa für was Besseres? Nach ein paar Wochen nahmen er und Dave ihn einfach mit, aber als Steve die Verschläge sah, in denen man bei den Beamten zum Verhör antreten mußte, setzte er sich schleunigst wieder ab. Das war ja wie bei der Polizei.

Am Abend kam es dann zum großen Krach.

«Jetzt seht euch diesen Scheiß an», stieß Jimmy hervor und deutete auf ihr Abendessen, das aus einer Packung Hähnchenfrikadellen, einer Schachtel Salzkekse und einem Rest kalten Reispudding aus der Dose bestand. «Ist ja zum Kotzen. Und fast nichts mehr da.»

«Wißt ihr, wie die das machen?» Dave hielt das letzte Stück hellgraue Frikadelle hoch. «Erst schneiden sie den Viechern die Köpfe ab, dann kommen sie in ein Säurebad, damit die Federn und all das abgehn, sie werden abgebraust, aufgeschnitten, die Gedärme raus und so, in eine Presse geschmissen und zermahlen, mit Knochen und allem...»

Jimmy wandte sich vorwurfsvoll an Steve.

«Wir gehen raus und schaffen die Knete ran, und du frißt dich inzwischen voll.»

«Jeder, wie er kann», brummelte Alex.

Tracy, die gerade ihre Fingernägel in einem schrillen Rot lakkierte, sah auf.

«Für'n Hamburger und Fritten würd ich sonstwas geben», sagte sie sehnsüchtig.

«Ihr seid vielleicht 'ne Bande von blöden Wichsern», brüllte Jimmy los und trommelte auf den Fußboden. «An die Zukunft denkt ihr überhaupt nicht, was? Schaut euch diese Bruchbude an. Jeden Tag können die mit ihren Bulldozern kommen. Und was macht ihr? Bringt noch diesen unnützen Fresser mit!»

Er deutete auf Steve. Die anderen starrten ihn an, als sähen sie ihn zum erstenmal.

«Aber ich hab gedacht... ich denk, er ist dein Bruder», sagte Dave ratlos.

Jimmy glotzte ihn an. «Mein Bruder? Der und mein Bruder? Du tickst wohl nicht mehr richtig! Wo ich gar keinen Scheißbruder nicht hab...»

Daves Gesicht wurde noch ratloser.

«Soll das heißen, daß er uns die ganze Zeit was vorgemacht hat? Also weißte... nee, wenn ich was nicht abkann... Ich hab ja nichts dagegen, wenn einer sich hinstellt und mir was sagt, frei von der Leber weg, offen und ehrlich...»

«Scheißoffen und scheißehrlich...» echote Alex.

«Und wenn's mir nicht gefällt, dann meld ich mich eben. Aber wenn ich was nicht abkann, ist es so 'ne Schleimerei, wenn einer wochenlang rumschleicht, also ehrlich, das ist...»

Daves Satz endete in einem unverständlichen Gemurmel.

«Laufenlassen können wir ihn jetzt nicht mehr», überlegte Jimmy. «Er weiß zuviel.»

«Keiner verläßt lebend die Organisation», sagte Alex mit seinem scharfen irischen Akzent. «Wer nicht für uns ist, der ist gegen uns.»

«Du kennst doch diese Anzeigenblätter...» sagte Steve.

«Wie kommste denn jetzt auf so was?» fragte Jimmy mißtrauisch.

«Die brauchen immer Leute zum Austragen. Da nehmen sie jeden. Viel bringt's nicht, aber immerhin...»

Sie sahen den Jungen lange an. Endlich nickte Jimmy nachdenklich.

«Versuchen kann man's ja mal.»

Und dann beruhigten sie sich wieder. Dave schob das neue Video ein, es handelte von einem gräßlichen Ungeheuer, das alle Leute aufstöberte, die in einem bestimmten Haus gewohnt hatten, und sie auf unterschiedlichste, höchst phantasievolle Art und Weise zu Tode brachte. Auch bei diesem Streifen gab es Stellen, wo nichts weiter los war, wo nur der Fortgang der Handlung vorbereitet wurde, und während dieser Atempausen nahm Steves Idee allmählich Gestalt an. Bis Mitternacht hatte Jimmy in großen Zügen den Plan für ein Verteiler-Imperium ausgearbeitet, das sich den Vertrieb der kostenlosen Blättchen landesweit unter den Nagel reißen sollte, wobei er für die eigentliche Arbeit ein Heer schlechtbezahlter armer Teufel anheuern und selbst das große Geld machen würde.

«Jeder, der sein Scheißblatt unter die Leute bringen will», begeisterte er sich, «muß erst mal mit uns reden. Wir können jeden Preis fordern, wir haben ganz England im Griff.»

«Und was ist mit Ulster?» warf Alex ein. «Wir haben schließlich auch unser Blut an der Somme gegeben.»

Doch diese Bemerkung ging in dem Geschrei einer jungen Frau unter, die von dem Videomonster Stück für Stück zergliedert wurde.

Wie gewöhnlich sah am nächsten Morgen alles ganz anders aus. Es war Tracy, die das Thema erneut zur Sprache brachte. Sie hatte noch ein Hühnchen mit Jimmy zu rupfen, der ihr am Vorabend, als sie ihm einen hatte ablutschen wollen, in den Mund gepinkelt hatte. Sie machte ein paar spitze Bemerkungen über den künftigen Großunternehmer, der vor dem Fernseher hockte und eine Kindersendung guckte. Steve spürte, daß sich Unheil zusammenbraute, und sagte, er würde mal den *Capital Adviser* anrufen. Er kam mit der Nachricht zurück, daß sie zur Zeit keine Austräger brauchten, und damit wäre das Thema zunächst erledigt gewesen, hätte nicht Jimmy das Gefühl gehabt, daß seine Glaubwürdigkeit auf dem Spiel stand. Am Freitag wurden die beiden Rentner, die in dieser Gegend den *Advertiser* auslieferten, überfallen und zusammengeschlagen. Der Kinderwagen, in dem sie die Blätter transportierten, flog von einer Eisenbahnbrücke. Bei seiner nächsten Anfrage erfuhr Steve, unerwartet sei eine Austrägerstelle frei geworden.

Es war eine lange Tour, und Alex erbot sich, ihm zu helfen, nur war der leider nur dann zur Arbeit fähig, wenn er high war, und in diesem Zustand sah für ihn ein Haus so ziemlich wie das andere aus. Infolgedessen bekamen die Bewohner einer Straße innerhalb von fünf Minuten jeweils vierzig Exemplare des *Advertiser*, einige griffen zum Telefon, um sich zu beschweren, und damit war Alex' kurze Karriere als Zeitungsausträger schon zu Ende. Steve bekam eine neue Runde, die etwas weiter weg, aber kürzer war, so daß er sie allein schaffte. Sorge machte ihm nur, daß die Bezahlung so dürftig war – knapp einen Penny pro Blatt –, daß Jimmy sich kaum damit zufriedengeben würde. Doch Jimmy hatte an Wichtigeres zu denken. Einer der Rentner, über die er und Dave hergefallen waren, hatte kurz zuvor seine Rente abgeholt und über siebzig Pfund bei sich gehabt. Das hatte Jimmy derart beeindruckt, daß er darüber Steves Zuschuß zum Haushaltsgeld ganz aus den Augen verlor. Da war plötzlich eine Tür in eine andere Welt aufgegangen, Chancen winkten, ein ganz neuer Lebensstil lockte. Jimmy wußte – anders als diese Hirnis, mit denen er zusammenwohnte –, daß das Leben nicht nur aus Kleber, Apfelwein und Abrißhäusern besteht, daß es noch ganz andere Sachen zu bieten hat. Heroin etwa und Bacardi-Rum und Trips in den Süden, ganz zu schweigen von aufgemotzten BMWs, Designerklamotten und 250-Watt-Hi-Fi-Anlagen. Sachen, für die man leider Kohle brauchte. Doch offenbar war es viel einfacher, an Kohle zu kommen, als er sich das vorgestellt hatte.

Inzwischen lieferte Steve brav jede Woche den *Capital Adviser* an 230 Adressen. Der Job gefiel ihm. Er sah sich als eine Art Briefträger. Er selbst bekam zwar nie Post, aber er wußte, daß man Briefträger im allgemeinen gern sah und ihn, Steve, vielleicht sogar noch lieber. Der Briefträger bringt nicht nur gute, sondern auch schlechte Nachrichten, aber die schlimmen Dinge, die Steve den Leuten ins Haus brachte, passierten immer nur den anderen. In seinem Blättchen standen jede Menge traurige Geschichten von tapferen Kindern, verzweifelten Muttis, herzlosen Gangstern, ausgesetzten Haustieren, überfallenen Omis und abgefackelten Pennern, aber da die alle anderen Leuten passierten, waren es im Grunde gute Nachrichten. Je mehr andere Leute auf den Deckel kriegten, so hatte Steve sich das zurechtgelegt, desto geringer war die Aussicht, daß es einen selber erwischte. Steve hatte, auch darin dem Briefträger ähnlich, wenig Kontakt mit seinen Kunden. Im Lauf der Wochen aber wurde ihm seine Tour vertraut, und er sah die Unterschiede zwischen den Türen, durch deren Briefschlitz er das Blatt steckte. In Form und Größe waren sie alle mehr oder weniger gleich, aber bei genauerem Hinsehen hatte jede ihr eigenes Gesicht. Einige hatten durchsichtige Glasscheiben, so daß man direkt in die Diele sehen konnte, aber das war selten, und meist war die Diele dann so pingelig sauber und aufgeräumt, daß sie mehr wie eine zweite Tür wirkte. Das eigentliche Haus – unordentlich, intim, voller Geheimnisse – begann erst dahinter. Häufiger waren Milchglasscheiben in die Türen eingelassen, bei manchen war das Glas nur leicht eingefärbt und hatte dazwischen nahezu durchsichtige Streifen, durch die man gucken konnte. Etwas besonders Interessantes bekam Steve nie zu Gesicht, aber er näherte sich diesen Türen stets mit großer Spannung. Man konnte ja nie wissen... Meist aber war das Glas völlig undurchsichtig, was der Tür einen Anstrich falscher Aufrichtigkeit gab, als sei sie ein Mensch, der so tut, als habe er nichts zu verbergen. Da waren Steve Massivholztüren schon lieber, die sperrten dich einfach aus, ohne jedes Wenn und Aber. Da gab es schäbige Sperrholzplatten, aber auch auf vornehm gemachte altertümelnde Furniere. Die meisten Türen gehörten eigentlich zu einem Standardtyp und hatten früher mal alle gleich ausgesehen, aber durch Wind und Regen, Kratzer und Risse, unterschiedliche Anstriche, Hausnummern, Namen, Klopfer und Klingeln – gar nicht zu reden von den Briefschlitzen, die von Schulter- bis Fußhöhe reichten – war jede inzwischen einmalig und unverwechselbar, und nach und nach lernte er sie alle gründlich kennen. Seine neuen Freunde waren erholsam und beruhigend. Im Gegensatz zu den Schnüfflern kannten sie keine Launen. Bei Regen wie bei Sonnenschein waren sie da und warteten brav darauf, von ihm gefüttert zu werden. So verlief alles friedlich und erfreulich – bis zu einem Tag Anfang März.

Die Grafton Avenue lag am Ende von Steves Tour. Auf der einen Straßenseite waren die Häuser abgerissen worden, um einer Sozialsiedlung Platz zu machen, die aber schon zum nächsten Austrägerbezirk gehörte, so daß Steve sie nur als eine Art Kulisse empfand. Für ihn begann die Grafton Avenue mit einer Zeile dreistöckiger, in einzelne Wohnungen aufgeteilter Doppelhaushälften mit Erkern, Säulchen und Stufen, die zu einem imponierenden Portikus führten, wo er jeweils einen Stoß Zeitungen deponierte – ein Exemplar für jede Wohnung. Danach kamen schmucke Villen mit viel architektonischem Schnickschnack wie Stuckarbeiten und Schmuckziegeln. Steve erinnerten sie an den ältlichen Asiaten in

LE ENS ITTEL – schlicht und exotisch, weltfremd und habgierig zugleich wie ein verkleideter Fürst oder ein Zauberer, der schon bessere Zeiten gesehen hat. Das letzte Haus der Straße fiel völlig aus dem Rahmen. Es war hoch und schmal, so daß man den Eindruck hatte, es könne jeden Augenblick umkippen. Die Mauern rechts und links waren blind und fensterlos, als sei das, was jetzt noch von dem Haus stand, der Rest eines viel größeren Bauwerks. Die unteren Geschosse wölbten sich zu aggressiv vorspringenden Erkern. Auf den ersten Blick war kein Ein- oder Ausgang zu erkennen, dann aber zeigte sich, daß der Bruchsteinweg zu einer Veranda führte, wo sich im Lauf vieler Jahre Haufen von Blättern und Unrat angesammelt hatten. Wenn sich die Augen an das Dämmerlicht gewöhnt hatten, konnte man auch die Haustür ausmachen – vier schwere, ungestrichene Holzpaneele, durch geschnitzte Streifen unterteilt. In die Querstreifen zwischen den unteren und den oberen Paneelen war ein großer stumpfer Messingbriefkasten eingelassen. Am Türrahmen, etwa auf der gleichen Höhe, befand sich ein elfenbeinerner Klingelknopf in einer Messingscheibe.

Steve wußte inzwischen, daß nicht nur Türen, sondern auch Briefkästen beträchtliche Unterschiede aufweisen. Manche öffneten sich so schlapp wie ein zahnloser Mund, andere schnappten sich die zusammengelegte Zeitung wie ein spielender Hund. Was aber an jenem Nachmittag in der Graften Avenue geschah, hatte Steve noch nie erlebt. Als er den gefalteten *Capital Adviser* in den Briefkasten schob, blieb er dort nicht unbeweglich stecken und fiel auch nicht mit einem Plumps zu Boden, sondern glitt geschmeidig nach innen wie die Kassette in den Videorecorder.

Steve nahm rasch seine Hand weg, ehe der Briefkasten auch die verschlingen konnte. Sekunden später ging die Klappe wieder auf, ein Umschlag erschien, kippte über den Rand und flatterte zu Boden, während der Briefkasten mit einem sehr endgültigen Bums zuklappte. Steve bückte sich nach dem Umschlag und lief wie gehetzt die Stufen hinunter zur Straße. Erst dort setzte er die orangefarbene Umhängetasche ab und besah sich den Umschlag, auf dem weder Name noch Adresse stand. Er riß ihn auf. In dem

Umschlag steckten eine Fünf-Pfund-Note und ein mit Bleistift geschriebener Zettel:

Dose Corned beef (Fray Bentos oder andere gute Marke)
Grüne Erbsen
Kleine Dose Sardinen- und Tomatenpaste
Fleischbrühe (großes Glas)
Marmelade, möglichst Erdbeer
Würfelzucker
Zwei Dosen Pflaumen
Paket Tee
Bitte an die Tür stellen. Wechselgeld behalten.

Steve war etwas enttäuscht. Er hatte sich etwas weniger Alltägliches versprochen. Doch als er mit seiner Runde fertig war, ging er in den nächsten Tesco-Supermarkt, kaufte die Sachen und brachte sie in die Grafton Avenue. Als er sein Ziel fast erreicht hatte, sah er einen Mann auf sich zukommen, einen jungen Mann mit scharfen, kantigen Zügen, schwitziger Haut und fettigem Haar. Sein Grinsen war wie eine klaffende Wunde, seine Augen glitzerten. Er trug dreckiges, abgerissenes Zeug. Die Hosen waren lächerlich kurz, die Socken paßten nicht zusammen.

«Weißt du, wie spät es ist?» fragte er Steve. Der schüttelte den Kopf. Der Mann lachte verächtlich und ging davon.

Lange blieb Steve auf der Straße stehen und sah zu dem Haus hoch. Die Vorhänge waren zugezogen, in keinem der Räume war Licht zu sehen. Endlich holte er tief Luft, ging rasch den Pfad entlang und tauchte in die schützende, trockene Dunkelheit der Veranda. Er stieg die Stufen hoch, setzte die Tüte ab und lief zurück zur Straße. Dort blieb er noch eine Weile wartend stehen, aber nichts rührte sich. Das Haus sah aus, als sei es seit Jahren leer. Nach einer Weile fing es an zu nieseln. Steve schlug den Kragen hoch und trat in der Dämmerung den Heimweg an.

4

Besondere Feinfühligkeit konnte man den Schnüfflern beim besten Willen nicht nachsagen. In der folgenden Woche bekam Steve allenfalls etwas öfter als sonst zu hören, er solle nicht so blöd rummachen, aber nur Jimmy fragte ihn einmal: «Bist du am Kleber gewesen, oder was ist los mit dir?» Sie saßen auf den Resten des Wohnzimmerfußbodens und versuchten die Pizza zu essen, die Tracy im Supermarkt hatte mitgehen lassen, leider aber hatten sie nicht kapiert, daß sie dem Bild auf der Verpackung erst dann entsprach, wenn sie aufgebacken war. Nach ein paar Runden Farbverdünner aber hatten sie ihre Enttäuschung überwunden, und Jimmys Gehirn war jetzt durch eine Art Zirkelschluß blockiert – wie ein Computer, den man mit der Frage nach der Wurzel von minus eins lahmlegen kann. Jimmys Gedankengänge waren weniger abstrakt – er versuchte die Vor- und Nachteile eines innen- oder außenliegenden Whirlpools für die spanische Villa abzuchecken, von der aus er nach Überwindung seiner derzeitigen Cash-flow-Probleme seinen Drogenring zu dirigieren gedachte –, aber sie überlasteten seine grauen Zellen derart, daß sein Schluckmechanismus plötzlich versagte, so daß ihm die halb gekaute Pizza in der Kehle steckenblieb. Für Steve war das eher günstig, denn als Jimmy aufgehört hatte zu fluchen und zu husten und an roher Pizza zu würgen – letzte Grüße aus Davos, wie Alex bemerkte –, war Steves eigenartiges Benehmen längst vergessen.

In gewisser Weise aber war Jimmys Vermutung gar nicht so falsch. Steve war in dieser Woche tatsächlich daneben, allerdings nicht durch den Genuß berauschender Kleberdämpfe, sondern weil ihn ständig der Gedanke beschäftigte, was wohl passieren würde, wenn er am Freitag wieder zu dem Haus in der Grafton Avenue kam. Gegen die Droge Zukunft sind die meisten Menschen derart resistent, daß schon ein sehr einschneidendes Ereignis am Horizont auftauchen muß, um ihr tägliches Leben zu beeinflussen. Steve aber hatte fünfzehn Lebensjahre in einer schattenlosen Gegenwart verbracht, in der die Sonne stets im Zenith stand. Zum erstenmal gab es jetzt etwas, worauf er sich freuen konnte, und das empfand er wie eine Filmbeleuchtung mit gleißendem Licht und dramatischen Schatten, die das Alltägliche fremdartig und aufregend erscheinen läßt. Immer wieder stellte er sich dieselben Fragen. Wer hatte den Zettel geschrieben? Warum hatte er sich nicht gezeigt? Warum hatte er Steve eine Fünf-Pfund-Note anvertraut? Warum konnte er nicht selbst einkaufen gehen? Zunächst hatte Steve an einen Schwerkranken gedacht, der Hilfe brauchte, aber der hätte doch bestimmt einen Betreuer vom Sozialamt oder von irgendeiner anderen Stelle gehabt, die sich um solche Leute kümmert, bis sie sterben. Hatte er vielleicht einen Unfall gehabt, war er womöglich die Treppe heruntergefallen? Warum hatte er dann aber nicht Steve gebeten, Hilfe zu holen? Hätte Steve nicht in der folgenden Woche wieder das Haus aufsuchen müssen, hätte er die ganze Geschichte vermutlich einfach vergessen. So aber rätselte er, plante und träumte und genoß die bizarre Gewißheit, daß er in ein paar Tagen die Antwort in Händen haben würde.

Der Freitag war naß und windig. Die schützende Schicht Papier um das Zeitungsbündel war schon durchweicht, noch ehe Steve die Schnur hatte lösen und die Blätter in der wasserdichten orangefarbenen Umhängetasche hatte verstauen können. Er hatte sich ein Stück Plastikplane aus der Mülltonne als behelfsmäßiges Cape umgehängt, aber die scharfen Kanten scheuerten ihm die nasse Haut wund, und der Wind zerrte daran herum, so daß es keinerlei Schutz bot und er es bald wieder wegwarf. Um warm zu werden und weil ihn die Erwartung umtrieb, bewegte er sich im Laufschritt von Haus zu Haus. Als er in die Grafton Avenue einbog, glommen die Straßenlampen in dunklem Pink. Erst später, wenn die Dunkelheit sich vertieft hatte, würde sich ihr Licht zu einem gleißenden Gelb verstärken. Steve hielt sich nicht lange an den dreigeschossigen Doppelhaushälften auf. Er rannte die Stufen hoch und legte einen Stoß Zeitungen mit der Schlagzeile «Tapferer kleiner Gary verliert Kampf ums Leben» vor der Tür ab. Die schmucken Villen wurden ebenso rasch bedient. Bei den beiden letzten allerdings verlangsamte sich sein Tempo, er trödelte und faltete die Zeitungen mit übertriebener Sorgfalt, ehe er sie in den Briefschlitz steckte, denn jetzt, so kurz vor dem Ziel, kamen ihm plötzlich Bedenken.

Das Haus sah nicht anders aus als vorher: Ausschuß, Überbleibsel, Mißgeburt. Allen Verzögerungsstrategien zum Trotz stand Steve nun vor dem schmiedeeisernen Tor, in dessen Gitter sich eine leere Kartoffelchipstüte verfangen hatte wie Treibgut in einem Wehr. Steve ging über den Bruchsteinweg, der sich an unbeachtlichem Gebüsch vorbei zu dem überdachten Eingang mit den Stufen schlängelte. Hier, in der Stille und Dunkelheit, kam es ihm schon wärmer vor. Steve stieg so geräuschlos wie möglich die Stufen hoch. In den nächsten Sekunden war er praktisch auf alles gefaßt und entsprechend enttäuscht – wenn auch insgeheim erleichtert –, als nichts, aber auch gar nichts passierte. Die gefaltete Zeitung, die er in den Briefschlitz steckte, blieb, wo sie war. Er schob sie ganz durch und hörte, wie sie zu Boden plumpste. Die Briefkastenklappe fiel zu. Das war alles. Er machte kehrt und fühlte sich betrogen. War es möglich, daß er sich das, was vor einer Woche passiert war, nur eingebildet hatte? Manchmal hatte er Mühe zu entscheiden, wo seine Träume aufhörten und sein Leben anfing. Was war wirklich, und was war nur in diesem Dämmerreich geschehen, in dem alle Regeln aufgehoben sind, in dem jemand, von dem du denkst, er schläft, plötzlich tot vor dir auf dem Bett liegt, in einem Zimmer, aus dem du nicht herauskommst, so sehr du dich auch bemühst...

Hinter sich hörte er ein knirschendes Schurren, als habe sich die ganze Hauswand geöffnet. Als er sich umdrehte, sah er einen Lichtstreif an der Haustür, und dahinter erkannte er eine Gestalt. Etwas Weißes erschien in der Öffnung und flatterte wie eine Parlamentärsfahne in der Dunkelheit: ein Briefumschlag. Steve streckte die Hand aus und griff nach einer Ecke. Sogleich wurde das andere Ende losgelassen. Er sah ein Paar glitzernd ruhelose Augen, die über Gesicht und Kleidung des Jungen liefen wie hungrige Mäuse, rasch und heimlich, ohne sich etwas entgehen zu lassen. Dann schlug die Tür zu – und sah schon wieder aus, als sei sie seit Jahren nicht mehr geöffnet worden.

Die Liste war diesmal viel länger, und in dem Umschlag steckten zwei Fünf-Pfund-Noten. Die Sachen hatten ein beträchtliches Gewicht. An die schwere Umhängetasche mit Zeitungen war Steve inzwischen gewöhnt, aber bis er mit seiner Tour fertig war, hatte der Riemen ihm die Schulter wundgerieben, so daß die zusätzliche Last schmerzte und er beschloß, eine kurze Pause einzulegen. Auf dem Rückweg vom Supermarkt kam er an einem kleinen Park vorbei, einem rasenbewachsenen Triangel, durch das sich ein asphaltierter Weg zog, auf dem ältere Leute herumstanden und warteten, bis ihre Hunde mit nervösem Blick ihr großes Geschäft verrichtet hatten. Gleich am Eingang des Parks war ein Häuschen für MÄNER und RAUEN, das ähnlichen Zwecken diente und das Steve als Rastplatz kannte und schätzte. Hier war man vor Wind und Wetter geschützt, und in einer der Kabinen war das Fenster kaputt, so daß frische Luft hereinkam und den Gestank nach Desinfektionsmittel und abgestandener Pisse etwas milderte. Steve saß gern da und las die Geschichten. An allen Wänden standen diese weitschweifigen, sich wiederholenden Erzählungen ohne Punkt und Komma, die Storys von schmutzigen Höschen und Schuljungenhintern. Inzwischen hatte er sie alle mindestens einmal durch. Gerade weil er wußte, wovon sie handelten und wie sie endeten, wirkten sie um so beruhigender und entspannender. Steve war kein Freund von Überraschungen.

Als er herauskam, stürmte es noch heftiger als zuvor. Seine durchweichten Sachen hingen ihm schwer am Körper. Er war müde, ausgehungert und durchgefroren und überhaupt nicht mehr gespannt auf das, was sich in dem bewußten Haus tun mochte. Er bog in die Paxton Grove ein, die Straße vor der Grafton Avenue, und schleppte sich die letzten paar hundert Meter bis zur Ecke. Er war halb die Stufen hinauf, als er erkannte, daß die Haustür wieder offenstand. Zuerst war es nur ein Spalt, der sich vergrößerte, als Steve näher kam. Wärme zog ihm aus dem Haus entgegen, und in dieser Wärme hingen anheimelnde Düfte. Düfte, die ihm so vertraut waren wie der Geruch seines eigenen Körpers. Halb hinter der Tür verborgen, stand ein uralter verschrumpelter Mann mit dunkelfleckigem Gesicht, in dem die Adern und Sehnen dick vorstanden. Nur die Augen sahen mehr oder weniger normal aus, sie wirkten fremd und verrückt in diesem zerstörten Gesicht, als habe er sie gestohlen.

«Komm rein», sagte er und hob eine Hand, die einem dieser Stücke vom Huhn ähnelte, wie sie Steve manchmal in Mülltonnen fand und von denen er mittlerweile wußte, daß sie ungenießbar waren. Steve zögerte. Noch immer flutete Wärme durch die geöffnete Tür wie aus einer unerschöpflichen Quelle. Die wirbelnde Liebkosung verwirrte ihn und machte ihn schwindlig.

«Der Tee ist fertig», sagte der Alte.

Sein Blick strich unablässig über Steve hin wie ein Radarstrahl, und Steve witterte Furcht in dieser ruhelosen Bewegung. Der Mann da hat noch mehr Angst als ich, dachte er. Aber wenn die Gestalt dort unter der Tür in Wirklichkeit gar kein alter Mann war? Wenn er, sobald sich die Haustür hinter ihnen geschlossen hatte, eine wahnwitzige Lache anschlug und sich das gefurchte Gesicht herunterriß, hinter dem das bluttriefende Antlitz des Dämons hervorkam – wie in Daves Lieblingsvideo? Doch vorläufig zeichnete sich nichts dergleichen ab. Der Mann sah nicht anders aus als andere alte Leute, die Steve langsam und mühselig dahinschlurfen sah, als leisteten sie Buße für irgendeine Missetat. Die tröstlich warmen Gerüche ließen sein Unbewußtes wissen, daß ihm hier kein Leid geschehen könne. Mit fast profimäßigem Schwung warf sich Steve die orangefarbene Umhängetasche um und trat über die Schwelle.

Die Diele war – wie das Haus selbst – hoch und schmal. Licht spendete nur eine einzige Birne in einer großen Milchglasschale, die die Helligkeit so wirkungsvoll filterte, daß Steve nur mit Mühe eine in unsichtbare Höhen reichende Treppe und eine Tür zur einem großen Vorderzimmer erkennen konnte, dessen Fenster mit dicken Samtportieren verhängt waren. Als der Alte glücklich die Haustür abgeschlossen und verriegelt hatte, schlug er die entgegengesetzte Richtung ein. Sie tappten über einen langen Gang, von dem Türen mit Messingklinken abgingen. Die Wände zierte eine verblaßte Blümchentapete. Unter dem abgetretenen roten Läufer knarrten die Dielenbretter. Steves Angst war noch da, doch sie war in traumgleiche Ferne gerückt wie der Schmerz bei einer Teilnarkose. Ihm war, als hätten sie längst die Breite des Hauses überschritten, doch hätte es ihm nichts geholfen, einen Blick zurückzutun, um dieses dumme Gefühl loszuwerden, denn der Alte war vorhin kurz stehengeblieben und hatte das Licht hinter ihnen ausgemacht.

Der Gang endete in einem engen Erker mit niedriger Decke, die Steve fast berühren konnte. Eine schmale Treppe, steil wie eine Leiter, führte ins Souterrain.

«Gleich geschafft», sagte der Alte halblaut und begann den Abstieg.

Steve folgte ihm, noch immer in dieser traumgleichen Angstlosigkeit befangen. Je weiter sie nach unten kamen, desto wärmer und dunkler wurde es. Unten rannte Steve in den Alten hinein, der stehengeblieben war, um nach einem Schalter zu tasten. Der Körperkontakt war ein Schock. Es war wie damals, als er absichtsvollversehentlich Tracys Arm berührt hatte. Dann wurde es schwarz um sie. Der Alte hatte das Licht oben an der Treppe ausgeknipst.

«Die Birne hier unten ist kaputt», erläuterte er.

Merkwürdigerweise, ja, eigentlich unsinnigerweise blieb bei Steve auch jetzt, während er dem Alten folgte, die Angst aus. Die Schwärze war nicht absolut. Von vorn kam ein bißchen Licht, so daß man die Umrisse des Alten und die Türen rechts und links sehen konnte. Endlich waren sie an der Lichtquelle angekommen. Es war eine Tür, die einen Spaltbreit offen stand. Hier war die Hitze geradezu umwerfend. Und in dieser Hitze hingen die Gerüche, die durch die Haustür nach draußen gedrungen waren, üppigexotisch wie tropisches Blattwerk.

Der Alte deutete auf einen großen Tisch in der Mitte des Raumes, auf dem eine dunkelrote Wachstuchdecke lag. Auf dem Wachstuch standen eine halbvolle Flasche Milch und eine glänzend-braune Teekanne aus Porzellan, zwei angestoßene Becher mit Löffeln und eine Tüte Zucker, daneben lagen eine Hose und ein schmutziges Handtuch. Steve setzte die orangefarbene Umhängetasche auf dem Tisch ab und holte die Plastiktüten mit den Lebensmitteln heraus.

«Fry's Kakao hatten sie nicht», sagte er.

«Macht nichts», sagte der Alte. «Irgendwie kommen wir schon zurecht.»

Auf zwei Wäscheleinen, die unter der Decke gespannt waren, hing wie ein Baldachin eine bunte Mischung aus Hemden, Unterzeug und Bettwäsche. Ein gewaltiger Lehnstuhl war dicht vor den gußeisernen Küchenherd gerückt, der sich über eine ganze Wand erstreckte. Wände und Holzteile waren mit dicker hellgelber Lackfarbe gestrichen, der Boden war mit mattrotem Linoleum bedeckt, das stellenweise rissig war und sich blasig von der Unterschicht gelöst hatte.

«Und du bist–?» fragte der Alte unvermittelt.

Steve packte eine Dose Spam aus. «Was?»

«Wie heißt du?»

«Steve.»

Der Alte schenkte Tee in die zwei Becher.

«Ernest Matthews», sagte er. «Wie hättest du's gern?»

Steve sah sich um. An der gegenüberliegenden Wand stand ein imposantes Küchenbüffet, in dessen Nischen und Ecken Hemdenknöpfe, ein abgebrochener Bleistift und weiße Streifen von Briefmarken, Schlüssel, eine große Muschel, ein ausgestopftes Wiesel, überquellende Aschbecher, ein Vergrößerungsglas, eine Kollektion ausgetrockneter Füllfederhalter, Knöpfe, Massen von Zetteln, Reißzwecken, Pfeifenreiniger, ein altmodisches Rasiermesser, leere Marmeladengläser, Knochen und hundert andere Dinge steckten, deren Namen und möglicher Verwendungszweck Steve gänzlich unbekannt waren. All diese Gegenstände überzog eine dicke, ebenmäßige Staubschicht wie schützende Watte. In der Ecke stand ein Bett mit Metallrahmen und Drahtgeflecht für die Matratze. Die Decken waren zurückgeschlagen und gaben den Blick auf schmuddelige, zerknüllte Bettücher frei. Auf dem Kissen war noch ein Kopfabdruck zu sehen.

Ernest Matthews sah ihn an. «Wie? Sprich lauter, Junge», sagte er scharf. «Ich hör nicht mehr so gut wie früher. Wie hättest du's gern?»

«Ist okay.»

In Schnüfflerkreisen galt das als hohes Lob, und Steve hoffte, daß es auch hier so ankam.

«Was ist okay?» fragte der Alte sichtlich verdutzt.

Steve zuckte die Schultern. «Alles.»

«Ja, ja, schon gut», sagte der Alte leicht gereizt. «Aber darum geht's jetzt nicht. Wie du deinen Tee gern hättest, möcht ich wissen. Schwarz? Stark? Mit oder ohne? Ein Schuß? Ein Stück oder zwei?»

Steve zögerte einen Augenblick. «Weiß nicht.»

«Das weiß er nicht!» Matthews Lachen klang wie zusammengeknüllte Plastikfolie, die langsam wieder auseinandergeht. «Meiner Seel, daß ein englischer Junge so was mal sagen würde, das hätte ich mir auch nicht träumen lassen.»

Er tat Milch und Zucker in beide Becher.

«Du bist doch Engländer?»

«Lange kann ich nicht bleiben», gab Steve zurück.

«Die Eltern warten, was? Na, für einen Schluck Tee wirst du wohl Zeit haben. Hast du übrigens auf den Zehner was rausgekriegt?»

Steve legte eine Handvoll Münzen auf das Wachstuch. Der Alte nahm fünfzig Pence heraus.

«Das ist für dich. Nimm dir ein Stück Kuchen, und trink deinen Tee, bevor er abgestanden ist.»

Matthews setzte sich mit einem der Becher in den Sessel am Herd, holte einen Tabaksbeutel hervor und stopfte sich eine Pfeife, die er aus den Tiefen des Sessels geangelt hatte.

«Du tropfst das ganze Linoleum voll», sagte er zu Steve. «Hast du keinen ordentlichen Mantel? Du wirst dir noch den Tod holen.»

Steve setzte sich auf einen der Eßzimmerstühle, die den Tisch umstanden, und trank in kleinen Schlucken seinen Tee. Inzwischen holte der Alte aus einer anderen Sesselritze ein schweres Messingfeuerzeug und produzierte eine beachtliche Flamme, mit der er die oberste Tabakschicht ansengte.

«Heiß hier», sagte Steve vorsichtig, um das Schweigen zu brechen.

Ernest Matthew nickte.

«Und weißt du, was das Schöne daran ist? *Sie brauchen nicht ins Haus*. An der Seite ist eine Kohlenschütte, das Zeug kommt direkt in einen Kohlenkeller neben der Spülküche.»

Er widmete sich wieder seiner Pfeife. Zwischen den einzelnen Zügen stieg der Rauch in einem rätselhaften, haarlockengleichen Kringel aus dem Pfeifenkopf. Steve nahm ein Stück Kuchen aus der Schachtel und schälte es sorgsam aus der silbernen Hülle, die plissiert war wie ein Altweiberrock. Matthews machte die Herdluke auf, nahm den Schürhaken mit dem Messinggriff und stocherte in den glühenden Kohlen herum.

«Der Milchmann bringt Eier und Brot und Kartoffeln und Butter und Käse», fuhr er fort, «aber auf alles andere mußte ich verzichten. Meine Beine wollen nicht mehr so recht. Fünfzig Pence die Woche und hinterher Tee mit Kuchen oder ein paar Keksen, was gerade da ist. Na, was meinst du?»

Steve schluckte den restlichen Tee und nahm mit nassem Zeigefinger die Kuchenkrümel vom Tisch auf. «Ich muß los», sagte er und stand auf.

Der Rückweg durch den Gang im Souterrain, die Treppe hinauf und über den oberen Gang kam ihm viel kürzer vor. Fast zu schnell für seinen Geschmack stand er wieder in der frostigen Diele. Ehe er die Haustür aufmachte, hockte Matthews sich hin, hob die Briefkastenklappe und spähte nach draußen.

«Heutzutage kann man nicht vorsichtig genug sein», bemerkte er.

Draußen war es richtig kalt. Steve versprach dem Alten, nächste Woche wiederzukommen, dann lief er los. Auf dem Rückweg zur Trencham Road überlegte er, wie er das mit dem Geld machen sollte. Letzte Woche waren es nur ein paar Pence gewesen, die er herausbekommen hatte, dafür hatte er sich Süßigkeiten gekauft und sie auf dem Heimweg gegessen. Wenn der Alte ihm aber jede Woche fünfzig Pence spendierte, war das schon problematischer. Es gab kein Versteck, das die Schnüffler nicht ausfindig machen würden. Wenn er sich etwas dafür kaufte, würden sie es zwangsläufig sehen. Wenn sie merkten, daß er sie hintergangen hatte, konnte das ausgesprochen unangenehm werden. Über das Schicksal der beiden früheren Zeitungsausträger hatten die lokalen Medien ausführlich berichtet. Einer hatte sich die Hüfte verrenkt, der andere etliche Rippen gebrochen. Wenn ich mal loslege, hatte Dave frank und frei erklärt, hör ich so schnell nicht wieder auf. Steve würde also nichts anderes übrigbleiben, als das zusätzliche Geld abzuliefern. Wie aber sollte er die Aufstockung seines Botenlohns erklären? Er suchte noch immer vergeblich nach einer plausiblen Begründung, als er zu der Hauptstraße kam, die er auf dem Heimweg überqueren mußte. Wie meist um diese Zeit, herrschte starker Verkehr. Während er auf eine Lücke im Verkehrsstrom wartete und sich den Kopf zerbrach, was für eine Geschichte er den Schnüfflern auftischen sollte, tauchte zum zweitenmal der grinsende Mann vor ihm auf, er stürzte auf Steve los wie ein wahnsinnig gewordener Soldat auf dem Weg in den Untergang.

«Hey», rief er mit spöttisch-triumphierender Miene. «Hey, weißt du, wie spät es ist?»

Das böse, aufgestaute Gelächter, das in seinen Augen glitzerte und die Muskeln seines schweißnassen Gesichts zucken ließ, verzerrten die Worte so stark, daß man sie kaum verstand. Er stand da, zuckte und zappelte und sah den Jungen starr an. Steve schüttelte den Kopf. Das Gesicht des Mannes verzog sich zu einer feindselig-verächtlichen Grimasse, als habe Steve diese Antwort nur gegeben, um ihn zu ärgern. In dem Grinsen lag Bitterkeit. Was soll dieses alberne Theater, schien es zu sagen. Du bildest dir doch nicht ein, daß du mich hinters Licht führen kannst... Jetzt war die Straße frei. Steve ging los und konnte gerade noch einem Lieferwagen ausweichen, der wie aus dem Nichts aufgetaucht war. Als er sich auf der anderen Seite noch einmal umsah, war der Mann verschwunden.

Jimmy, Dave, Alex und Tracy saßen vor dem Fernseher, neben sich Bierdosen und Tabletts mit Fritten und Currysauce. Wovon sie das wohl bezahlt haben, dachte Steve – und dann fiel ihm ein, daß er sich noch immer keine Erklärung für den Mehrverdienst zurechtgelegt hatte. Zu seiner Verwunderung aber machte sich Jimmy – der in Gelddingen sonst eher pingelig und voller Argwohn war – diesmal nicht einmal die Mühe, die Münzen zu zählen, die Steve ihm gab.

«Ist ja 'n Haufe Kohle diesmal», stellte er fest. «Haste wen ausgeraubt?»

Aus irgendeinem Grunde mußte Dave darüber lachen, und damit war zunächst jedes andere Thema erledigt. Dave war nicht so leicht zum Lachen zu bringen, aber wenn er mal lachte, tat er es ausgiebig, er jaulte und heulte, er hielt sich den Bauch, trommelte mit den Hacken auf den Boden und schlug mit der Stirn gegen die Wand. Die Schnüffler hatten gute Laune heute abend, denn die Alte, die Jimmy als Opfer ausgeguckt hatte, war zwar weniger betucht, als sie gedacht hatten, aber der Überfall selbst war bestens gelaufen, und mit der Beute hatten sie sich diese kleine Feier leisten können. «Ich will mich ja nicht loben», sagte Jimmy, «aber die Idee, Tracy als Köder zu verwenden, ist erste Sahne. Zu 'nem Mädel haben die Leute einfach mehr Vertrauen, da mag sie aussehen, wie sie will.» Tracy hatte die Alte abgelenkt, so daß Dave ungehindert zur Sache kommen konnte. Alex und Jimmy hatten Schmiere gestanden. Ein Klacks. Nicht einzusehen, sagte Jimmy, warum wir nicht unser Einkommen regelmäßig so aufbessern sollen, irgendwann erwischen wir bestimmt mal einen, der ordentlich Kohle hat. Wie beim erstenmal. Oder noch mehr. Und dann, fügte er für sich hinzu, setz ich mich ab, dann können diese Scheißtypen zusehen, wo sie bleiben. In diese Dinge wurde Steve, wie stets, von den Schnüfflern nicht eingeweiht. Er merkte nur, daß sie gut drauf waren. Offenbar lief alles bestens. Als Tracy einschlief, lag ihr Bein auf seinen feuchten Jeans und wärmte ihn wie ein sanfter Sonnenstrahl. Sein Glück war vollkommen.

Die Aufgaben, die er von Ernest Matthews bekam, wurden mit jeder Woche vielfältiger. Steve ging für ihn nicht nur zum Supermarkt, sondern auch zum Apotheker, zum Zeitungshändler, ins Papiergeschäft, zum Eisenwaren- und zum Tabakhändler, bei dem er sich problemlos als Achtzehnjähriger ausgab. In der Stadtbücherei ließ er sich einen Leseausweis ausstellen, um für Matthews Bücher ausleihen zu können.

«Wozu wollen Sie denn all das lesen?» fragte Steve eines Tages, nachdem er einen besonders unhandlichen Packen angeschleppt hatte, mit leisem Groll.

«Die sind alle über den Krieg», antwortete Ernest Matthews. «Von berühmten Historikern.»

Steve überlegte, was wohl ein Storiker sein mochte. Vielleicht einer, der Storys erzählte.

Der größte Vertrauensbeweis war, daß er zum Postamt geschickt wurde, um mit einem unterschriebenen Scheck Matthews' Rente abzuholen. Inzwischen war fast ein Monat vergangen, und Steve fühlte sich in dem Haus in der Grafton Avenue, in dem Ernest Matthews ganz allein jenes Zimmer im Souterrain bewohnte, schon ganz daheim. Matthews hatte ihm sogar ein besonderes Klingelzeichen beigebracht, an dem er erkennen konnte, daß Steve vor der Tür stand. Warum das so wichtig war, wußte er nicht genau, aber die Frage interessierte ihn, und zwar um so mehr, als die Antwort möglicherweise auch die Erklärung dafür lieferte, warum Matthews selbst nicht bereit war, einen Fuß vor die Tür zu setzen. Die Erklärungen des Alten befriedigten Steve schon lange nicht mehr.

«Es ist wegen meiner Beine, die wollen nicht mehr so recht. Das Laufen fällt mir immer schwerer. Aber das ist nun mal der Lauf der Welt. Andersrum wär's natürlich besser. Überleg mal, wie das wär, wenn wir alle so zur Welt kämen, wie ich jetzt bin, um dann täglich jünger und gesünder zu werden. Und nicht nur wir, sondern alles um uns herum. Stell dir das mal vor... Jeden Tag würde anstelle eines Häuserblocks ein Stück mehr grüne Wiese da sein. Jedes Jahr gäbe es weniger Menschen, man würde jeden besser kennen, jedes neue Gesicht wäre ein großes Ereignis. Die Straßen würden allmählich zu Gassen schrumpfen, wo Kinder von morgens bis abends spielen könnten, und wir wüßten alle, daß der morgige Tag noch besser werden würde und wir frischer und wacher wären, um ihn zu genießen. Stell dir das mal vor...»

Steve nickte, obgleich er selbst die Aussicht nicht besonders verlockend fand. Er wußte, daß seine Probleme sich von selbst lösen würden, sobald er kein Kind mehr war. Doch das tat nichts zur Sache. Matthews hatte damit nur von dem ablenken wollen, was er zuerst gesagt hatte. Von dem Gejammer des Alten wegen seiner Beine ließ Steve sich nicht hinters Licht führen. Im Haus bewegte

Matthews sich flink und ohne erkennbare Mühe. Steve sagte nichts und drängte nicht auf eine Erklärung. Die kam eines Tages unverlangt, als er gerade gehen wollte.

«Daß sich draußen jemand rumdrückt, ist dir wohl noch nicht aufgefallen, was?» fragte Matthews, schon an der Haustür. Das klang sehr beiläufig, aber die Augen verrieten ihn. «Jemand, der das Haus beobachtet, der dir nachgegangen ist oder so...»

Steve fiel sofort der grinsende Mann ein, obgleich der im Grunde weder das Haus beobachtet hatte noch ihm nachgegangen war. Ernest Matthews merkte, daß der Junge zögerte.

«Oder... oder doch?»

Steve nickte.

«Wann? Wo?»

«Beim erstenmal. Und dann noch mal, auf dem Rückweg.»

Es war, als sei in den Augen des Alten ein Rolladen heruntergegangen.

«Wie sah er aus?»

Der Junge überlegte einen Augenblick. «Er geht ganz komisch. Als wenn er mal muß. Und er grinst die ganze Zeit, aber nicht so, als ob er was lustig findet.»

Der Alte zitterte vor Erregung.

«Und du sagst, er hat dieses Haus beobachtet?»

Steve nickte wieder. Für eine Richtigstellung war es jetzt zu spät. Er mußte sich an die Geschichte halten, die er erzählt hatte. Vielleicht stimmte sie sogar. Der Alte hatte offenbar etwas Derartiges erwartet.

«Kennen Sie ihn denn?» fragte der Junge.

Der Alte seufzte tief. «O ja, sehr gut sogar. Es ist eine lange Geschichte, eine lange, traurige Geschichte. Du wirst sie erfahren müssen. Es wäre sonst nicht fair, wenn ich dich herkommen lasse und dich um Hilfe bitte. Es wäre nicht recht, wenn –»

Er unterbrach sich und machte ein besorgtes Gesicht. «Aber wie könnte ich überhaupt... Was würden deine Eltern von mir denken?»

«Das geht schon in Ordnung», beruhigte ihn Steve. «Den Leuten, bei denen ich wohne, ist das piepegal.»

Inzwischen hätte er nur noch ungern auf den wöchentlichen Besuch bei dem Alten verzichtet. Matthews musterte ihn einen Augenblick nachdenklich.

«Ich werde dir die ganze Geschichte erzählen», sagte er entschlossen und nickte vor sich hin. «Dann kannst du selbst entscheiden, ob du weiter herkommen willst oder nicht.»

«Aber ich will –», stieß der Junge hervor.

«Das kannst du jetzt noch nicht sagen. Erst wenn du über alles Bescheid weißt, wenn du weißt, wer dieser Mann ist, den du gesehen hast. Versuch nach Möglichkeit, ihm aus dem Weg zu gehen.»

Er entriegelte die Haustür und öffnete sie vorsichtig. «Geh ihm aus dem Weg», wiederholte er, während Steve die Stufen herunterlief.

Es war eine klare, frostige Nacht. Der Himmel schien voller Augen zu sein.

5

Die Abteilung für Jugendpsychiatrie, in der Aileen Macklin arbeitete, gehörte zu einer Nervenklinik in North Kensington mit Blick auf den Kanal. Sie war in einem gesonderten Gebäude mit eigenem Zugang und eigenem Parkplatz auf dem Klinikgelände untergebracht, von der Klinik selbst war sie durch eine Reihe hoher immergrüner Gehölze getrennt. Die beiden Gebäude schienen einander den Rücken zuzuwenden. Schon vom Aussehen her hätte man sich kaum größere Gegensätze vorstellen können. Die ursprüngliche Klinik war einer der in viktorianischer Zeit als Gefängnis, Fabrik, Krankenhaus und Kaserne gleichermaßen beliebten häßlich-roten Backsteinkästen – düster, autoritär, ein typischer Anstaltsbau. Außerdem war er warm, trocken, unverwüstlich und so solide wie am ersten Tag. Die Jugendabteilung, von diesem Relikt ferner Vergangenheit durch die Koniferen rücksichtsvoll abgeschirmt, war Anfang der sechziger Jahre entstanden

– offenbar mit dem erklärten Ziel, alles ganz anders zu machen als die viktorianischen Bauherren. Das war erstaunlich gut gelungen. Obschon die früher sehr geräumigen Zimmer wegen des zunehmenden Platzmangels mehrmals unterteilt worden waren, wirkten die Räumlichkeiten lässig und ungezwungen. Außerdem waren sie feucht, zugig und kalt und wurden immer baufälliger. Aileen fand diese Reste von verblaßtem Idealismus ebenso deprimierend wie die abgegriffenen Taschenbücher von Laing oder Leary, die ihr hin und wieder in die Hände fielen, wenn sie im Bücherregal nach anderem Lesestoff suchte.

Ihr Büro hatte Aileen nicht im Haus selbst, das inzwischen hoffnungslos überfüllt war. Da immer mehr psychiatrische Kliniken schlossen, mußten alle Patienten, die wegen ihres Zustands nicht entlassen werden konnten, in den wenigen noch geöffneten Einrichtungen zusammengefaßt werden. Gleichzeitig nahmen psychiatrische Störungen besonders bei jungen Leuten stark zu, so daß in der Abteilung ständig an-, aus- und umgebaut wurde, und zwar wegen der knapper werdenden Gelder mit immer primitiveren Mitteln. Aileens Büro war in einer Fertigbaubaracke untergebracht, die vor zehn Jahren als provisorische Lagerhalle aufgestellt worden war und die man dann behalten hatte. Das geteerte Flachdach war undicht, der Boden gab unter jedem Schritt nach, die Fenster klapperten trotz unzähliger zwischen die Rahmen geklemmter Pappstreifen unablässig, und die Türen ließen sich nur mit einem Fußtritt öffnen und hielten trotzdem keinen Luftzug ab. Im Sommer herrschten tropische Temperaturen, im Winter litten sie unter arktischer Kälte, das ganze Jahr über verströmte der Bau undefinierbare Gerüche. Laut Jenny Wilcox, mit der Aileen diese Unterkunft teilte, mußte in dieser Bude früher oder später jeder durchdrehen.

Aileen wußte meist, wie der Tag verlaufen würde, wenn sie in die Einfahrt der Jugendabteilung einbog. Manchmal kam ihr diese Einfahrt vor wie ein Bergwerksstollen – ein tiefer, dunkler, schmaler Tunnel, der zu einem Ort erbarmungsloser, unbefriedigender Fron führte. An anderen Tagen mußte sie beim Anblick des schmalen asphaltierten Bandes an eine alte Werbung für Kinderschuhe denken, auf der eine schnurgerade, offene Landstraße zu großen Leistungen und einer schöneren Zukunft führte. An diesem Mittwoch, dem Tag nach ihrem Besuch bei Gary Dunn, schien die Einfahrt ihr schlicht und einfach eine Zuflucht zu versprechen.

Es war eine schlimme Nacht gewesen. Abends, bei Tisch, hatte Douglas auf der ganzen Linie gesiegt, obwohl Aileen wußte, daß sie sich hätte wehren können, ja, wehren müssen. Er hatte mit einem seiner ältesten und simpelsten Tricks gearbeitet, hatte so unentwegt von seinem Ansehen und Erfolg gesprochen, bis sie sich hatte provozieren lassen, ihm mit gleicher Münze heimzuzahlen. Natürlich hätte sie das nicht tun sollen. Was immer sie von ihrem Mann halten mochte – und was immer er von sich selbst hielt, denn Aileen wußte, daß er insgeheim an quälenden Selbstzweifeln litt –, der Welt galt Douglas Macklin als Erfolgsmensch. War er nicht Ende der Woche schon wieder für eine internationale Tagung mit hochrangigen Teilnehmern verplant? Als Aileen es wagte, von ihren eigenen beruflichen Leistungen zu sprechen, fiel es ihm deshalb leicht – ein Lächeln, ein Blick, eine erhobene Augenbraue genügte –, sie nicht nur als intellektuell zweitklassig, sondern auch noch als anmaßend abzustempeln, weil sie für ihre dürftigen Leistungen die gleiche Anerkennung beanspruchte. Zu allem Überfluß drohte bei Aileen eine jener Phasen von Schlaflosigkeit, an denen sie seit ihrer Kindheit litt, und als sie zwischendurch, nachdem sie stundenlang wach gelegen und Douglas' sonorem, selbstzufriedenem Schnarchen gelauscht hatte, doch einmal eingeschlafen war, hatte sie den Traum vom Fliegen gehabt.

An den Traum selbst konnte sie sich auch diesmal nicht erinnern, aber sie spürte gleich nach dem Aufwachen, was geschehen war, merkte es an der beglückenden Ruhe, die sie erfüllte, als habe ein Rest von dem stillen Glanz des Traumes, ein sanftes Leuchten sie in den Tag begleitet. Und dann hatte plötzlich eisiger Schrecken sie erfaßt bei dem Gedanken an die furchtbare Bedeutung, die dieser Traum seit Raymonds Tod angenommen hatte, bei dem Gedanken daran, daß sie um ein Haar selbst gestorben wäre und das Wunder ihres Überlebens mit dem Tod ihres ungeborenen Kindes bezahlt hatte. Der Traum hatte seine Unschuld verloren. Sie hatte sich dazu gezwungen, aufzustehen, nach unten zu gehen, sich eine Tasse Tee zu machen und sich das Gedudel im Radio anzuhören, bis sie durch pure Erschöpfung wieder einigermaßen zur Ruhe gekommen war.

Sie war deshalb ausgesprochen erleichtert, als sie den roten Mini auf dem Parkplatz abstellte, der mit dem Namen DR. REITH gekennzeichnet war. Dr. Reith war ihr Vorgänger gewesen und seit zehn Jahren tot. Sie griff nach Gary Dunns Akte, die sie mit heimgenommen hatte, und ging voller Schwung zu ihrem Büro. Der neue Tag brachte so viele Dinge, die erledigt werden mußten, brachte Aufgaben und Pflichten, die es zu bewältigen, Probleme, die es zu lösen galt. In den Augen ihres Mannes mochte das alles nicht besonders ruhmreich oder bemerkenswert sein, aber irgend jemand mußte auch solche Arbeiten tun. Und wenn sie sich damit beschäftigte, hatte sie zumindest das Gefühl, sich von all dem Schrott zu befreien, der sich in ihrem Kopf angesammelt hatte, der immer mehr und mehr zu werden schien wie der Inhalt einer Rumpelkammer, der nach und nach auf alle anderen Räume des Hauses überzugreifen droht.

Aileen trat unter die Verbindungstür zwischen den beiden Büros. Jenny Wilcox trank einen Becher Nescafé und warf Pfeile auf ein Brett mit einem Bild von Mrs. Thatcher.

«Willst du auch mal?» fragte sie. «Ein Punkt für die Frisur, fünf fürs Kinn, zehn für die Nase, zwanzig für das gute und fünfzig für das schiefe Auge. Wer ins Herz trifft, hat gewonnen.»

Aileen besah sich das Brett genauer.

«Und der Witz bei der Sache ist –»

«– daß sie kein Herz hat. Genau.»

Jenny strahlte Aileen vergnügt an. Sie war klein und brünett und hatte eine geradezu südlich direkte, temperamentvolle Art, die sie ideologisch ganz gezielt einsetzte. So, fand sie, sollten Frauen miteinander umgehen. Mit ihrer Stupsnase und dem schwarzen Pagenkopf sah sie aus wie ein liebenswürdiger Lausbub, und wenn sie lächelte, zeigte sie verblüffend viel rosa Zahnfleisch. Doch vom Wesen her hatte Jenny nichts Kindliches an sich. Sie war gescheit, geradezu, optimistisch und kämpferisch und setzte sich hundertprozentig für ihre Patienten ein. Aileen fand, daß sie eine gute Therapeutin, eine ausgezeichnete Gewerkschaftsvertreterin und anregende, hilfsbereite Kollegin war. Zu einer Freundschaft aber hatte es nicht gereicht – aus verschiedenen Gründen, von denen der gravierendste Jennys Mann war, Rechercheur für *London Weekend Television*, der nur ein Ziel im Leben kannte: auch mal *vor* der Kamera zu stehen. Jon beurteilte seine Mitmenschen ausschließlich danach, ob sie ihm dabei behilflich sein konnten, dieses Ziel zu erreichen. Aileen hatte keine Probleme, ihm aus dem Weg zu gehen – mit Leuten, die ihm nichts nützten, gab Jon sich ohnehin nicht ab –, aber daß Jenny so einen Mann hatte heiraten können, begriff sie nach wie vor nicht, und dieser Gedanke belastete ihr Verhältnis zu der Kollegin. Wie konnte Jenny, wenn sie so nett war, wie es schien, das Leben mit diesem Ekel ertragen? War ihre Herzlichkeit Aileen gegenüber nur Fassade, aufgesetztes feministisches Getue? Oder – welch unerfreulicher Gedanke! – durfte sie sich dafür bei Jon bedanken? Hatten die beiden einen stillschweigenden Pakt geschlossen, der vorsah, daß Jenny für das Positiv-Kumpelhafte zuständig war, während Jon Egoismus und Taktlosigkeit pflegte? Aileen wußte nur zu gut, daß es kein Zufall ist, wenn Ehepaare beieinander blieben, auch wenn sie scheinbar überhaupt nicht zueinander paßten oder unglücklich miteinander waren. Wenn eine solche Beziehung Bestand hatte, dann deshalb, weil sie funktionierte, auch wenn das den Partnern selbst – vielleicht zwangsläufig – nicht bewußt war.

«Erinnerst du dich an einen gewissen Gary Dunn?» fragte sie, als Jenny ihren letzten Pfeil warf, der sich ins Ohr der Premierministerin bohrte.

Ihre Kollegin machte schmale Lippen und sah zu den verzogenen Wärmedämmplatten der Decke hoch.

«Moment mal... war das nicht der Typ mit den auralen Halluzinationen, der so schauerlich schlecht den Verrückten spielte?»

«Mittlerweile hat er sich auf Brandstiftung verlegt – zum Glück mit dem gleichen Maß an Glaubwürdigkeit. Er kommt auf ein paar Tage her, und es liegt mir sehr viel daran, daß er sich möglichst schnell einlebt. Wenn ich mich recht erinnere, hatte er Spaß am

Werken. Kann ich ihn heute vormittag gleich bei dir vorbeischikken?»

«Aber sicher. Die Bastelwerkstatt ist genau das Richtige für den hoffnungsvollen Brandstifter. Soll ich ihm einen Kanister Benzin hinstellen, oder bringt er sich den mit?»

Aileen, die Jennys Art kannte, lächelte nur. Den wahren Grund, warum sie Gary gleich in den Werkraum abschieben wollte, mochte sie ihr nicht verraten. Es war, als sei alles, was mit dem Jungen zu tun hatte, durch das Geheimnis vergiftet, das Aileen sogar vor sich zu verbergen suchte: die irrationale Gleichsetzung von Gary Dunn mit dem Kind, das sie mit Raymond gezeugt hatte. Nicht einmal mit Jenny konnte sie darüber sprechen, und dieses Tabu belastete sie immer mehr, so daß Aileen sich bei Ausflüchten und Halbwahrheiten ertappte, die ihr wesensmäßig fremd waren.

Am Vortag hatte sie den Fall mit dem Chefarzt besprochen und Pamela Haynes mitteilen können, sie würden Gary «zur Beobachtung» aufnehmen. Die Sozialarbeiterin sollte ihn heute zwischen neun und zehn bringen. Bis halb elf war Aileen mit Gruppenarbeit beschäftigt, danach ging sie gleich zu der Station hinüber, in der man Gary ein Bett zugewiesen hatte. In ein paar Tagen wurde dort ein Patient aus einer anderen Klinik erwartet. Rasch durchquerte sie den grün getünchten Aufenthaltsraum, nach dem diese Station die «Grüne Station» hieß, und trat an Garys Bett. Auf der Tagesdecke lag eine blaue Stofftasche mit seinen wenigen Habseligkeiten. Aileen filzte sie wie ein Zollbeamter und hatte schnell gefunden, wonach sie gesucht hatte.

Erst nach dem Mittagessen, als Gary zur Gruppentherapie in den Aufenthaltsraum der Gelben Station gebracht worden war, um an der Gruppentherapie teilzunehmen, sprach sie mit ihm. Sie hatte geglaubt, hinreichend auf diese Begegnung vorbereitet zu sein. Immer wieder hatte sie sich diesen Moment vor Augen gestellt, bis er seinen Schrecken verloren hatte, aber sobald der Junge den Raum betrat, kam sie sich vor wie am Rand eines Abgrundes, auf dessen anderer Seite Gary stand und einen stummen Schrei zu ihr hinüberschickte – gleich dem Laut jener Pfeifen, die nur Hunde zu hören vermögen. Keine Vorbereitung, keine Vorstellung, nichts, nichts hatte vor der nackten Realität Bestand. Diesmal schien die Ähnlichkeit mit Raymond in den wenigen Sekunden, die der Eindruck währte, so stark, daß Aileen sich ernstlich fragte, ob er wirklich nur pure Einbildung war. Rasch und zutiefst erschrocken, wies sie diesen Gedanken von sich. Niemand wußte besser als sie, daß sie damit auf dem besten Weg in den Wahn war.

Die Gelbe Station war im zweiten Stock. Die Längsseiten des Gebäudes hatten Fassaden aus schachbrettartig in die Hauswände eingelassenen Glasscheiben – ohne Rücksicht auf Größe oder Form der Innenräume. So kam es, daß im Aufenthaltsraum der Gelben Station ein Stück Fenster auf Bodenebene, ein weiteres in einer Ecke und eine ganze Scheibe so hoch eingesetzt war – fast an der Decke –, daß man nur die Wipfel der Bäume sah, die sich an der Auffahrt entlangzogen. Das grelle Gelb der Wände machte den Raum unruhig und ließ die blauen Flecken in Garys Gesicht, die ihm von den Prügeln im Heim geblieben waren, noch stärker hervortreten. Ansonsten wirkte er ruhig und ausgeglichen, als er sich auf einen der Plastiksessel setzte, und Aileen wurde das Herz schwer, wenn sie daran dachte, was sie ihm würde sagen müssen. Aber es half nichts: Hier konnte er nicht bleiben.

Auch heute beteiligte sich Gary nicht an dem allgemeinen Gruppengespräch, aber er hörte aufmerksam zu und versuchte, sich keine Langeweile anmerken zu lassen. Aileen lag jetzt nichts mehr daran, ihn in die Gruppe zu integrieren. Die üblichen Regeln waren auf diesen Fall nicht anwendbar. Erst nach der Gruppensitzung, als sie allein waren, sprach sie ihn an.

«Da bist du also», sagte sie munter und setzte sich in den Sessel neben ihn. Der schwammige Sitz war noch warm. «Meinst du immer noch, daß es sich gelohnt hat?»

Der Junge runzelte die Stirn und schwieg.

«Was machen denn die Stimmen, von denen du mir gestern erzählt hast?» fuhr Aileen fort. «Die dir angeblich gesagt haben, du solltest die Vorhänge in Brand setzen, den Ärzten mißtrauen, deine Pillen nicht nehmen und so weiter? Haben sie sich wieder bei dir gemeldet?»

Gary sah eine Weile zu Boden, als versuche er sich zu erinnern.

«Die Schwester, die mich hergebracht hat, hat mit allen Leuten geredet, an denen wir vorbeigekommen sind, und hat ihnen erzählt, was ich Schlimmes gemacht habe. Und die waren alle derselben Meinung. Die haben alle gesagt, ich soll mich umbringen.»

Aileen musterte ihn eine Weile schweigend. «Wenn wir dir helfen sollen, Gary», sagte sie schließlich, «mußt du uns die Wahrheit sagen.»

Erst jetzt sah der Junge sie an. «Hab ich doch», sagte er grollend und bockig, wich aber ihrem Blick nicht aus. Aileen griff in ihre wildlederne Schultertasche und holte ein Buch heraus, das in ein schmutziges Stück braunes Packpapier gewickelt war. Darunter kam ein bunter Schutzumschlag zum Vorschein. Der Titel des Buches lautete: *Schizophrenie: Was sie ist und was sie nicht ist*. Auf dem Vorsatzblatt klebte ein Bogen mit dem Aufdruck *Volksbücherei Hammersmith* und mit den gestempelten Ausleihterminen. Der letzte lag ein paar Monate zurück, Mitte Juli. Aileen suchte einen Eintrag im Index und schlug dann das Kapitel *Symptome* auf.

«Aurale Halluzinationen», las sie laut. «Eins der gängigsten Symptome der Schizophrenie. Die Patienten klagen über Stimmen, die ihnen befehlen, Selbstmord zu begehen, ihre Medikamente nicht zu nehmen oder ihren Ärzten zu mißtrauen. Es gibt auch Fälle, in denen sie meinen, ihre Angehörigen oder Fremde in kaltem, drohendem Ton über sie reden zu hören.»

«Sie werden mich doch nicht wieder wegschicken?» stieß der Junge hervor. Seine Augen glitzerten wild.

«Das kommt ganz auf dich an. Du bist hier nicht in einem Heim, sondern in einer Klinik. Hierher kommen Leute, weil sie gesund werden wollen, und dabei können wir dir nicht helfen, wenn du uns weiter etwas vorspielst. Begreifst du das?»

Der Junge nickte, ohne sie anzusehen.

«Warum hast du dir dieses Buch ausgeliehen?» fragte Aileen beiläufig.

«Sie hatte das Wort da aufgeschrieben.» Er deutete auf den Titel.

«Wer?»

«Pam.»

«Pamela Haynes? Deine Sozialarbeiterin?»

Der Junge nickte widerstrebend.

«Du hast gesehen, wie sie das Wort ‹Schizophrenie› aufgeschrieben hat?»

«Sie ist rausgegangen und hat mit jemand gesprochen.»

«Und da hast du auf ihren Notizblock gesehen?»

«Sie schicken mich nicht weg, nein?» bettelte er. «Sonst bringt er mich um.»

«Wer?»

«Der Mann, von dem ich Ihnen erzählt hab. Gefchem.»

«Was hast du gesagt?»

Aber der Junge hatte sich schon wieder verschlossen und war nicht bereit, das Wort zu wiederholen, das Aileen nicht verstanden hatte. Er schüttelte nur den Kopf und wiegte sich, die Arme fest an sich gepreßt, sacht hin und her.

Auf dem Weg in ihr Büro traf Aileen den Oberarzt, einen rundlichen Mann mit beginnender Glatze, der sich die größte Mühe gab, einem smarten Geschäftsmann zu gleichen, was aber an seinem stark hervorstehenden Hinterteil scheiterte, das wie ein verkehrt angebrachter Bierbauch aussah. Aileen erzählte ihm von ihrem Gespräch mit Gary Dunn.

«All das hat uns die Sozialarbeiterin eingebrockt. In der Begeisterung über ihre Schizophrenie-Diagnose hat sie ihre Notizen offen liegenlassen, und der Junge hat sie gesehen.»

«Sehr unprofessionell», sagte der Arzt. «Aber ganz schlau von dem Kleinen, was? Geradezu lobenswerte Initiative. Nur – was bezweckt er damit? Warum ist er so wild darauf, hier eingewiesen zu werden, daß er in seiner Freizeit aus einem Do-it-yourself-Buch für Schizophrenie Symptome paukt?»

«Wenn ich das wüßte... Er behauptet, daß jemand ihn umbringen will, und scheint zu glauben, daß ihm hier nichts passieren kann.»

Der Arzt strich sich über die prallen Wangen. «Na ja, lebensgefährlich ist bei uns höchstens das Essen. Aber nur deswegen können wir unmöglich ein Bett blockieren. Gegen eine ambulante Behandlung habe ich nichts. Aber die Betten sind einfach zu knapp.»

Damit sagte er Aileen natürlich nichts Neues. Trotz zahlreicher

Anbauten war die Jugendabteilung für höchstens achtzig stationäre Patienten gedacht. Inzwischen standen die Betten schon auf den Gängen und im Küchenbereich, so daß man die Belegung mit Mühe und Not auf fünfundneunzig Patienten hatte steigern können. Über hundert standen auf der Warteliste und waren derzeit in allgemeinmedizinischen Krankenhäusern untergebracht, wo sie psychiatrisch kaum oder gar nicht behandelt wurden mit dem Ergebnis, daß sich ihr Zustand ständig verschlechterte.

«Es ist ja nur bis Freitag», betonte Aileen. «Bis dahin ist der Platz sowieso frei.»

«Das ist schon übermorgen», wandte der Arzt ein. «Was kann man in so kurzer Zeit erreichen?»

«Wahrscheinlich gar nichts. Zumindest aber landet er vorerst nicht wegen versuchter Brandstiftung bei der Polizei.»

«Und wo soll er danach hin?»

«Das weiß ich nicht.» Die insistierenden Fragen gingen ihr allmählich auf die Nerven. «Ich weiß überhaupt nichts mehr.»

Doch als Aileen abends heimkam, war sie zumindest um eine Erkenntnis reicher. Sie hatte das Buch über Schizophrenie in die Bücherei zurückgebracht und die Strafgebühr aus ihrer eigenen Tasche bezahlt. Der Bibliothekar machte ihr Vorhaltungen darüber, wie unrecht es sei, Bücher, auf die andere Leser schon warteten, über das Ablaufdatum hinaus zu behalten, und zu ihrer Rechtfertigung fing Aileen an, ihm vom Fall Gary Dunn zu berichten.

«Gary Dunn? Was hat denn der damit zu tun?» fuhr der Bibliothekar verärgert dazwischen.

«Das ist der Junge, der das Buch ausgeliehen hat.»

«Nicht nach meinen Unterlagen.»

Wenn meine Unterlagen und die Realität auseinanderklaffen, besagte sein Ton, ist eher anzunehmen, daß mit der Realität irgendwas nicht stimmt. Zum Beweis legte er ihr den Computerausdruck vor. *Schizophrenie: Was sie ist und was sie nicht ist* war am 6. Juli von Steven Bradley ausgeliehen worden, wohnhaft Grafton Avenue 2. Im Februar hatte man ihm hier einen Leserausweis ausgestellt, der Antrag war von Ernest Matthews, wohnhaft im gleichen Haus, unterschrieben worden.

6

«Der Ort, an dem sich das alles abgespielt hat, ist weit weg, und das alles ist schon lange her. Wenn ich an jene Zeit denke, fällt mir immer eine Reise an die See ein. Es war nämlich das einzige Mal, daß ich je verreist bin, und meine allererste Zugfahrt, deshalb habe ich sie mir so gut gemerkt. Ich erinnere mich, daß die Zugtür zolldick war und schwer wie ein Tor. Meine Mutter warnte mich: ‹Wenn du dir da die Finger einklemmst, sind sie schwuppdiwupp ab – wie geschnippelte Karotten.› Meine Mutter fuhr nicht gern Eisenbahn, sie sagte, auf den Sitzbänken könnte man sich Flöhe holen. Na ja, das ist wohl bei den heutigen Müttern auch nicht anders. Mir jedenfalls muß die Fahrt gefallen haben, denn jetzt, fast achtzig Jahre später, sehe ich das alles noch so deutlich vor mir, wie ich dich vor mir sehe, mein Junge. Um das Fenster aufzumachen, mußte man an einem dicken Lederriemen ziehen, einem Riemen, wie der Barbier sie hatte, aber der hier hatte Löcher, die konnte man an einem Messinghaken festmachen. Man ließ den Riemen zurückgleiten, dann senkte sich klappernd das Fenster, und man konnte rausgucken. Es roch nach Ruß und nassem Dampf, und immer wieder kriegte man eine schwarze Flocke in die Augen, so daß man blinzeln mußte. Das ist meine deutlichste Erinnerung an diese Ferienreise. Und natürlich der Pier, auf dem nachmittags die Musik spielte. Am Ende des Piers war eine eiserne Treppe, die ins Wasser führte. Unter den Wellen, die darüber hinspielten, sah man, daß die Stufen auch unter Wasser weitergingen, mit Muscheln und Tang bedeckt, aber fest und sicher. Wenn ich die Augen schließe, sehe ich immer noch diese Treppe, die ins Meer hineinführt, ich höre die Kapelle spielen, sehe die Wolken über den Himmel ziehen, groß und majestätisch wie Schlachtschiffe...»

Steve und der Alte saßen in dem gemütlichen Durcheinander des Souterrainzimmers in der Grafton Avenue. Zur Feier des Tages gab es zum Tee weichgekochte Eier mit schmalen Butterbrotstreifen. Steve war ausführlich darüber belehrt worden, wie er sein Ei zu öffnen hatte – indem er ein paarmal mit dem Löffel an die Schale klopfte und dann die Eierschale und die seidenweiche Haut darunter abpellte. Als sie fertig waren, hatte der Alte sich in seinen Sessel zurückgezogen und die Pfeife angezündet, die er jetzt unbeachtet in der Hand hielt. Steve saß am Tisch, den Blick auf den Herd gerichtet, wo die aufsteigende Wärme sich über den Kacheln an der Wand hinkräuselte wie über Steinen auf einem Flußbett.

«Auch an das Meer kann ich mich erinnern», fuhr der Alte fort. «Es war so groß, unendlich groß, und ständig in Bewegung. Vorher war ich immer nur auf dem Land gewesen, und das war da, wo ich wohnte, voller Hügel und Täler, so daß man nicht weit sehen konnte. Später habe ich erfahren, daß auch dort früher alles unter Wasser gestanden hat und daß die Hügel, auf die ich stieg, aus den Skeletten von Lebewesen entstanden sind, die anno dazumal in jenen Meeren lebten. Stell dir vor, die Hügel und Täler, ja die Häuser selbst – alles aus toten Geschöpfen gemacht! Ich hatte auf einem Friedhof gelebt, mein Junge, und ihn für ein Paradies gehalten.»

Er schob die Pfeife zwischen die Lippen und flämmte sie kurz mit dem Feuerzeug ab.

«Jetzt aber weiter im Text. Wenn ich nicht bei der Sache bleibe, werde ich nie fertig. Das Dumme ist, daß mein Schädel mit Erinnerungen vollgestopft ist wie ein Golfball mit diesem krausen Zeugs, und wenn ich erst mal anfange, gibt's kein Halten mehr. Zuallererst muß ich dir etwas über das Herrenhaus erzählen. Vorher aber ein Wort zu diesem Kasten hier. Der Raum, in dem wir sitzen, war früher die Küche, hier unten gibt es noch zwei ähnliche Räume und außerdem jede Menge Schränke und Vorratskammern und so weiter. Im Erdgeschoß sind Wohnzimmer und Eßzimmer, im ersten Stock drei Schlafzimmer, das macht, den Dachboden nicht mitgerechnet, alles in allem acht Zimmer. Gewiß, es gibt armseligere Behausungen, und doch halte ich es für eine Beleidigung unserer Muttersprache, wenn man diesem Haus die gleiche Bezeichnung zubilligt wie dem, in dem ich als Kind gewohnt habe. Wohlgemerkt – damit meine ich nicht die Architektur, die äußere Erscheinung, obgleich auch die recht beachtlich war. Es war ein elisabethanischer Bau, und deshalb sah das Haus aus wie ein großes E mit einem rechten und einem linken Flügel und einer vorspringenden großen Halle in der Mitte. Mit all dem konnte ich damals noch nichts anfangen, ich fand nur den Namen schön, weil meine Mutter Elizabeth hieß. Was mich immer wieder beeindruckte, war die Größe, die Weitläufigkeit. Dieses Haus hätte zwanzig- oder dreißigmal hineingepaßt. Als ich noch sehr klein war, hielt ich das Herrenhaus für so was wie eine Pflanze, die jedes Jahr neue Ableger bildet, denn immer wieder gab es Räume, die ich noch nie gesehen, Türen, die ich noch nie aufgemacht hatte. Erst mit zehn oder elf begriff ich, wie alles zusammenhing, und trotzdem war das Haus bis zum Schluß immer wieder für Überraschungen gut.»

«War Ihre Mutter eine Prinzessin?» fragte Steve.

Der Junge sprach so selten – und auch dann nur, wenn man ihn etwas gefragt hatte –, daß der Alte ihn einen Moment verdutzt ansah. Dann lachte er laut heraus.

«Meiner Seel, denkst du etwa, das Haus gehörte uns?» Er deutete auf die Lampe über ihren Köpfen. «Siehst du das da? Und den Herd dort? Und die Wasserrohre? Das waren wir, mein Junge, nicht mehr und nicht weniger. Denn damals gab es, wenn die Sonne untergegangen war, kein Licht, wenn man es sich nicht selber machte. Das hieß, daß fünfzehn oder zwanzig Petroleumlampen geputzt und gefüllt und in die einzelnen Zimmer gebracht werden mußten, die ihren süßen, warmen Geruch im ganzen Haus verbreiteten. Das Wasser holten wir vom Brunnen, und wenn jemand Tee haben oder ein Bad nehmen wollte, mußte es auf dem Herd heißgemacht werden. Holz mußte gehackt, ins Haus geholt und aufgestapelt werden, und jeden Morgen mußten die Kamine saubergemacht, mußten die Feuer neu geschürt werden. Für all das brauchte man Köchinnen und Hausmädchen und Küchenmädchen und Serviermädchen und Wäscherinnen und weiß der Geier was noch, und eine Haushälterin, die darauf schaute, daß sie ihre Arbeit ordentlich machten. Und das war meine Mutter.»

Er unterbrach sich erneut, um seine Pfeife in Gang zu setzen, fasziniert sah Steven zu, wie er die Flamme in den Pfeifenkopf saugte, er stellte sich vor, wie sie durch die Pfeife hindurch in den Hals des Alten rutschte und in seinem Bauch weiterglühte – wie das Feuer im Herd.

«Aber so ganz unrecht», fuhr Matthews fort, «hast du natürlich nicht. Das Haus gehörte uns, denn im Gegensatz zu den Drähten und Röhren und Leitungen, die heute all diese Dinge besorgen, waren wir lebendige Menschen, und wir lebten dort. Natürlich gab es Vorschriften. Türen, die wir nicht aufmachen, Räume, die wir nicht betreten durften. Aber die galten nur, wenn die Familie da war, und die ließ sich nur im Sommer ein paar Monate dort sehen. Genaugenommen war es deshalb wirklich mehr unser als ihr Haus. Besonders wohl mein Haus, denn ich hatte eine sehr schöne, freizügige Kindheit, und als Haushälterin hatte meine Mutter praktisch das Sagen beim Personal, den Butler ausgenommen. Mein Vater war dort Gärtner gewesen, aber eines Tages fiel er von einem Baum und brach sich den Hals. An ihn habe ich so gut wie gar keine Erinnerung mehr.»

Ein paar Sekunden senkte sich wieder dumpfe, schwere Stille über den Raum.

«Was ist eigentlich mit deinen Eltern?» Matthews sah Steve an. «Wohnst du nicht bei ihnen?»

Steves Kopf ruckte zur Seite. Es war eine Warnung, aber der Alte beachtete sie nicht.

«Abgehauen, was?»

Steve drehte mit einer jähen, möglicherweise Verneinung andeutenden Bewegung den Kopf zur anderen Seite.

«Oder sind sie –» begann der Alte, aber da war Steve schon aufgesprungen.

«Was fragen Sie solchen Mist!» schrie er den Alten an. «Das geht Sie einen Scheißdreck an. Ich denk, Sie wollen mir erzählen, was passiert ist, alles von dem Mann. Statt dessen fragen Sie mir Löcher in den Bauch wie so 'n Bulle.»

Der Alte schien unter dem flammenden Blick des Jungen förmlich zusammenzuschrumpfen. Ziellos bewegte er die Hände im Schoß.

«Entschuldige, mein Junge. Ich frag dich nichts mehr, ganz bestimmt nicht.»

Er wandte sich ab und stocherte mit entschuldigendem Hüsteln im Feuer herum. Nach einer Weile setzte Steve sich wieder hin.

«Sie haben doch gesagt, Sie wollen beim Thema bleiben», murrte er.

«Hast schon recht, mein Junge.»

«Dann tun Sie's auch», erklärte Steve mit Nachdruck. «Ich hab den Mann nämlich wieder gesehen. Heut abend, wie ich hergekommen bin. Er hat vor dem Haus gestanden und es angestarrt, als wenn's aus Glas ist und er alles sehen kann, was Sie machen.»

Steve fand, daß diese Rache für den Schmerz, den der Alte ihm zugefügt hatte, nur fair war. Wie du mir, so ich dir, so war das Leben. Du mußt sehen, wo du bleibst, sonst bist du ganz schnell weg vom Fenster. Außerdem war es nicht ganz gelogen, denn er hatte den Grinsemann tatsächlich wiedergesehen, allerdings nicht an diesem Abend und nicht vor Matthews' Haus, sondern Anfang der Woche, auf dem Rückweg von der Sozialsiedlung, wo er die Schecks für die Schnüffler aus dem Briefkasten geholt hatte. Die Siedlung war in White City, ein schönes Stück von seiner Zeitungstour entfernt, um so mehr war ihm der Schreck in die Glieder gefahren, als er plötzlich auf der anderen Straßenseite den Grinsemann entdeckt hatte. Die ruckartigen Bewegungen waren unverkennbar – es war, als wenn einer stehend einen epileptischen Anfall hat. Offenbar hatte er den Jungen nicht bemerkt, und Steve entschloß sich, ihm zu folgen. Ernest Matthews hatte offenbar große Angst vor diesem Mann und würde deshalb für Informationen dankbar sein. In sicherer Entfernung, hin und wieder in Hauseingängen oder hinter geparkten Autos Deckung suchend, folgte Steve dem Grinsemann die Wood Lane hinauf. Kurz vor dem Kanal bog der Mann rechts ab und verschwand nach einer halben Meile hinter einem wuchtigen Tor. Steve pirschte sich vorsichtig näher heran. Wenn das eine Falle war... Hinter dem Tor, am Ende einer kurzen Auffahrt, stand ein großes Backsteingebäude, das wie ein Gefängnis aussah. Der Mann war nicht mehr zu sehen. An einem seitlich angebrachten Gitterzaun hing ein orangefarbenes Schild, auf dem in schwarzen Buchstaben stand: VORSICHT GEFCHEM

«Vor dem Haus», wiederholte Matthews. «Und er hat es angestarrt. Das ist was Neues. Und nichts Gutes.»

Er rieb die Hände aneinander, als wolle er der einen mit der anderen Trost spenden. Zu spät begriff Steve, daß er dem Alten jetzt nicht erzählen konnte, was er über den Mann herausbekommen hatte. Das waren so die Probleme, wenn man sich Geschichten ausdachte. Zuerst klangen sie völlig glaubwürdig, aber dann liefen sie einem plötzlich aus dem Ruder. Doch das war zunächst nicht weiter wichtig. Jetzt genoß er erst mal seine völlig neue Macht. Sein ganzes kurzes Leben lang hatte Steve stets Angst vor anderen Leuten gehabt. Daß er selbst anderen angst machen konnte, war ein köstliches Gefühl und durch das Wie-du-mir-so-ich-dir-Prinzip voll und ganz gerechtfertigt. Denn bisher war in Steves Leben die Bilanz der Angst noch lange nicht ausgeglichen. Und schließlich und endlich war es ja eine erfundene Geschichte. Hätte dieser Gefchem, wie Steve ihn bei sich nannte, wirklich das Haus beobachtet, und hätte er, Steve, dem Alten nichts davon gesagt, wäre es etwas anderes gewesen. Aber konnte er mit einer Geschichte, die gar nicht passiert war, überhaupt jemandem schaden?

«Ich hätte dich nie in diese schlimme Sache hineinziehen dürfen, mein Junge», seufzte der Alte und schüttelte erneut den Kopf. «Ich hätte dich damals nicht ins Haus bitten dürfen. Es war unrecht von mir, sehr unrecht. Aber jetzt hilft es nichts, du bist einmal da, und er weiß es, und am besten erzähle ich jetzt ganz schnell weiter, damit du wenigstens die Gefahr kennst. Jetzt muß ich dir etwas über die Familie erzählen, der das Haus gehörte. Es waren keine Adligen, wie du vielleicht denkst, sondern Kaufleute. *Jeffries' Biscuits* kannte damals jedes Kind. Heute gibt's die Kekse gar nicht mehr. Sie waren in viereckigen Blechdosen verpackt, auf dem Etikett stand der Name in großen schwarzen Blockbuchstaben, und daneben war das Bild von einem Jungen, der, ganz in Königsblau und Rot, auf einem Hügel sitzt und in die untergehende Sonne sieht. Maurice und Rupert, die beiden Söhne, benutzten die leeren Dosen im Spielzimmer als Befestigungen. Sie hatten Spielzeugkanonen, aus denen man kleine Pflöcke schließen konnte, und aufziehbare Züge, die im ganzen Zimmer herumfuhren, unter den Beinen der Möbel hindurch und durch Blechtunnel, die mit Büschen und Gras bemalt waren. Auch Kriegsschiffe hatten sie, Schiffe aus Metall und selbstgemachte, aus Pappe ausgeschnitten, zusammengeklebt und grau angestrichen. Wenn die Familie weg war, habe ich so manchen Nachmittag da oben in den Zimmern mit den vielen abgedeckten Möbeln verbracht. Sie sahen aus wie ein Kriegslager. Manchmal verirrte ich mich auch in den Räumen und bezog Prügel, weil ich zu spät zum Abendessen kam, denn damals galt Pünktlichkeit für Herrschaft und Dienstboten gleichermaßen, da gab es keine Ausnahme.

Das klingt wohl so, als seien Maurice und Rupert Jeffries damals noch Kinder gewesen, aber zu der Zeit, von der ich erzähle, waren sie schon fast zwanzig und studierten. Die Mutter war vor ein paar Jahren gestorben, und mehr Kinder waren nicht da, und als dann auch der alte Jeffries starb, im gleichen Jahr wie unser König übrigens, bekam das Personal im Herrenhaus es mit der Angst zu tun. Alles fürchtete sich vor der Entlassung. Ich erinnere mich, wie meine Mutter mit dem Butler und der Köchin darüber sprach. ‹Das bedeutet einen Wechsel›, darüber waren sie sich alle einig. ‹Die Söhne werden das Haus bestimmt nicht behalten wollen.› Damals konntest du ein Herrenhaus auf dem Land um einen Appel und ein Ei kaufen, wie man so sagt. Keiner wollte die alten Kästen haben, weil das Land nichts mehr brachte. Und deshalb rechnete man damit, daß die Nachkommen das Herrenhaus verkaufen würden und wir uns alle anderswo Arbeit suchen müßten. Meine Mutter und die anderen Dienstboten hatten sich schon damit abgefunden, sie wußten, wie es in der Welt zugeht. Aber ich hatte mein ganzes Leben dort verbracht, in dem großen Haus, im Dorf, in der vertrauten Landschaft. Es schien unfaßbar, daß mir zwei Burschen, die kaum älter waren als ich, das alles wegnehmen konnten. Meine Mutter versuchte, es mir zu erklären, aber ich fand das alles so verdreht, als hätte man mir eröffnet, das Flüßchen, das sich durch unser Tal schlängelte, würde aufhören zu fließen, wenn jemand eine entsprechende Anweisung unterschrieb. Aber so war nun mal die Lage, und mit Sicherheit hätte man uns vor die Tür gesetzt, wenn nicht der schlaue alte Jeffries vorgesorgt hätte.

Der Vater von Maurice und Rupert hatte in seinem Testament bestimmt, daß sein Nachlaß zu gleichen Teilen unter die beiden Söhne aufgeteilt werden sollte, daß aber nichts davon ohne beider Unterschrift verkauft, verpachtet oder sonstwie veräußert oder abgegeben werden dürfe. Nicht weiter schlimm, magst du denken. Zwillingsbrüder, von der Wiege auf miteinander groß geworden, müßten sich doch auf eine gemeinsame Marschrichtung einigen können. Aber das konnten sie eben nicht. Sie hatten es noch nie gekonnt. Wenn Maurice etwas haben wollte, konntest du davon ausgehen, daß Rupert genau in die entgegengesetzte Richtung strebte. Warum das so war, wußte niemand. Es war eben so. Den Butler hörte ich einmal sagen, wenn der eine sich Port bestellte, könne er gleich dem anderen Madeira einschenken. Kaum hatte Maurice verkündet, er würde zum Studium nach Cambridge gehen, entschied sich sein Bruder für Oxford, was auch sein Gutes hatte, denn das war nicht so weit weg, so daß Rupert häufig ins Herrenhaus kam. Rupert hatten wir viel lieber als seinen Bruder. Er freute sich an allem, was das Land ihm zu bieten hatte, am Jagen und Schießen und Fischen, und er nahm Anteil am Leben der Leute auf dem Gut. Er kannte alle Dörfler beim Namen und blieb bei ihnen stehen und fragte, wie es ihnen ging. Einmal im Jahr gab er ihnen ein schönes Essen, was damals eine große Sache war. Maurice war ein Städter durch und durch. Wenn er sich mal im Herrenhaus sehenließ, vergingen manchmal Tage, ohne daß er einen Fuß vor die Tür setzte. Bücherlesen und Bilderanschauen und Redenschwingen – das war seine ganze Beschäftigung. Am liebsten lag er auf dem Sofa, rauchte eine Zigarette und schwatzte in irgendeiner fremden Sprache mit seinen supergescheiten Freunden. Die meiste Zeit aber war er sowieso in London oder gondelte in Europa herum, was uns sehr recht war, denn wenn er es sich doch mal einfallen ließ, mit Gästen aufs Land zu kommen, war immer die Hölle los. Frühstück um acht – ein Riesenessen mit sechs oder mehr Gängen. Mittagessen um halb zwei, acht bis zehn Gänge, dann der Nachmittagstee und um halb neun das Dinner mit zwölf Gängen. Die Zimmer mußten geputzt und geheizt werden, denn die Gäste waren nicht wie Rupert, der das ganze Jahr bei offenem Fenster schlief und nicht den geringsten Wert auf ein Feuer im Kamin legte. Bäder mußten eingelassen, Bettwäsche mußte gelüftet und gebügelt, Lebensmittel mußten bestellt werden, und wenn nicht alles pünktlich und wie am Schnürchen lief, gab's Zunder. Zum Glück aber kam Maurice nur selten und blieb nicht lange, denn die einfachen Freuden des Landlebens ödeten ihn und seine weltläufigen Freunde immer sehr schnell an. Master Rupert dagegen war so unkompliziert, daß man kaum was von ihm merkte, wie meine Mutter zu sagen pflegte. Er hatte seine Räume im Ostflügel, wo auch die Gästezimmer waren, aber er war der beste Logierbesuch, den man sich nur wünschen konnte, denn er war kaum mal im Haus, von morgens bis abends war er zu Fuß oder zu Pferde unterwegs. Zum Essen brachte er dann eine Forelle mit oder ein Stück Wild, und damit war er schon zufrieden. Jeden Tag ging er – je nach Jahreszeit – zur Jagd oder zum Fischen.

Maurice und Rupert waren, wie gesagt, nie einer Meinung, und wenn Maurice bei uns auftauchte, war der nächste Krach schon abzusehen. Maurice war viel zu vornehm, um je die Stimme zu erheben, aber er hatte eine ganz infame Art, über das zu reden, was sein Bruder sagte oder tat. So bemerkte er etwa seinen Gästen gegenüber: ‹Wenn einer von euch irgendwann abartigerweise mit den Hühnern auf sein und zufällig aus dem Fenster sehen sollte, sieht er möglicherweise eine Gestalt verstohlen über den Rasen tappen. Keine Sorge, das ist weder ein Faun noch ein Satyr, sondern nur mein lieber Bruder Rupert. Er hält dort Zwiesprache mit Mutter Natur, die ihn zum Dank – wie euch sicherlich schon aufgefallen ist – in gerade umwerfendem Maße mit Charme und sprühender Energie beschenkt hat.› Diese Dinge erfuhren wir durch unseren Butler, der bei Tisch bediente und Maurice wunderbar nachmachen konnte. Rupert wehrte sich nach Kräften, aber die Tücke und Hinterlist des Bruders waren ihm fremd. Er sagte immer offen und ehrlich seine Meinung. ‹Das Land verrottet wie faulendes Holz. Noch sieht man es nicht, aber seine Kraft, sein Schwung sind schon dahin. Und die Schädlinge, die das bewirkt haben, die schuld sind an diesem Krebsgeschwür, das unser großes Erbe zerstört, sind elende Kriecher wie du und deine Freunde, Maurice, Männer, die ihre Seele dem sogenannten Fortschritt und dem Mob verkauft haben, die sich mit fremden Göttern einlassen und die Geister der Heimat verachten, die ihre korrupte, dekadente Konversation mit fremdländischen Schlagworten würzen und dabei ihre Muttersprache soweit vergessen haben, daß sie ihre Feigheit Pazifismus, ihre Unkenntnis Naturwissenschaft, ihren Verrat Sozialismus und ihren Mangel an Männlichkeit Kultur nennen.› Nein, wahrhaftig, er hielt mit seiner Meinung nicht hinter dem Berg, unser Rupert. Doch Maurice und seine Freunde schien das nicht zu stören. Sie lächelten nur herablassend, als sei Rupert so was wie eine Jahrmarktsattraktion, die sie besichtigten, weil sie gerade nichts Besseres zu tun hatten.»

Der Alte unterbrach sich, um seine Pfeife wieder anzuzünden.

«Hast du das bis hierher alles mitgekriegt?» fragte er.

Steve zuckte die Schultern. «Ich hör Sie ganz gern reden.»

«Um so besser. Das ist nämlich meine Lieblingsbeschäftigung. Nach dem Letzten Willen des alten Jeffries durfte, nachdem die beiden Brüder sich nicht einigen konnten, im Herrenhaus nichts geändert werden, und darüber waren wir alle herzlich froh. Meine Mutter und die anderen behielten ihren Arbeitsplatz, und ich brauchte mich nicht von meiner vertrauten Umgebung zu trennen. In jenem letzten Sommer aber, in dem Sommer vor dem großen Krieg, den sie später den Ersten Weltkrieg genannt haben, quartierte sich zu aller Überraschung Maurice plötzlich auf Dauer im Herrenhaus ein. Das machte nicht nur Rupert Probleme, der bis dahin das Haus mehr oder weniger für sich gehabt hatte, sondern auch dem Personal, das in einen gewissen Schlendrian verfallen war. Niemand konnte sich seinen plötzlichen Sinneswandel erklären. Ich war inzwischen sechzehn und half im Garten, und alle hofften, ich würde meinem Vater nachschlagen, unter dessen Händen angeblich verdorrte Pflanzen wieder frische Triebe bekommen hatten. Eines Tages war ich beim Hacken, als ich jemanden sagen hörte: ‹... weil ich verliebt bin.› Es war Master Maurice, seine Stimme kam aus der Allee, ich war dort hinter der Hecke bei meiner Arbeit. Schritte knirschten auf dem Kies, und dann bemerkte eine zweite Stimme: ‹Verliebt? Mein lieber Maurice, ich verliebe mich mindestens einmal die Woche, aber mir würde es nie einfallen, deswegen meine Freunde im Stich zu lassen und mich auf dem platten Land zu vergraben.› Natürlich weckte das meine Neugier. Da der Obergärtner nicht in Sicht war, ging ich ein paar Schritte auf dem schmalen Pfad entlang, der parallel zur Allee verlief. Die Hecke war so hoch, daß ich für die beiden, obgleich nur zwei Fuß zwischen uns lagen, so unsichtbar war wie der Mann im Mond. Die nächsten Worte entgingen mir, aber dann hatte ich sie eingeholt und hörte Maurice sagen: ‹... das hinreißendste weibliche Wesen, das ich je zu Gesicht bekommen habe...› – ‹Aber wer war sie?› fragte sein Gesprächspartner. Ich hatte inzwischen seine Stimme erkannt, es war einer von Maurices besten Freunden, ein junger Mann namens Aubrey Deville. ‹Das ist es ja gerade›, fuhr Maurice fort. ‹Ich habe keine Ahnung.›

Sie waren mittlerweile bis zu dem sogenannten Springbrunnen gekommen, einem aus Feldsteinen gemauerten Becken, in dem Karpfen schwammen. Dort setzten sie sich auf eine Steinbank, Maurice schwor seinen Freund auf strikte Geheimhaltung ein und erzählte ihm die ganze Geschichte. Angefangen habe es vor einem Monat, sagte er, als er zu einem seiner kurzen Besuche ins Herrenhaus gekommen sei. ‹Vielleicht erinnerst du dich noch, Aubrey, daß wir nach dem Essen ins Billardzimmer gingen, wo wir bis zwei oder drei Uhr früh blieben. Vielleicht war es der Ärger darüber, daß der junge Sullivan meinen Bruder aufgezogen hatte – jedenfalls konnte ich nicht einschlafen. Schließlich stand ich wieder auf und setzte mich an den Schreibtisch, um ein paar Briefe zu erledigen. Der Schreibtisch steht vor dem Fenster, mit Blick auf den Rasen. Nach einiger Zeit merkte ich, daß sich draußen etwas bewegte. Es wird ein Fuchs sein, sagte ich mir, oder ein Dachs, aber dann erkannte ich, daß das da draußen ein Mensch war. Im Haus war es seit Stunden grabesstill, einer von uns konnte es also nicht sein. Vielleicht ein Eindringling, dachte ich, ein Wilderer oder gar ein Einbrecher.

Der Mond war fast voll. Auf den Rasen, der in hellem Licht lag, warfen nur die beiden hohen Buchen ihren dichten schwarzen Schatten. Zuerst sah man die Gestalt nur als hellen Schimmer im Schatten der östlichen Buche, dann kam sie heraus ans Licht. *Es war eine Frau, Aubrey!* Sie trug eine Art weißen Überwurf, Arme und Beine waren nackt. Ihr Haar war offen, es sah aus, als sei sie gerade aus dem Bett gekommen. Sie schritt langsam und graziös über den Rasen und musterte gelassen und wie selbstverständlich Haus und Park. Meine Gedanken rasten, aber ich konnte mich nicht bewegen, konnte kaum atmen. Ich saß da wie versteinert, während sie den Rasen überquerte und der Schatten der zweiten hohen Buche sie aufnahm. Kaum war sie verschwunden, fiel der Bann von mir ab. Ich zog mich rasch an und stürzte nach unten, aber auf dem Rasen war niemand. Ich suchte den ganzen Garten ab, der weißlich leuchtete wie an einem Wintertag, konnte aber keine Spur von der Frau entdecken. Endlich ging ich wieder auf mein Zimmer und behielt den Rasen im Auge, bis der Morgen graute, aber sie zeigte sich nicht noch einmal. Und während ich todmüde, mit tränenden Augen dasaß, erkannte ich verstört, daß ich mich verliebt hatte. Ihre freie, kühne Haltung, ihre Furchtlosigkeit und Reinheit... Das ist die Frau, die ich mir immer erträumt, nach der ich mein ganzes Leben lang gesucht habe. Wenn du sie nur sehen könntest, Aubrey. Aber du *mußt* sie sehen! Du *sollst* sie sehen!›»

Der Alte unterbrach sich, als die Uhr in dem Nußbaumgehäuse auf dem Kaminsims sechs schlug.

«Hört sich hübsch an», sagte Steve halblaut.

«Du hättest die Uhr hören sollen, die im Zimmer der Haushälterin stand», sagte der Alte. «Ihr Klang war so süß wie der Wein, den ich manchmal kostete, wenn die Herren abends von Tisch gegangen waren. Und den ganzen Tag und die ganze Nacht ging das Pendel hin und her, ticktack, ticktack. Jaja, dazumal war alles anders. Damals hatte die Stunde noch sechzig Minuten. Heute ist die Zeit nur noch Ausschuß, zu knapp bemessen und von schlechter Qualität. Nächste Woche müssen wir versuchen, sie besser zu nutzen, sonst werden wir nie fertig.»

Als Steve an diesem Abend nach Hause ging, lächelte er leise vor sich hin. Natürlich glaubte er kein Wort von dem, was der Alte ihm erzählt hatte. Eine Landschaft unter dem Meer! Häuser, die wie Pflanzen Ableger bildeten! Leute, die sich den ganzen Tag vollfraßen, aber so arm waren, daß sie sich nicht mal Strom leisten konnten. Da waren ja sogar die Schnüffler besser dran. Seine Geschichte stimmte hinten und vorn nicht. Spuckte große Töne von einem Herrenhaus, nachdem er vorher erzählt hatte, er habe auf einem Friedhof gelebt. Steve hatte auch mal auf einem Friedhof gelebt, in Stoke Newington. War gar nicht mal so übel gewesen, bis eine Bande irischer Zigeunerkinder ihn in eins der Häuschen eingesperrt hatte, die sie für die toten Leute haben. Der alte Matthews hatte wohl doch nicht alle Tassen im Schrank. Daß sein Schädel wie das Innere von einem Golfball war, glaubte er ihm aufs Wort. Steve hatte in einem Park mal einen aufgeplatzten Golfball gefunden, der war mit lauter kleinen Gummischnipseln gefüllt. So stellte er sich auch das Hirn von dem Alten vor – jede Menge Reste und Fetzen, die da wild durcheinanderlagen. Aber er würde sich nichts anmerken lassen, dazu stand zu viel auf dem Spiel: die Wärme, das Essen, der Tee, das Geld, die wöchentlichen Besuche, die ihm eine Zukunft schenkten, auf die er sich freuen konnte. Und vor allem die Angst des Alten, die Steve mit wahrem Genuß spürte, an der er sich förmlich weidete. Es war ein warmes, wohliges Gefühl, das ihn einhüllte wie ein Pelzmantel, ein Luxus, den er sich noch nie hatte leisten können und der ihm jeden Augenblick wieder genommen werden konnte.

7

Aileen blieb Zeit bis Freitag, um festzustellen, warum sich der Junge, den sie bei sich noch immer Gary Dunn nannte, unbedingt in die Psychiatrie sperren lassen wollte. Als sie am Donnerstag nachmittag vom Dienst kam, stand fest, daß sie von ihm keine Hilfe zu erwarten hatte. Am Vormittag hatte sie ihre Trumpfkarte ausgespielt. Sie hatte ihm von ihrem Besuch in der Bibliothek erzählt – und daß das Buch über Schizophrenie, das sie in seiner Tasche gefunden hatte, von einem gewissen Steven Bradley ausgeliehen worden war. Er hatte reagiert wie auf einen Schlag, was Aileens Überzeugung bestätigte, daß es sich nicht um ein zweites Pseudonym, sondern um seinen wirklichen Namen handelte.

Sonst aber hatte sie nichts erreicht. Vergeblich hatte sie gefragt, gebeten, zum Schluß fast gebettelt. Er hatte ihre Fragen in der gewohnten mürrisch-wortkargen Art an sich abgleiten lassen. Gegen Ende des Gesprächs überkam Aileen die gleiche panikartige, erstickende Hilflosigkeit wie bei ihren Tischgesprächen mit Douglas. In Strategie und Taktik war Gary das genaue Gegenteil von Douglas – Sprachlosigkeit ist die Waffe der Armen und Ungebildeten –, aber das Ergebnis war sehr ähnlich. Douglas deprimierte sie, indem er ihr das Gefühl vermittelte, dumm und erfolglos zu sein, Gary weckte ihr schlechtes Gewissen, weil sie sich ihm gegenüber mächtig und privilegiert vorkam. Das, was er wollte – die Einweisung in die Psychiatrie –, hatte er erreicht, und von weiteren Konzessionen versprach er sich offenbar nichts mehr. Im Gegenteil! Wenn sich sein Zustand besserte, würde man ihn entlassen. Er hatte deshalb allen Grund, auf stur zu schalten.

Ansonsten war er ein geradezu mustergültiger Patient – als sei die Klinik ein exklusiver Klub, in dem man sich die Mitgliedschaft durch Wohlverhalten verdienen konnte. Er versuchte weder, sich in den Vordergrund zu spielen noch sich zu verkriechen, er machte das, was die anderen Patienten machten, hielt aber auf Distanz, um niemanden zu belästigen. Er war sofort zum Liebling des gehetzten Pflegepersonals geworden, weil er nicht nur selbst nie Schwierigkeiten machte, sondern schon mehr als einmal in aller Stille die eine oder andere bedenkliche Situation unter seinen Mitpatienten entschärft hatte. Kurzum, alles war in bester Ordnung – wenn man davon absah, daß er nicht Gary hieß, nicht achtzehn Jahre alt war und keine psychischen Störungen aufwies. Aileen hatte keine Hoffnung mehr, das Rätsel seines Verhaltens zu lösen, ehe sie ihn am nächsten Tag aus seinem Wolkenkuckucksheim wieder in die rauhe Wirklichkeit entlassen mußte. In ihrer Verzweiflung hatte sie sogar bei der Polizei angerufen und den richtigen Namen des Jungen durchgegeben in der Hoffnung, sie könnten über die Vermißtenmeldungen vielleicht seiner Familie auf die Spur kommen. So oder so aber würde man ihr am nächsten Tag den Jungen wegnehmen und den zuständigen Stellen übergeben, und er würde sein Geheimnis mitnehmen wie eine Bombe mit Zeitzünder, die jeden Augenblick losgehen konnte.

Nachmittags um fünf war Aileen soweit, daß sie unbedingt mit jemandem reden mußte, und für so eine Aussprache kam nur Jenny Wilcox in Frage. Dabei dachte sie sogar flüchtig daran, daß sie sich bei dieser Gelegenheit vielleicht näherkommen, wirklich Freundinnen werden könnten. Daß sie es noch nicht waren, lag natürlich an ihr. Sie hatte der Jüngeren gegenüber immer auf Distanz gehalten, sich kühl und ironisch gegeben – typische Zeichen einer defensiven Haltung. Und was den schrecklichen Jon anging – durfte sie denn Jenny, die so viele gute Eigenschaften hatte, einfach deshalb links liegenlassen, weil sie mit ihrem Partner nicht klarkam? Nein, es war einfach so, daß sie es bisher an Herzlichkeit und Aufgeschlossenheit hatte fehlen lassen. Hier bot sich nun die beste Gelegenheit für eine Wiedergutmachung.

Der Weg zurück zu ihrem Büro führte Aileen durch einen Gang im Erdgeschoß, der an einem Nebenausgang des Hauptgebäudes endete. Statt der heiteren, therapiefördernden Farben auf den Stationen herrschte hier das typische Bürokratengrau. Seit über zehn Jahren durchschritt Aileen täglich mindestens viermal die Pendeltür am Ende des Ganges, ohne sie je richtig anzusehen. Diesmal aber bemerkte sie am Rand, direkt auf Augenhöhe, vier ordentlich untereinander stehende Worte:

ESSEN
SCHEISSEN
STERBEN
KISTE

Sie blieb einen Augenblick stehen, dann schob sie sich durch die Tür und wischte sich unwillkürlich die Hände ab, als seien sie durch die Berührung schmutzig geworden. Irgendwie kamen ihr die Worte merkwürdig bekannt vor, irgendwo hatte sie diese Reihung schon einmal gesehen, es war noch gar nicht lange her. Aber wo? Es wollte ihr nicht einfallen. Nicht hier in der Klinik. Vielleicht stammten sie aus einem Schlager, bestimmt hatten sie nicht die mindeste Bedeutung, nicht das geringste Gewicht.

Jenny Wilcox war gern bereit, sich von Aileen auf einen Drink einladen und hinterher nach Barnes zurückfahren zu lassen. Ihr Wagen war vor ein paar Wochen gestohlen worden und später als verkohltes Gerippe auf einem unbebauten Grundstück wieder aufgetaucht, und bis die Versicherung den Fall geklärt hatte, war sie auf den unzuverlässigen Busverkehr angewiesen. Da die Pubs noch nicht auf hatten, schlug Jenny vor, sie sollten zuerst nach Barnes fahren und sich dort in eine Bar setzen, in die man laut Jon gehen konnte. Sie entpuppte sich als eine jener genormten Pinten, die aussahen wie Antiquitätengeschäfte mit angeschlossenem Getränkeausschank. Man konnte kaum treten vor Topfpflanzen, Messinggittern und alten Möbeln, die Kellnerinnen, die sich gewandt durch das wuchernde Laubwerk schoben, sahen aus wie französische Nutten, die sich als altmodische Zöfchen verkleidet hatten. Oder umgekehrt. Bei einer dieser Maiden durften sie schließlich einen Muscadet bestellen, der auf der mit Kreide auf eine Schultafel geschriebenen Weinkarte als «sehr süffig» gekennzeichnet war. Bis der Wein kam, erzählte Jenny von der Aktion, die sie zur Zeit beschäftigte. Es handelte sich um eine Unterschriftensammlung bei allen im staatlichen Gesundheitsdienst tätigen Ärzten zur Veröffentlichung einer Anzeige, in der all jene «nicht dringenden» Fälle aufgeführt werden sollten, die bis zum Sankt-Nimmerleins-Tag vertagt werden mußten, sofern nicht zusätzliche Mittel bereitgestellt wurden. «Die Regierung handelt mal wieder nach der beliebten Devise: Teile und herrsche. Wenn wir das durchgehen lassen, steht die Psychiatrie mit dem Rücken zur Wand. Für zusätzliche Mittel braucht man Publicity – und die liefern nur Leichen. Babys mit einem Loch im Herzen, Leute, die ohne Lebertransplantation nur noch zwei Wochen zu leben haben. So was in der Art. Auf diesem Gebiet können wir nicht mithalten. Irrsinn bringt die Leute nicht um. Leider.»

«Manchmal doch.»

«Nicht direkt. Aus dem Blickwinkel des Lesers der *Daily Mail* gehören psychische Erkrankungen sowieso in dieselbe Kategorie wie Aids. Wer so was hat, ist selber schuld.»

Aileen schwieg. Sie fand Jennys grimmigen Zynismus in großen Dosen – und so wurde er meist verabreicht – ziemlich unverdaulich.

«Diesen Jungen, über den wir gestern gesprochen haben», sagte sie vorsichtig, «hast du wohl nicht weiter beobachten können...»

«Du meinst diesen... wie heißt er noch... diesen Gary? Ehrlich gesagt war mir noch gar nicht aufgefallen, daß er da ist.»

«Nur noch bis morgen. Ich bin bei ihm nicht weitergekommen, nur seinen richtigen Namen habe ich durch Zufall entdeckt. Wahrscheinlich schwindelt er auch noch in anderen Punkten, ich habe ihn nur noch nicht dabei erwischt, und jetzt habe ich keine Zeit mehr, der Sache auf den Grund zu gehen. Das heißt – schwindeln ist nicht ganz der richtige Ausdruck. Er scheint die Abgrenzungen zwischen Lüge und Wahrheit gar nicht richtig wahrzunehmen und kommt deshalb um so besser durch, weil er kein Schuldbewußtsein hat, das ihn verraten könnte. Es ist, als habe er einen Packen Möglichkeiten in der Hand wie Karten, von denen er mal die eine, mal die andere zieht, je nach Lage der Dinge, ohne sich zu überlegen, ob sie stimmen oder nicht.»

Jennys Blick war leicht glasig geworden, und Aileen merkte, daß sie ins Schwafeln gekommen war.

«Na, vielleicht kriegt ja die Polizei was aus ihm raus», schloß sie.

Die Jüngere warf ihr einen scharfen Blick zu.

«Die Polizei?»

«Ich habe seinen richtigen Namen durchgegeben.»

«Soso...»

«Was ist dagegen einzuwenden?»

Jenny trank einen Schluck Wein und antwortete nicht.

«Sie waren sehr nett und hilfsbereit», sagte Aileen, in die Defensive gedrängt.

«Kein Wunder. Du bist eine wohlhabende, gebildete weiße Frau aus dem Mittelstand. Warum sollten sie nicht nett zu dir sein? Wenn du einen Wachhund kaufst, rechnest du ja nicht damit, daß er *dich* angreift...»

Aileen sah Jenny etwas verärgert an. «All das bist du doch auch, Jenny.»

«Stimmt. Aber ich weiß auch sehr genau, woran ich bei der Polizei bin, das darfst du mir glauben.»

Es gab eine kurze, spannungsgeladene Pause.

«Wieso du ausgerechnet mit diesem Patienten derart rummachst, begreife ich ja nicht ganz», fuhr Jenny friedlicher fort. «Engagement ist natürlich toll. Es gibt in unserer Abteilung genug Fälle, für die man sich engagieren kann. Aber nein, du hängst dich ausgerechnet an diesen Jungen. Was ist denn so Besonderes an dem?»

Sekundenlang war Aileen versucht, alle Karten auf den Tisch zu legen, die geheimnisvolle, verbotene Identifizierung dieses Jungen mit dem Kind zuzugeben, das vor über fünfzehn Jahren nicht geboren worden war. Es war vor allem das schiere Ausmaß einer solchen Aufgabe, das sie bewog, den Mund zu halten, der Gedanke an die schmerzlichen und verwirrenden Hintergrundinformationen, die sie der Kollegin würde geben müssen, damit das, was hier geschah, überhaupt verständlich wurde. Doch auch eine beunruhigende Erinnerung an Douglas' Stimme in Jennys Worten hielt sie zurück. Auch er hatte angedeutet, sie engagiere sich wohl ein bißchen zu sehr für ihre beruflichen Probleme. Aileen zuckte unwillkürlich zusammen. Jenny Wilcox und Douglas Macklin waren einander so unähnlich, daß die Vorstellung, sie könnten in einem Punkt der gleichen Meinung sein, den Gedanken nahelegte, daß sie am Ende sogar recht hatten.

«Daß heutzutage ein Mensch so einfach aus dem Nichts kommt, ohne Namen, ohne Identität», sagte sie statt dessen, «ist mir einfach unbegreiflich. Ich denke, wir sind alle in irgendwelchen Computern gespeichert.»

«Sind wir auch. Das eine ist ohne das andere nämlich gar nicht möglich. Es gibt bei uns inzwischen einen Haufen dieser Unsichtbaren. Leute ohne Namen, ohne Wohnsitz, ohne Job, ohne Hoffnung. Der letzte Kontakt mit unserer Welt ist der Antrag auf Sozialhilfe, und mit aus diesem Grund macht die Regierung ihnen den so schwer wie möglich. Denn wenn sie den Kampf mit den Ämtern erst mal aufgegeben haben, verschwinden sie einfach spurlos von der Bildfläche, und das paßt Mrs. Thatcher bestens ins Konzept. Du schaffst eine rechtlose Unterklasse und drohst dann den Leuten aus den Verliererteams unserer Gesellschaft, sie dorthin abzuschieben, wenn sie es wagen, sich über ihre lausige Lage zu beschweren. Du brauchst nur mal abends am Embankment langzugehen, da, wo die Festival Hall steht. Dort oben hinter Glas trinken sie in Frack und Abendkleid ihren Wein und lassen sich von gepflegter Klassik berieseln, sechs Meter darunter kriechen ein paar hundert menschliche Wracks zum Übernachten in ihre Pappkartons. Wie auf einer George-Grosz-Zeichnung. Nur spielt die Szene nicht im Berlin der zwanziger, sondern im London der achtziger Jahre, direkt vor unserer Nase. Und keiner kümmert sich einen Scheißdreck drum.»

«Wir trinken Weißwein», meinte Aileen.

Jennys Verblüffung war nicht gespielt. «Was hat denn das damit zu tun?»

Aber ehe Aileen darauf antworten konnte, brach in der Bar eine Musik los, deren Lautstärke jedes Gespräch überflüssig, ja, unmöglich machte. Über einen Synthesizer-Beat, der sich anhörte wie elektronisches Mülltonnengeklapper, erhob sich ein durchdringender Klagegesang körperloser Geister, dazu prasselten wie Maschinengewehrsalven wahnwitzige Lacher, und eine kreischende Stimme forderte von den Zuhörern: «*Go for it! Go for it, Hup hup hup.*»

Aileen ließ sich die Rechnung geben. Wegen der Bezahlung kam es zu einem freundschaftlichen Gerangel, das die Jüngere gewann.

«Ich kann dieses Zeug einfach nicht hören», sagte Aileen, als sie draußen waren.

«Das sollst du auch nicht hören, sondern wahrnehmen. Wie die Hintergrundmusik zu einem Film. Dem Film deines Lebens. Du gewinnst damit eine zusätzliche Dimension, eine gezieltere Sicht.»

«Tut mir leid, dazu bin ich wohl zu alt», bemerkte Aileen selbstironisch.

«Du bist so alt, wie du dich fühlst.»

«Eben! Mir wäre es lieber, wenn man sich so alt fühlen würde, wie man ist. So betagt bin ich im Grunde noch gar nicht, aber ich komme mir vor wie eine Greisin. Manchmal glaube ich fast an die Wiedergeburt. Nur so kann ich mir erklären, daß ich so schlapp bin. Es ist, als hätte ich schon jede Menge Leben hinter mir und sei zwischendurch nicht lange genug tot gewesen.»

Jenny lachte so herzhaft, daß es durch die ganze Straße schallte, und zeigte ihr rosa Zahnfleisch.

Auch wenn es nicht zu der erhofften großen Aussprache gekommen war, fühlte sich Aileen sehr viel besser, als sie nach Hause fuhr. Ein Stück von ihrem Kummer hatte sie sich doch vom Herzen reden können, der Wein hatte sie leicht benebelt und gleichzeitig beschwingt, so daß die Sorgen des Alltags nicht mehr ganz so schwer auf ihr lasteten. Unwillkürlich kam ihr die Schmiererei an der Kliniktür wieder in den Sinn, und beim Fahren sprach sie die Worte leise vor sich hin: ESSEN SCHEISSEN STERBEN KISTE. Auf den ersten Blick war in der Reihung kein Sinn zu erkennen, aber sie hatte einen seltsam faszinierenden Klang. Vielleicht, überlegte Aileen, gehören die letzten beiden Begriffe zusammen – «Sterbeschachtel» als poetische Umschreibung für Sarg... Und dann stellte die Inschrift so etwas wie einen Straßen-Haiku dar, die düstere Bestandsaufnahme eines Menschenlebens: Du ißt, du scheißt, du wirst begraben. Und wenn du eine Frau bist, eine Frau in mittleren Jahren und kinderlos, blutest du auch. Jeden Monat. Ohne Sinn und Zweck.

Als Aileen den roten Mini vor dem Haus abstellte, bearbeitete Mr. Griffiths, ihr Nachbar, gerade die hohe Hecke, die sein Grundstück zur Straße hin abschirmte. Er stand auf einer kleinen Stufenleiter und schor mit einer elektrischen Heckenschere gewissenhaft die letzten Sommertriebe ab, um so die Hecke einer Mauer möglichst ähnlich zu machen. Mr. Griffiths mähte seinen Rasen so erbarmungslos, daß Aileen sich manchmal fragte, warum er ihn nicht einfach durch Kunstrasen ersetzte. Das war natürlich nicht der Sinn der Sache. Jeder Mensch braucht ein Hobby. Das Hobby ihres Nachbarn war es, die Natur so zu bearbeiten, daß sie wie tot wirkte. Als Aileen vorbeikam, wechselten sie ein paar formelhafte Worte. Wird schon langsam dunkler, sagte Mr. Griffiths. Ja, wirklich, meinte Aileen. Mr. Griffiths hielt einen Moment inne und sah sie mit leerem Lächeln an, als überlege er, ob er noch eine weitere vertrauliche Mitteilung wagen könne – daß man demnächst vielleicht schon mit Nachtfrösten rechnen müsse beispielsweise –, dann aber fand er offenbar, daß das wohl doch zu weit ging, und wandte sich wieder der Hecke zu.

Als Aileen die Haustür aufmachte, merkte sie am Raunen des Fernsehers, daß Douglas schon zu Hause war und sich die Nachrichten, die tägliche Seifenoper für die gebildeten Stände, zu Gemüte führte.

«...demnächst weitere Einzelheiten berichten. Sie sehen die Sechs-Uhr-Nachrichten der BBC. Mrs. Thatcher sagte zu ihren Kritikern: ‹Wir müssen reich genug werden, um uns Mitleid leisten zu können›, und die Herzogin von York verursachte erheblichen Wirbel, als sie bei der Einweihung von Großbritanniens größtem Ferienpark eine Wasserrutsche ausprobierte. Sie sagte –»

Zu Aileens Überraschung war das Wohnzimmer leer. In der Küche brannte Licht, aber auch dort war Douglas nicht, das gewohnte Glas Scotch auf dem Wohnzimmertisch fehlte. Als sie sah, daß auch sein Mantel und sein Schirm nicht an der Flurgarderobe hingen, wurde sie unruhig. Dann läutete das Telefon.

«Ja?»

«Warum nennst du nicht die Nummer, wenn du dich meldest? Dieses ‹Ja› ist doch unsinnig.»

«Douglas? Wo steckst du denn?»

«Im Büro. Ich komme heute abend später, habe vor meiner Abreise nach Boston noch jede Menge zu erledigen.»

«Der Fernseher läuft, Douglas, und in der Küche ist Licht –»

«Ja, natürlich. Hängt doch alles an der automatischen Zeitschaltuhr.»

Jetzt erinnerte sich Aileen, daß Douglas vor einem Vierteljahr, nach dem zweiten Einbruch, einen komplizierten elektronischen Zauberkasten erstanden hatte, der die verschiedenen Hausgeräte ein- und ausschaltete, um ein bewohntes Heim zu simulieren.

«Das war aber doch sonst nie so», wandte sie ein.

«Weil ich normalerweise rechtzeitig heimkomme, um die Automatik abzuschalten. Dafür gibt es einen Knopf. Ich habe dir das alles erklärt, als wir das Gerät angeschafft haben.»

Nachdem er aufgelegt hatte, blieb Aileen einen Augenblick regungslos stehen. Ihr war, als würde das Haus um sie herum plötzlich größer, entfalte sich wie eine Blume, nachdem es erfahren hatte, daß der Herr und Meister ein paar Stunden nicht da sein würde. Es hatte sich ganz geöffnet, alle Anspannung verloren. Sie fand den bewußten Knopf und schaltete die Automatik aus. Dann schenkte sie sich ein Glas Wein ein und setzte sich damit in ihr Arbeitszimmer, das auf die Gärten der Nachbarhäuser hinausging. Vor dem grauen Himmel sah man die Landelichter der Flugzeuge, die im Anflug auf Heathrow waren, drei Maschinen hintereinander. Eine vierte, die gerade aus der Warteschleife kam, sah aus wie ein weit im Osten strahlender Stern. Morgen würde Douglas nach Boston fliegen. Bei dem Gedanken wehte ein kühler Hauch sie an. Das war das Paradoxe dieser Beziehung, die bittere Wahrheit, die Aileen schließlich hatte akzeptieren müssen: daß sie nach vierundzwanzig Stunden Trennung von ihrem Mann an Entzugserscheinungen, insbesondere an grauenvollen Depressionen litt. Ohne ihren Haustyrannen konnte sie sich nicht mehr konzentrieren. Wenn er da war, machte er sie kribbelig, aber merkwürdigerweise war seine Abwesenheit noch schwerer zu ertragen. Vielleicht empfand er das ähnlich. Das wäre eine Erklärung dafür, daß sie sich trotz allem nie getrennt hatten. Nun konnten sie eigentlich auch noch den Rest des Weges zusammen gehen, bis sie zu müden, tatterigen Ehekrüppeln geworden waren, die einander nicht mehr viel Schaden zufügen konnten.

Als ihr Glas leer war, überlegte Aileen, wie sie es mit dem

Abendessen halten sollte. Heute war Donnerstag, der Tag, an dem sie sonst immer gemeinsam ihre wöchentlichen Einkäufe erledigten. Sie hatte deshalb kaum noch Lebensmittel im Haus, konnte sich aber zu der Fahrt allein zum Supermarkt nicht aufraffen. Sie beschloß, rasch in den polnischen Delikatessenladen am Turnham Green zu fahren und dort ein paar Kleinigkeiten zu kaufen. Als sie zurückkam, war es dunkel. Sie hatte halb und halb erwartet, Douglas' Volvo vor der Tür stehen zu sehen, aber ihr Mann war offenbar noch nicht da. Sie parkte gegenüber und betrachtete das Haus, während sie die Straße überquerte. So recht hatte sie sich mit der imitierten Gotik der Fenster und Türen, die es so deutlich von den Häusern der Nachbarn abhob, nie anfreunden können. Die Spitzbögen und Steinmetzarbeiten, das Schieferdach und die schwarzen Kanten verliehen dem Gebäude einen Anstrich scheinheiliger Frömmigkeit. Die nächste Straßenlaterne stand ein Stück weit weg und war von einer großen Platane teilweise verdeckt, aber an diesem Abend stand ein fast voller Mond am Himmel, was Aileens Schlaflosigkeit erklärte. Das Mondlicht ließ den Gartenweg und den kleinen Rasen in einem silbrigen, seltsam unwirklichen Licht aufleuchten.

Douglas Macklin pflegte seine Frau in regelmäßigen Abständen auf ihre Fehler und Versäumnisse hinzuweisen. Er bemängelte, daß sie nie die Nummer nannte, wenn sie sich am Telefon meldete, daß sie Lebensmittel unabgedeckt in den Kühlschrank stellte, Licht brennen und Wasser laufen ließ, beim Waschen ihre und seine Socken durcheinanderbrachte und die Haustür so energisch zuschlug, daß sie gleich wieder aufsprang. Da sie sich heute abend schon einen Tadel zugezogen hatte, war Aileen heilfroh, daß Douglas noch nicht zu Hause war, denn als sie zurückkam, stand die Haustür offen. Sie meinte förmlich seine Stimme zu hören: «Eine sperrangelweit offenstehende Haustür mindert den Wert einer raffinierten Zeitautomatik zur Abschreckung von Einbrechern doch ganz erheblich, findest du nicht?» Mit dieser Übertreibung hätte er ihr den Protest entlockt, die Tür habe nicht sperrangelweit, sondern nur einen Spaltbreit offen gestanden. «Ah so», hätte Douglas dann mit dick aufgetragener Ironie gesagt. «Na, dann ist ja alles in Ordnung, dann kann ja überhaupt nichts passieren.»

Sie trat in die Diele, setzte die Tasche mit den Lebensmitteln ab und tastete nach dem Lichtschalter. Immer wieder fand sie es verwunderlich, daß auch im Dunkeln alle Gegenstände an ihrem gewohnten Platz waren – als traue sie es ihnen zu, im Schutz der Dunkelheit umherzuschweifen wie nicht angepflockte Tiere. Der Schalter funktionierte nicht. Aileen knipste ein paarmal hin und her, aber das Licht ging nicht an. Plötzlich hörte sie ein dumpfes Geräusch zu ihren Füßen: Die Einkaufstasche war umgekippt. Die Birne muß kaputt sein, dachte sie, oder das Abschalten der Automatik hat irgendwie einen Kurzschluß ausgelöst. Einen Moment blieb sie ratlos stehen und horchte den Nachtgeräuschen nach. Eben noch hatte sie geglaubt, es sei ganz still, jetzt aber merkte sie, daß die vermeintliche Stille voller Geräusche steckte. Sie hörte den Verkehr auf der Hauptstraße vorüberrauschen, hörte das Summen des Kühlschranks in der Küche, das Gurgeln der Zentralheizung, ihre eigenen zischenden Atemzüge, die raschen Schläge ihres Herzens. Und dann drang aus dem Obergeschoß ein Laut, bei dem es sie kalt überlief.

Es war nicht die Wasserleitung, soviel stand fest. Es war ein kurzer, klagender Schrei, sogar in dieser Kürze schmerzlich vertraut. Verstört und erschreckt merkte sie, daß sie sich der Treppe zuwandte und den Fuß auf das abgetretene Stück Läufer in der Mitte der untersten Stufe setzte. Wie schlafwandelnd ging sie nach oben. Unter ihr versank die Diele in tiefer Schwärze. Hinter dem Knarren der Stufen und dem Trommeln ihres Herzens hockte lauernd die Stille. Was sie da tat, war der reinste Wahnsinn, aber sie hatte keine Wahl.

Mit ausgestreckter Hand tastete sie sich vorwärts, bis ihr Fuß nicht mehr an Stufen stieß. Demnach war sie auf dem obersten Treppenabsatz angekommen. Allmählich wurden ihre Atemzüge ruhiger, ihr Körper entkrampfte sich. Sie begann an der Realität des Lautes zu zweifeln, den sie gehört hatte. Es muß die Wasserleitung gewesen sein, dachte sie. Was sonst? Wir haben kein Baby im Haus. Dann ging eine Tür auf, und das Dunkel, das dahinter auf der Lauer gelegen hatte, stürzte sich auf sie. Wie gelähmt vor Entsetzen, zitternd, von würgendem Brechreiz geplagt, stand Aileen da, als es vorbeistürmte und sie umwarf, so daß sie schwerfällig kopfüber die Treppe hinunterstürzte.

Als sie sich aufsetzte, war die Haustür weit offen, still stand das Mondlicht in der Diele. Sie kroch zum Telefon und tippte mühselig die Rufnummer ein. Erst als Douglas sich meldete und ziemlich kurz angebunden fragte, was denn los sei, groteskerweise erst in diesem Augenblick fing sie an zu schreien.

8

Steve freute sich auf die Einkaufstrips für den Alten. Abgesehen von seinen Besuchen bei LE ENS ITTEL, waren sie seine einzige Verbindung zum wirklichen Leben. Bisher war er immer nur als Sehkunde durch das Einkaufszentrum geschlendert, wo die Geschäfte bis auf die Gänge hinausquollen und die Waren in scheinbar verschwenderischer Fülle aufgehäuft waren, als sei mehr als genug für alle da, als brauche man nur zuzugreifen. Natürlich war diese scheinbare Freizügigkeit nur ein Trick. Die lockenden Auslagen wurden bewacht von bulligen Schlägertypen in billigen Uniformen mit quäkenden Walkie-talkies, die mit einem Blick die Kaufkraft der Passanten erfaßten. Wer sich die Sachen zu sehnsüchtig anguckte oder zu gefühlvoll betastete, ohne ausreichend Bares in der Tasche zu haben, bei dem reagierten sie schnell.

Trotzdem hatte Steve es manchmal riskiert, sich im Supermarkt den Einkaufswagen vollzupacken, er tat dann so, als müsse er bei manchen Waren angestrengt nachdenken, während er andere achtlos hineinwarf, wie er das bei den anderen Kunden sah, deren Angewohnheiten er studiert hatte. Die Preise waren ihm inzwischen geläufig. Die Schnüffler ließen keine der Game-Shows im Fernsehen aus, in denen man wunderbare Sachen gewinnen konnte, wenn man wußte, was sie kosteten. «Blöde Kuh», höhnte Jimmy. «Dreihundertneunundneunzig Pfund? Ja, Scheiße.» War dann aber der Einkaufswagen voll, mußte Steve ihn stehenlassen und sich mit leeren Händen davonschleichen, und das war im Vergleich zum richtigen Einkaufen nur der halbe Spaß. Außerdem war es immer wieder eine Herausforderung, die Listen des Alten zu deuten. Genauigkeit war dabei ebenso gefragt wie Eigeninitiative. Die Anweisungen reichten von sehr vagen Hinweisen («Gemüse. Obst?») bis zu einem pedantischen: «Nieren*pudding*, nicht *Pastete* (Fray Bentos, wenn möglich, sonst nur eine kleine)». Da hieß es aufpassen, und Steve war stolz darauf, daß er über jeden ausgegebenen Penny Rechenschaft ablegen konnte.

Noch aus einem anderen und tieferen Grund aber war Steve mit seinem derzeitigen Leben sehr zufrieden. Seit jener frühen Zeit, in der seine Schnappschußsammlung entstanden war, hatte er immer nur mit Leuten zusammengelebt, die sich von Berufs wegen um ihn kümmerten. Er konnte, auch wenn sie noch so nett waren, nie vergessen, daß sie dafür bezahlt wurden. Sie gaben ihm Essen, Kleidung und Obdach, weil ihnen das selbst Essen, Kleidung und Obdach brachte. Deshalb, folgerte er, ging es ihnen im Grunde um ihre eigenen Belange und nicht um ihn. Durchaus denkbar, daß auch echtes Gefühl im Spiel war, beweisen aber ließ sich das nicht. Die anderen Jungs versuchten es manchmal, indem sie sich unmöglich benahmen, die Einrichtung kurz und klein schlugen oder einen Selbstmordversuch machten, aber wozu sollte das gut sein? Wenn die Sozialarbeiter und Pflegeeltern einen akzeptierten, auch wenn man sich noch so schlecht benahm, war das nur ein Beweis dafür, wie dringend sie auf das Geld angewiesen waren. Steve taten diese amtlich bestellten Betreuer leid, denen kleine Teufel wie er das Leben zur Hölle machten. Um keinen Preis hätte er ihren Job haben wollen.

An den Schnüfflern hatte ihm gefallen, daß die ihn freiwillig genommen hatten. Natürlich wußte er, daß es eigentlich eine Laune gewesen war, eine verrückte Idee, die Jimmy in seinem verqueren Denkapparat ausgebrütet und in einem Anfall von Wut und Frust den anderen aufgezwungen hatte. Außerdem ließen die Schnüffler Steve nie vergessen, daß er von ihnen abhängig war – ein Haustier, das man aussetzte, wenn es einem lästig wurde. Bei dem Alten war das was anderes, der Alte *brauchte* ihn. Auch bei dem steckte möglicherweise noch was anderes dahinter, Liebe oder wie man das nennen wollte, aber auf etwas so Unbestimmt-Schwächliches konnte man sich nicht verlassen. Gebraucht zu werden – das war etwas Handfestes. Warum Ernest Matthews ihn brauchte, warum er nicht aus dem Haus gehen und sich selbst versorgen konnte wie andere Leute auch, wußte Steve noch immer nicht. Es mußte etwas mit dem Mann zu tun haben, den Steve bei sich Gefchem nannte. In der Geschichte, die der Alte ihm erzählte, würde das schon irgendwann herauskommen. Im Grunde spielte es aber auch keine Rolle. Wichtig war nur die Tatsache selbst. So wichtig wie Geld, das sich warm und fest anfühlte, das nach Menschen roch, nach ihrem Schmutz und ihrer Schwäche. Und von dem Steve eine ganze Tasche voll hatte.

Freitag war Zahltag, alle Kassen waren besetzt, davor standen in langen Schlangen Einkaufswagen, vollgepackt mit Schnittbrot, Waschpulver, Baked Beans, Eis, Hundefutter und Klopapier. Männer mit leerem Blick, tätowiertem Bizeps und Wabbelbauch standen neben Frauen, auf deren Zügen die Schönheit kam und ging wie das Bild auf einem schlecht eingestellten Fernseher. Männer wie Frauen wirkten vorzeitig gealtert, erschöpft und benommen wie Opfer einer alltäglichen Katastrophe. Kinder stolperten um sie herum und klammerten sich an ihre Beine, Kinder mit roten Augen, mit blauen Flecken und Platzwunden im Gesicht.

Jemand gab Steve einen groben Knuff in den Rücken.

«Was machst du denn hier?»

Hinter ihm standen Dave und Alex mit einem Einkaufswagen voller Bierdosen. Dave knuffte ihn noch einmal.

«Hab dich was gefragt, Wichser!»

«Ich kauf ein», sagte Steve.

Dave stöberte in Steves Wagen herum.

«Für wen is 'n der Scheiß da? Wo haste die Knete her, du Arsch?»

«Wahrscheinlich auf der Straße gefunden», sagte Alex halblaut.

«Für 'n alten Mann», erklärte Steve. «Der nicht aus dem Haus kann. 'n Krüppel eben.»

«Paß bloß auf, daß du kein Krüppel bist, wenn ich mit dir fertig bin», schnauzte Dave.

In diesem Moment schaltete der Wachmann sich ein. Er war Westinder, hatte eine beachtliche Größe und ein unerschütterlich freundliches Lächeln wie ein schwarzer Weihnachtsmann.

«Nur die Ruhe, Jungs», sagte er mit einer Stimme, die aus irgendwelchen unterirdischen Hohlräumen zu kommen schien, und lächelte noch immer freundlich. Dave machte ein böses Gesicht und wich zurück.

«Hast du Ärger mit denen?» fragte er Steve.

«Nein, ist schon in Ordnung. Wir kennen uns.»

Der Wachmann zog sich zurück, blieb aber in der Nähe und behielt das Trio im Auge, während Steve seinen Wagen auspackte und zahlte, wobei ihn Dave und Alex feindselig beobachteten. Dann packte er die Sachen in seine orangefarbene Tragetasche und ging rasch zur Tür, ohne noch einen Blick zurückzuwerfen. Draußen setzte er sich in Trab. Er wollte versuchen, bis zu dem Toilettenhäuschen am Park zu kommen und sich in der Kabine mit dem kaputten Fenster zu verstecken. Natürlich war das nur eine vorübergehende Verschnaufpause. Sie würden ihn fertigmachen, wenn er heimkam. Zumindest aber hatten sie bis dahin Zeit, sich etwas zu beruhigen. Die Einkäufe waren schwer und hinderten ihn beim Laufen, aber er ging, so schnell er konnte. Vor dem Toilettenhäuschen blieb er stehen und sah sich um. Keine Spur von Dave und Alex. Wahrscheinlich hatten sie gar nicht erst versucht, ihm zu folgen. Steve traute den Schnüfflern immer viel mehr Tatkraft zu, als sie in Wirklichkeit besaßen. Er ging hinein und verschwand in seiner Lieblingskabine.

Für die Geschichte, auf die sein Blick meist zuerst fiel, weil sie auf Augenhöhe stand, war so wenig Platz gewesen, daß das jeweils letzte Wort einer Zeile auf den Türrahmen hatte ausweichen müssen. Die Geschichte selbst fand Steve besonders unverständlich, weil sie nicht die üblichen Begriffe für die Körperteile enthielt und für die Sachen, die man damit machte. Er las: «DIESE SCHARFE

SCHULGÖRE HAT MICH RICHTIG ZUM KOSTEN EINGELADEN UND ALL DEN SCHEISS ERST HAB ICH IHREN KLEINEN BUSCH GELECKT DAS WAR SO RIESIG ICH HAB GEDACHT ICH MUSS STERBEN UND DANN HAT SIE GESAGT ICH SOLL MEINE ZUNGE TIEF IN IHRE SCHACHTEL STECKEN UND ES HAT HIMMLISCH GESCHMECKT...» Danach rutschten die Zeilen immer weiter nach unten, und die Geschichte endete recht prosaisch mit der Anmerkung, daß die Kleine erst dreizehn war und jede Woche herkam, um ältere Männer anzumachen. Steve lehnte sich zurück. Er spürte das Abflußrohr der Toilette in seinem Rücken wie eine zweite Wirbelsäule und versuchte, mit der Geschichte klarzukommen. Irgendwie ging es um Essen und um ein Mädchen, aber die Einzelheiten blieben ihm unbegreiflich.

Als Steve wieder herauskam, nieselte es. Er sprintete über den holperigen Plattenbelag der Paxton Grove bis zu dem Haus in der Grafton Avenue, das ihm heute besonders sicher, behaglich und gastfreundlich vorkam. Die Zeremonie mit den weichen Eiern zum Tee war in der vorigen Woche bei Steve so gut angekommen, daß der Alte beschlossen hatte, sie jetzt regelmäßig zu veranstalten. Auf dem Herd sprudelte schon Wasser in einer Emailkasserolle, und während Steve die Sachen aus dem Supermarkt auspackte und wegräumte, legte Matthews die Eier ein und schnalzte mißbilligend mit der Zunge, als eins sprang und eine milchige Wolke sich im Wasser verteilte. Er blieb, die Uhr in der Hand wie ein Stationsvorsteher, vor dem Herd stehen, bis die drei Minuten abgelaufen waren, und brachte dann die Eier sofort auf den Tisch, wo Steve unter Beweis stellte, daß er inzwischen die Kunst des korrekten Eieröffnens beherrschte. Sie tunkten erst die Butterbrotstreifen in das flüssige Eigelb und nahmen dann den Löffel zur Hand, um das Eiweiß aus der Schale zu kratzen.

Als Steve sich später das Küchenbüffet mit all seinem namenlosen Krimskrams besah, begriff er, warum er das Gefühl hatte, dieser Raum sei etwas Besonderes, sei anders als alles, was er bisher gesehen hatte. Man hätte ihn nie in einer dieser Fernseh-Shows gewinnen können. Für Steve war es bisher immer selbstverständlich gewesen, daß jedes Ding nicht nur seinen Namen, sondern auch seinen Preis hatte. Das Zimmer des Alten aber war voll von Sachen, auf die weder das eine noch das andere zutraf. Es schien, als seien sie wie durch Zauberei aus dem Nichts gekommen, schon ihre Existenz ein öffentlicher Skandal.

«Wo haben Sie all das Zeug her?» fragte der Junge schließlich.

«Das war schon bei meinem Einzug da. Im ganzen Haus verstreut, in verschiedenen Räumen. Ich hab nur alles hierhergebracht. Alles, woran mir lag. Ein paar von den Sachen haben nämlich meiner Mutter gehört...»

Aber so genau wollte Steve das gar nicht wissen.

«Wann geht die Geschichte weiter?» fragte er und sah betont zur Uhr hinüber.

«Gott, was sind wir heute ungeduldig», wunderte sich Matthews. «Na schön... Wo waren wir stehengeblieben?»

«Hinter der Hecke, wo der Mann seinem Freund von der Frau erzählt, die er gesehen hat», antwortete Steve wie aus der Pistole geschossen. Daß er dem Alten seine Geschichte nicht glaubte, erleichterte es ihm, sich die Handlung zu merken – so wie das, was er mit den Schnüfflern im Fernsehen sah, immer wirklicher zu sein schien als das, was zwischendurch passierte.

Ernest Matthews nickte lächelnd, es freute ihn offenbar, daß der Junge gut zugehört hatte.

«Bravo! Genauso war's. Ja, wie gesagt, Maurice Jeffries ließ sich des langen und des breiten über diese junge Frau aus, die er da mitten in der Nacht auf dem Rasen gesehen hatte. Die Frau meiner Träume, sagte er. Die Frau, auf die ich ein Leben lang gewartet habe... Er war so in Fahrt, daß ich mich ernstlich fragte, ob er vielleicht nicht ganz richtig im Kopf war. Und damit stand ich nicht allein, denn sein Freund Aubrey Deville fing schon an, ihn aufzuziehen, aber das fand Maurice überhaupt nicht lustig. Er geriet so in Rage, daß Deville schließlich beteuerte, er glaube ihm jedes Wort und würde in der Nacht mit ihm Wache halten und der Frau folgen, wenn sie wieder auftauchte. Mehr kriegte ich nicht mit, denn in diesem Moment kam der Obergärtner und stauchte mich zusammen. Ich hackte weiter, aber den ganzen Nachmittag geisterten in meinen Gedanken nicht Beete, sondern Betten herum. Denn als Maurice diese tolle Frau beschrieb, die da mitten in der Nacht in ihrem Nachthemd draußen rumlief, sah ich sie förmlich vor mir, für die Jahreszeit nicht gerade übermäßig warm angezogen, wenn du weißt, was ich meine...»

Er unterbrach sich und sah Steve von der Seite an.

«Du weißt, was ich meine?»

Steve dachte an Tracy. Wenn er nicht einschlafen konnte, erzählte er sich manchmal eine Geschichte. In dieser Geschichte waren er und Tracy allein im Haus. Er hörte nackte Füße über den Boden tappen, dann senkte sich die Matratze, Tracy legte sich neben ihn und sagte, ihr sei kalt, sie fühle sich einsam und habe Angst. So nah beieinander verloren ihre Körper keine Wärme, sondern verströmten noch welche. Tracy drehte sich um, so daß ihr schöner glatter Rücken sich an seine Brust schmiegte, seine Knie drückten sich gegen ihre Kniekehlen, und er leckte ihr die geschmeidige Mulde zwischen Schultern und Hals. «Du bist schöner als Hammersmith Bridge», murmelte er dann.

Der Alte merkte, daß die Aufmerksamkeit seines Zuhörers abgeschweift war, und hüstelte auffordernd. «Na ja, das nur nebenbei», sagte er. «Damals hatte ich mich gerade mit einem der Hausmädchen angefreundet, einer gewissen Elsie. Die weiblichen Bediensteten schliefen unter dem Dach und wurden dort nachts eingeschlossen. Aber Liebe findet immer einen Weg, meiner führte durch eine Falltür auf das flache Dach, und damit hatte ich freien Zugang zum ganzen Haus. Für einen gewandten jungen Burschen wie mich war es kein Kunststück, an einer Regenrinne runterzurutschen und bei Elsie einzusteigen. Als ich mir so durch den Kopf gehen ließ, was Maurice erzählt hatte, kam mir plötzlich der Gedanke, auch aufzubleiben und auf diese Frau zu warten. Vielleicht, dachte ich, schaffe ich es sogar, das Rätsel zu lösen, mit dem Maurice sich herumschlägt. ‹Wer ist sie?› hatte er Aubrey Deville gefragt. ‹Wer könnte sie nur sein?› Ich kannte die Gegend besser als mein junger Herr und war mit ihren Menschen vertraut. Wenn die Frau auftauchte, würde ich sie bestimmt erkennen.

Sobald es im Haus still geworden war, stieg ich durch die Falltür aufs Dach. Es war eine milde Sommernacht, hinter einem leichten Dunstschleier hing der Mond wie ein großer Lampion. Ich schlich mich bis zum Westflügel, wo ich Rasen und Haupthaus im Blick hatte und wo auch Maurice wohnte. Alle Fenster waren dunkel. Rechts von mir lag der Rasen, glatt wie ein Billardtisch, mit den beiden Buchen, die höher waren als das Haus. Dahinter konnte ich gerade noch den Zaun erkennen, hinter dem der Park begann, und die dunklen Hügelkuppen dahinter. Auf der anderen Seite lagen der Fluß und die Eisenbahn, am Ende des Tals Richtung Westen sah ich im Mondlicht silbrig die Dächer des Dorfes schimmern. Jetzt denk nur nicht, daß gleich etwas passiert wäre. So etwas gibt es nur in erfundenen Geschichten. Um mir die Zeit zu vertreiben und vielleicht auch, um ruhiger zu werden, denn nächtens allein da oben auf dem Dach gruselte es mich doch ein bißchen, ging ich im Dorf von Haus zu Haus. In Gedanken, meine ich. Ich schlich von einem Haus zum anderen wie ein Gespenst. Schließlich kannte ich ja alle, die da wohnten. Von Zimmer zu Zimmer schlich ich und betrachtete die Schlafenden in ihren Betten. Richtig feierlich und ein bißchen traurig war mir dabei zumute, was ich damals gar nicht so recht begriff. Bei meinem Gang hatte ich nur das Rauschen des Flusses im Ohr, und als ich die Häuser des Dorfes durch hatte, begleitete ich ihn auf seinem Lauf, vorbei an den Höfen und Wiesen, die ich von klein auf kannte, bis zur nächsten Marktstadt und immer weiter, bis aus dem Fluß ein großer, breiter, majestätischer Strom geworden war, der die Hauptstadt durchquerte und sich ins Meer ergoß. In jenes Meer, das den ganzen Erdball umspannte, bewacht von unseren Kriegsschiffen, beschützt von unseren Truppen. Es war ein friedliches und trotzdem erregendes Gefühl, dort zu liegen, dem Murmeln des Flüßchens zu lauschen und daran zu denken, daß diese Wassertropfen von derselben Art waren wie die, die an die Küsten von Afrika und Indien, von Australien und Asien schlugen, wo an märchenhaften Plätzen in diesem Moment gerade die Sonne aufging oder schon hoch am Himmel stand.

Nichts lenkte mich von diesen Träumereien ab. Immer wieder schlug die Kirchturmuhr die volle Stunde. Du wirst morgen früh ganz fertig sein, sagte ich mir und überlegte, ob ich mich nicht doch lieber aufs Ohr legen sollte. Es hatte gerade vier geschlagen, als ich ein Schurren und Knarren hörte, das mich mit einem Ruck hochfahren ließ. Jemand hatte das Unterteil eines Schiebefensters hochgeschoben und sah auf den Rasen hinaus, und ich hörte Maurice rufen: ‹Wer bist du? Wohin willst du?›

Zu meiner großen Enttäuschung aber war unten auf dem Rasen rein gar nichts zu sehen. Ich hatte damals gute Augen, und von meinem Hochsitz aus konnte ich den ganzen Garten überblicken. Der Rasen war leer. Keine Rede von einer geheimnisvollen Weibsperson im Nachthemd. Ich sah keine Bewegung, keinen hellen Schimmer, nichts. Als ich wieder zum Haus blickte, war Maurice nicht mehr am Fenster. Wenig später hörte ich, wie unten die Tür des Herrenhauses aufging. Was ich jetzt sah, verstärkte noch das Bizarre der Szene. Im Gegensatz zu seinem Bruder Rupert, der in der freien Natur völlig zu Hause war, setzte Maurice, wie gesagt, manchmal tagelang keinen Fuß vor die Tür. Jetzt aber, frühmorgens kurz nach vier, lief er über den Rasen in meine Richtung und verschwand im Gebüsch, wo ich ihn aus den Augen verlor. Nur seine Schritte hörte ich noch eine Weile auf dem Weg, der zu den Stallungen und zur Kirche führte. Ich ging rasch zurück bis zur Falltür und lief die Hintertreppe zu den Dienstbotenräumen herunter, kletterte durch das Fenster der Spülküche und eilte zum Ende des Westflügels. Dort blieb ich stehen, um sicherzugehen, daß niemand mich sah.

Es hatte stark getaut, und das Mondlicht glitzerte und funkelte auf jedem Tropfen, jedem Grashalm, so daß der Rasen aussah wie ein glänzender Teich. Was ich dort erblickte, ließ mich innehalten. Über diese schimmernde Fläche zogen sich Fußspuren in einer einzigen Reihe wie Kerzenwachsflecken über einen polierten Fußboden. In der Nähe des Hauses teilten sie sich, eine Reihe führte zur Haustür, die andere zu einer Tür im Ostflügel gegenüber von meinem Standort. Das ließ, so meinte ich damals, nur eine Deutung zu. Während ich vom Dach gestiegen, durch das Fenster der Spülküche geklettert und nach vorn gerannt war, hatte sich Maurice wohl gesagt, es sei doch nicht so erstrebenswert, mitten in der

Nacht allein durchs Gelände zu streifen, und war ins Haus zurückgegangen. Was ihm die Lust am Herumlaufen genommen hatte, dachte ich, war vielleicht genau dasselbe, was mich davon überzeugte, daß ich vergeblich gewartet hatte. Kein Mensch hätte es fertiggebracht, in jener Nacht den Rasen zu überqueren, ohne die funkelnde Tauschicht zu zerstören. Und doch führten die Schritte eindeutig nur aus dem Haus heraus und wieder zum Haus zurück. Damit war die Sache entschieden. Die geheimnisvolle Erscheinung, die Maurice angeblich gesehen hatte, gab es nur in seinem Kopf, und das mußte ein ziemlich kranker Kopf sein. Wenn das so ist, dachte ich mir, während ich wieder zum Fenster der Spülküche ging, werden sie Maurice ins Irrenhaus stecken, Rupert wird unser Gutsherr werden, und wir brauchen uns um unsere Zukunft keine Sorgen mehr zu machen.

Am nächsten Tag war ich matt und verträumt wie ein Mädchen und nahm kaum Notiz davon, als es hieß, Maurice sei spurlos verschwunden. Er ließ sich seit jeher von plötzlichen Launen und Einfällen leiten und war dafür berüchtigt, daß er immer tat, was ihm gerade einfiel, ohne auf seine Mitmenschen dabei auch nur die geringste Rücksicht zu nehmen. Dieses plötzliche Verschwinden aber war selbst für seine Verhältnisse recht eigenartig, denn seine Kleidung, seine persönliche Habe – all das war noch in seinem Zimmer, und selbst sein Kammerdiener wußte nicht, wo er abgeblieben war. Ich hielt den Mund über das, was ich in der Nacht vom Dach aus beobachtet hatte. Eine strenge Strafe wäre mir sicher gewesen. Außerdem hatte ich nicht das Recht, die Geschichte auszuplaudern, die Maurice unter dem Siegel der Verschwiegenheit erzählt hatte, das hätte allenfalls Aubrey Deville tun können, und da er nichts sagte, hatte ich keine Bedenken, ebenfalls zu schweigen. Von der geheimnisvollen Frau war nicht mehr die Rede, und ein paar Wochen später war die ganze Geschichte vergessen, denn der Krieg war ausgebrochen.»

Ernest Matthews sah Steve an, der sich gespannt vorgebeugt hatte.

«Da spitzt du die Ohren, was?» lachte der Alte. «Taten sprechen lauter als Worte, heißt es, aber es gibt manche Worte, die laut genug für sich selbst sprechen, und eins davon heißt Krieg. Nachdem dieses Wort erst einmal im Raum stand, schien es nicht mehr so wichtig, daß Maurice verschwunden war, zumal sein Bruder andeutete, es gäbe da wohl einen gewissen Zusammenhang. Rupert hatte schon immer gesagt, ein großer europäischer Krieg sei genau das, was das Land brauchte, um wieder hochzukommen. Und mit dieser Meinung stand er nicht allein. Natürlich zweifelte niemand daran, daß wir einen solchen Krieg spielend gewinnen würden. Spätestens bis Weihnachten ist die ganze Sache ausgestanden, hieß es, und danach leben wir weiter wie bisher, nur gesünder, gekräftigt durch die körperliche Bewegung. So dachten die meisten, aber Maurice war anderer Ansicht. Ein Krieg, pflegte er zu sagen, würde alles zerstören. ‹Unser Land ist wie ein Theaterstück, wenn der zweite Akt zu Ende geht›, sagte er. ‹Die Besetzung ist interessant, die Handlung entwickelt sich folgerichtig. Wenn es jetzt Krieg gibt, war alle Mühe umsonst, was bleibt, ist Stückwerk, ein geniales Opus, von einem Pfuscher zu Ende geschrieben.› Rupert sah begreiflicherweise den Pazifismus seines Bruders in weit weniger günstigem Licht. ‹Wenn Maurice ausgerechnet jetzt untergetaucht ist›, sagte er, ‹mag ich mich nicht einmischen. Das edle Opfer, das uns möglicherweise allen abverlangt wird, verliert seinen Sinn, wenn es nicht freiwillig gebracht wird, und der Dienst mit der Waffe, den mein Bruder stets herabgewürdigt hat, ist nur dann ehrenwert, wenn man ihn im Geiste froher Kameradschaft leistet.› Rupert selbst meldete sich gleich nach Kriegsausbruch freiwillig an die Front.

Doch der Krieg war Weihnachten nicht zu Ende – weder in diesem noch im folgenden Jahr. Inzwischen war unsere Armee derart dezimiert, daß schleunigst neue Leute her mußten. Freiwillige waren schnell gefunden. Jeder wußte, daß unsere Feinde die reinsten Ungeheuer waren, und wir konnten es kaum erwarten, mit ihnen abzurechnen. Natürlich wollte ich auch gern mitmachen, aber das durfte man erst mit neunzehn, und bis dahin fehlten mir noch drei Jahre. Und dann treffe ich eines Tages im Dorf einen alten Kumpel, der grinst wie ein Honigkuchenpferd. ‹Du siehst aus wie die Katze, die den Kanarienvogel gefressen hat›, sage ich. ‹Kannst dich schon von mir verabschieden›, meint er feierlich wie der Pfarrer in der Kirche, ‹morgen früh geht's nach Frankreich, zum Kampf für König und Vaterland.› Ich war wie vom Donner gerührt. So eine Unverschämtheit! Der Junge war knapp ein Jahr älter als ich und stolzierte herum wie ein Held, ein Märtyrer. ‹Du bist genausowenig neunzehn wie ich›, sag ich. ‹Frag die Army›, sagt er. Und dann erzählt er mir, wie er zunächst gesagt hat, daß er siebzehn ist. ‹Wir nehmen euch erst ab neunzehn›, sagt der Unteroffizier. ‹Aber ich hör auf dieser Seite ein bißchen schwer›, fährt er fort und plinkert ihm zu, ‹und hab nicht genau verstanden, wie alt du bist. Sag's mir mal ins andere Ohr.› Natürlich hat er neunzehn gesagt, und da haben sie ihn genommen.

Gleich am nächsten Tag ließ ich mich von einem Fuhrwerk in die Stadt mitnehmen, erzählte denen von der Rekrutierungsstelle frech und gottesfürchtig dieselbe Geschichte und staunte nicht schlecht, als ich eine halbe Stunde später wieder draußen war – als Schütze Ernest Matthews, Neuzugang für unsere ruhmreiche Armee. Als wir ein paar Wochen danach zur Grundausbildung kamen, hatte sich zum Abschied das ganze Dorf eingefunden. Wir kamen uns vor wie Eroberer. Daß meine Mutter in Tränen aufgelöst war, tat mir leid, aber trotz allem, was dann später passiert ist, muß ich sagen, daß das der glücklichste und aufregendste Tag meines Lebens war.

Gleich nach der Ausbildung kamen wir nach Frankreich, ein richtig netter, vergnügter Haufen. Es war wie eine Urlaubsreise. Nach der Überfahrt setzten sie uns in einen Bummelzug, der eine halbe Ewigkeit durch die Lande schlich. Endlich blieb er in einer gottverlassenen Gegend stehen, wir marschierten den ganzen Tag und die halbe Nacht bis zu unserem Lager. Dort herrschte ein fürchterliches Durcheinander, man bereitete sich auf eine Offensive vor. Es gab Truppenverschiebungen noch und noch, bergeweise Material wurde herangekarrt, und dazu donnerten unablässig die Geschütze, als sei das Ende der Welt gekommen. Ich aber hatte, so albern das klingen mag, damals nur eine einzige Sorge: daß Rupert Jeffries mir auf die Schliche kommen könnte. Die Leute aus unserer Gegend waren alle in demselben Bataillon, früher oder später würde ich ihm bestimmt über den Weg laufen, und natürlich wußte er genau, wie alt ich war. Am Ende sorgte er dafür, daß ich bestraft oder sogar mit Schimpf und Schande nach Hause geschickt wurde. Als wir uns dann wenige Tage nach unserer Ankunft tatsächlich trafen, grinste er nur, klopfte mir auf die Schulter und nannte mich einen tapferen Burschen.

Die Vorbereitungen für eine Großoffensive, von der alle sich das Ende des Krieges versprachen, liefen, wie gesagt, auf Hochtouren. Noch ehe es losging, erfuhren wir das von Maurice. In England waren im Lauf des Krieges große Veränderungen vorgegangen. Weil wir unseren Weizenbedarf nicht mehr aus dem Empire decken konnten, wurde in der Heimat alles Land, das seit den bösen siebziger Jahren brachgelegen hatte, unter den Pflug genommen, sogar die restlichen Wälder wurden abgeholzt. Dadurch kam heraus, was mit Maurice passiert war. Das Land um das Herrenhaus herum war früher Wald gewesen, meilenweit in jeder Richtung. Die Älteren unter uns konnten sich noch erinnern, daß er das Dorf umgeben hatte wie ein Meer. Nach und nach war er aufgeteilt und ausgedünnt worden, bis nur noch ein größeres zusammenhängendes Stück übrig war, das sich am Hang hinzog. In diesem Wald stand ein altes Haus, eine frühere Jagdhütte, die im Volksmund *Das Haus zum Rendezvous* hieß.»

Matthews sah zu Steve hinüber.

«Was ein Rendezvous ist, wirst du nicht wissen. So sagt man, wenn sich ein Liebespaar zu einem Treffen verabredet. Seit Jahren war das Haus unbewohnt und diente Liebespaaren als Unterschlupf, wenn sie allein sein wollten, was damals nicht so einfach war. Es war ein schönes, solides Haus, aus dem Stein der dortigen Gegend erbaut, dreigeschossig und mit einem hohen Giebel. Der Garten war voller Unkraut und Nesseln. Eine Eibe stand dort, die so hoch geworden war, daß sie fast das Haus verdeckte, aber wegen des nahen Waldes bekam es ohnehin wenig Licht. Ich muß offen gestehen, daß es mir dort, selbst wenn noch andere dabei waren, nicht recht geheuer war – hauptsächlich wohl wegen der Leute, die im Wald lebten. Es waren Landarbeiter, die ihre Bleibe verloren hatten, als schlechte Zeiten kamen, und die dort seither wie die Zigeuner hausten. Aber auch das Haus selbst jagte mir Angst ein, ich kriegte eine Gänsehaut, wenn ich es nur sah, und hätte doch nicht sagen können, wieso. Sie hatten die hohen Buchen gefällt und rodeten das Unterholz in der Nähe dieses Hauses, und da fanden sie ein flaches Grab, in dem lag Maurice Jeffries mit eingeschlagenem Schädel und ohne einen einzigen heilen Knochen im Leib.»

Ernest Matthews sah Steve scharf an.

«Du hörst ja gar nicht zu!»

Der Junge fuhr zusammen.

«Es ist meine Schuld», meinte der Alte bekümmert und klopfte seine Pfeife aus. «Ich habe zu lange geredet. Es ist schon nach sechs. Wird Zeit, daß du dich auf den Weg machst.»

Das klang schroff, fast wie ein Befehl. Steve erhob sich widerstrebend. Daß der Alte sich einbildete, er wolle möglichst schnell nach Hause, war geradezu ein Witz. Im Gegenteil! Er hatte vor allem deshalb nicht so recht zugehört, weil er ständig daran denken mußte, was ihn wohl in der Trencham Avenue erwartete. Dave würde sich bestimmt dafür rächen, daß er von dem Wachmann vor Steves Augen gedemütigt worden war, und Jimmy würde wissen wollen, für wen Steve einkaufte und warum er noch nichts davon erfahren hatte. Er würde ganz schön was einstecken müssen, soviel stand fest. Da er fest entschlossen war, ihnen nichts Neues über den Alten zu erzählen, würde er sich eine Geschichte ausdenken müssen. Hoffentlich trieb Dave es nicht allzu toll, vielleicht ging einer der anderen dazwischen, ehe ihm die Sicherung durchbrannte.

9

Als Aileen am Freitag morgen aus der Stationsbesprechung gerufen wurde, weil jemand von der Polizei sie am Telefon verlangte, wußte sie sofort, daß Douglas' Flugzeug abgestürzt war. Die Nacht hatte sie fast schlaflos an der Seite ihres Mannes verbracht, hatte nicht gewagt, sich zu rühren, aus lauter Angst, ihn zu wekken, und hatte an die Ereignisse des vergangenen Abends gedacht. Sie hatte versucht, diese Ereignisse zu verarbeiten, hatte sich bemüht, zu analysieren, was sie eigentlich derart aufgewühlt hatte. Dabei war es im Grunde diesmal noch glimpflich abgegangen. Beim letzten Einbruch war das Wohnzimmer ein Trümmerhaufen gewesen: Bilder waren zerschlagen, Schränke aufgebrochen, Porzellanfiguren verstümmelt, Fotos zerrissen, Bücher zerfetzt, Polstergarnitur aufgeschlitzt, die Vorhänge in Streifen geschnitten, der Teppich angesengt und die Tapete mit Exkrementen verschmiert. «Amateure, wahrscheinlich Jugendliche aus der Sozialsiedlung», hatte der Kriminalbeamte ungerührt gesagt. «Sie sind durchs Gartenfenster eingestiegen und konnten nicht in die Diele, weil die Tür abgeschlossen war. Innentüren dürfen Sie nie abschließen, das bringt diese Typen nur in Fahrt.» Danach hatte Aileen gelernt, das Haus, in dem sie wohnte, mit anderen Augen zu sehen. Es kam ihr versehrt und verletzlich vor, war plötzlich bedrohlich geworden, die vornehme Fassade hatte sich als schäbige Täuschung, die ganze Gegend als labil erwiesen.

Mit den Einbrechern selbst war sie nicht in Berührung gekommen, allerdings überlegte sie jetzt unwillkürlich, wenn sie an den Kindern vorbeikam, die auf dem Parkplatz der nahe gelegenen Sozialsiedlung spielten, ob wohl die Täter darunter waren. Sie hatte sich den Einbruch, weil er so anonym war, gewissermaßen vom Leib halten können – wie etwas, was man in der Zeitung liest oder auf einer Abendgesellschaft hört. Die persönliche Bedrohung war ausgeblieben. Ganz anders als diesmal, dachte sie und rief sich das kurze Gerangel auf dem Treppenabsatz in Erinnerung, diesen Körperkontakt, der so schockierend intim gewesen war wie ihre frühesten sexuellen Fummeleien, erregend und abstoßend zugleich. Natürlich hatte sie sich gehütet, das Douglas gegenüber zu erwähnen. Auch das Geräusch hatte sie verschwiegen, mit dem alles angefangen hatte, obgleich es sie noch immer eiskalt überlief, wenn sie daran dachte – an diesen unheimlich aus der Stille aufsteigenden Klagelaut eines Babys, der sie unwiderstehlich angezogen hatte. Als Douglas mit der Polizei eintraf – übelster Laune, weil sie seine Reisevorbereitungen durcheinandergebracht hatte und er ihr zu allem Überfluß diesmal nicht einmal die Schuld geben konnte –, hatten sie das Haus durchsucht. Nichts war beschädigt, relativ wenig war abhanden gekommen. Der Einbrecher, der auch wieder durchs Gartenfenster eingestiegen war und die Haustür angelehnt hatte, um später rasch flüchten zu können, war mit Sicherheit ein Profi gewesen. Er hatte offenbar über mehrere Wochen die Straße beobachtet, hatte festgestellt, daß die Macklins am Donnerstag immer zum Supermarkt fuhren, und geglaubt, sich eine Stunde Zeit lassen zu können. Aileens rasche Rückkehr hatte ihn bei der Durchsicht ihres Schmucks gestört. Auf dem Ankleidetisch stand eine große Puppe aus ihrer Kindheit, die sie als Zimmerschmuck behalten hatte und die wie ein Baby weinte, wenn man sie umlegte.

Sonderbarerweise hatte diese Erklärung Aileen nicht beschwichtigen können. Dafür war zuviel Urschleim aus der Tiefe hochgekommen. Das Weinen der Puppe war nicht einmal besonders realistisch. Gewiß, der Laut mochte durch Kindheitserinnerungen emotional befrachtet sein, aber Aileen wußte nur zu gut, daß es hauptsächlich die Erinnerung an die Ereignisse nach Raymonds Tod waren, die sie so schmerzlich aufgewühlt hatten. Während sie in qualvoller Regungslosigkeit in der erzwungenen Intimität des Ehebetts verharrte, dachte sie an die Flashbacks, die manche Leute angeblich noch Jahre nach ihren LSD-Erfahrungen hatten. Aus unerfindlichen Gründen, hatte man ihr erzählt, meint man plötzlich, wieder high zu sein, dann schwankt der Boden unter den Füßen, und die Leute um einen herum sind fremd und fern. So etwas Ähnliches schien sich bei ihr zur Zeit abzuspielen. Ich habe mein Leben nicht mehr richtig im Griff, dachte sie. In meine Seele ist unauslöschlich ein Muster eingebrannt, nach dem ich alles beurteile, was mir geschieht. Was natürlich Wahnsinn ist, setzte sie rasch hinzu, um sich ihre Normalität zu beweisen.

Am nächsten Morgen fand sie nur schwer ins Gleichgewicht zurück. Wie immer vor einer Reise war Douglas gereizt und kurz angebunden. Er wußte genau, daß seine Frau Angst hatte, wenn er flog, und quälte sie mit statistischen Daten, die belegen sollten, daß man in einem Flugzeug weniger gefährdet ist, als wenn man im eigenen Haus die Treppe hinaufsteigt. Aileen sagte nichts. Sie fuhr Douglas und seinen Schalenkoffer – der zumindest würde, laut Angabe des Herstellers, jede Katastrophe überleben – zur U-Bahn-Station Hammersmith und verabschiedete sich mit einem mühsam-lässigen: «Also dann bis Montag.» Als aber eine der Sekretärinnen die Diskussion über die therapeutischen Vorzüge von Projektionstechniken unterbrach, um Aileen mitzuteilen, daß jemand von der Polizei sie am Telefon sprechen wolle, hatte sie ein elend flaues Gefühl in der Magengegend, als sei sie zu schnell über eine Buckelbrücke gefahren, und sah sofort den Ablauf ganz deutlich vor sich. Es war fast eins. Douglas war um elf geflogen. Es dauerte immer eine Weile, bis die Passagierlisten vorlagen, natürlich hatten sie zuerst im Institut und dann bei ihnen zu Hause angerufen. Aileen hatte das elegante weiße Telefon vor Augen, dessen klagendes Zirpen das leere Haus erfüllte. Während sie hinter der Sekretärin herging und das Linoleum unter ihren Sohlen schmatzen hörte wie Schlamm, wunderte sie sich nur, daß die Polizei ihr die Nachricht nicht persönlich überbracht hatte. Damals hatten sie zwei Anfänger geschickt, rauhbeinige Punkertypen, deren Fassade diskret-trauriger Anteilnahme rasch abgebröckelt war, als sie das bunte, organische Durcheinander registriert hatten, den Geruch nach Hasch und Weihrauch, die knalligen Poster und Antikriegs-Slogans, die Bücher über Buddhismus und vegetarische Küche, die aus der Hi-Fi-Anlage dröhnende Musik – immer dasselbe Motiv, weil die Platte einen Sprung hatte –, der niemand zuhörte. Doch Raymonds Tod war nur ein Einzelfall gewesen. In der Maschine nach Boston hatten drei-, vierhundert Leute gesessen. Alle Angehörigen konnten sie in diesem Fall nicht persönlich benachrichtigen.

«Hier Aileen Macklin.»

«Einen schönen guten Morgen. Hier Kriminalpolizei Hammersmith, Detective Inspector Croom. Sie hatten uns wegen eines Steven Bradley angerufen.»

Einen Moment verschlug es Aileen vor Verblüffung die Sprache.

«Haben Sie... haben Sie etwas herausbekommen?» fragte sie schließlich mit einiger Mühe.

«So ist es. Ich möchte fast sagen, daß wir *alles* herausbekommen haben. Wer er ist, woher er kommt. Alles. Der Name Gary Dunn sagte uns nichts, aber bei Steven Bradley hat's geklingelt, wenn ich mich so ausdrücken darf. Wir haben einen ganzen Pakken ungelöster Fälle aufklären können – zwei Morde, diverse Raubüberfälle und Hehlerei, gar nicht zu reden von Autodiebstählen und was sie sonst noch auf der Latte haben.»

Aileen faßte den Hörer fester und versuchte, sich zusammenzunehmen.

«Was hat das mit Gary... ich meine, mit Steven zu tun?»

«Na ja, das Ganze ist ein bißchen schwierig zu erklären, besonders telefonisch. Wenn Sie im Laufe des Vormittags oder am frühen Nachmittag mal auf eine halbe Stunde vorbeikommen könnten... Ich oder einer meiner Kollegen sind gern bereit, Ihnen den Fall zu erläutern.»

Aileen versprach es und legte rasch auf. Douglas war also nicht tot. Erstaunlich, dachte sie. Das heißt, erstaunlich war nicht so sehr, daß die Polizei wegen einer ganz anderen Sache angerufen, sondern daß sie selbst fest geglaubt hatte, es müsse um einen Flugzeugabsturz gehen. Nein, mehr als erstaunlich. Schlimm genug, wenn man sich den Tod des Partners wünschte. Bedenklich wurde es, wenn man der festen Überzeugung war, der Wunsch habe sich erfüllt. War sie vielleicht wirklich drauf und dran, jenes instinktive Gleichgewichtsgefühl zu verlieren, das alle normalen Menschen besitzen, ohne es zu wissen, das sich aber so schwer definieren und noch schwerer zurückholen läßt, wenn man es einmal verloren hat? Falls dem so war, trug daran Douglas die Schuld. Seit Jahren versuchte er, sie in den Wahnsinn zu treiben, und in diesem Moment – mürbe gemacht durch Schlaflosigkeit, Sorgen und Zweifel – war Aileen zum erstenmal bereit, zuzugeben, daß seine Taktik Früchte trug. Wie stolz war sie darauf gewesen, daß sie sich in den täglichen Schlachten hatte behaupten können! So stolz, daß sie gar nicht begriffen hatte, daß sie sich nie auf diesen häuslichen Krieg hätte einlassen dürfen, dessen Regeln ihr Mann gemacht hatte. Aileen hatte sich zwar als erstaunlich gelehrig erwiesen, mußte sich aber doch zu Dingen zwingen, die für ihn selbstverständlich waren. Wenn er eine Niederlage einstecken mußte, berührte ihn das kaum, doch sie litt sogar an ihren Siegen. Es war ihr zur zweiten Natur geworden, ihre Gedanken in erlaubte und unerlaubte aufzuspalten, und sie hatte mit einer Spaltung ihres Ich dafür zahlen müssen. Sie war kein organisches Ganzes mehr. Die wesentliche Frage für sie war nicht mehr: Ist das wirklich mein Denken, mein Fühlen, sondern: Falls ich zugebe, dieses oder jenes zu denken, zu fühlen – wird er es gegen mich einsetzen können? Ihre eigentlichen Motive und Reaktionen waren zur Gefahr für sie geworden, waren potentielle Schwächen, die ihr Mann, wüßte er davon, bedenkenlos ausschlachten würde. Lange Jahre hatte sie mit der Wirklichkeit gelebt wie in einer schwierigen verbotenen Beziehung. Jetzt hatte sie gute Lust, die Affäre zu beenden – sie war einfach zu mühsam geworden.

Als Aileen in der Mittagspause in ihr Büro zurückkam, stand die Verbindungstür offen. Jenny Wilcox lag im blauen Jogginganzug auf dem Boden, die Füße gegen einen Aktenschrank gestemmt, unter dem Kopf das Telefonbuch, Band E–K.

«Heute nachmittag ist eine Sitzung der Aktionsgruppe», tönte es von unten zu Aileen herüber. «Hoffentlich kannst du kommen. Jetzt geht's nämlich ums Eingemachte.»

Aileen legte ihre Akten auf den Schreibtisch und murmelte etwas Unverbindliches. Nach einer Weile setzte Jenny sich auf.

«Was ist denn mit dir los?» fragte sie. «Du siehst ja aus wie deine eigene Großmutter.»

«Ich glaube, ich werde verrückt.»

Jenny griff nach ihrem rechten Fuß und machte eine Rumpfbeuge.

«Willkommen im Klub. Irgendein spezieller Grund – abgesehen davon, daß du in Maggie Thatchers England lebst?»

Aileen holte ihr Mittagessen heraus, ein Käsebrötchen und eine Plastikdose mit Rohkost – «geschabte Möhrchen», wie Douglas mit seinem schwerfälligen Humor zu sagen pflegte.

«Gestern abend ist bei uns eingebrochen worden. Ich war nur

mal kurz einkaufen. Als ich zurückkam, war der Einbrecher noch da. Es war ein ganz schöner Schreck.»

Jenny nahm sich den anderen Fuß vor. «Hast du ihn geschnappt?»

«Nicht direkt. Eher könnte man sagen, daß er mich geschnappt hat.»

«Du hättest diesen Selbstverteidigungskursus machen sollen, den ich dir empfohlen habe. Kannst von Glück sagen, daß du mit heiler Haut davongekommen bist. Daß ich die Typen nicht gekriegt habe, die meinen Fiat abgefackelt haben, tut mir jetzt noch leid. Die hätten sich schwer gewundert.»

Aileen saß da und betrachtete lustlos ihr Essen. Viel lieber hätte sie jetzt eine Zigarette geraucht. Jennys Bemerkung hatte ihr wieder einmal die eigentlich erstaunliche Tatsache zu Bewußtsein gebracht, daß die Jüngere trotz ihrer politischen Einstellung ihre Herkunft aus der sogenannten Dienstleistungsaristokratie, die einst Englands Offiziere, Diplomaten und Forscher gestellt hatte, nicht verleugnen konnte. Mit Schwächlingen hatte Jenny nichts im Sinn. Darin ähnelte sie – trotz der ganz anders gearteten ideologischen Ausrichtung – Aileens Schulfreundinnen aus Cheltenham, die ihr immer das Gefühl vermittelten, daß sie selbst charakterschwach und untüchtig war. Diese Muntermacher-Mentalität hatte zweifellos ihre Meriten, Aileen aber ging sie im Augenblick eher auf die Nerven. Es entbehrte nicht der Ironie, daß sie zwar gute Gründe hatte, das Haus zu verlassen, daß sie aber mit Jenny nicht darüber sprechen konnte, weil die Kollegin ihr dann vermutlich Kollaboration mit der Polizei vorgeworfen hätte. Die Lösung war – wie so oft – eine glaubhafte Ausrede.

«Ich fahre mal eben mit dem Mini in die Werkstatt, Jenny. Irgendwas stimmt mit den Bremsen nicht.»

Die Einfahrt war durch einen Laster blockiert, der versuchte, rückwärts in die Ladezone vor der Küche zu fahren. Aileen wartete geduldig und dachte an den unerwarteten Durchbruch, der sich ergeben hatte, nachdem sie herausgebracht hatte, wie der Junge wirklich hieß. Gut gemacht, sagte sie sich. Ehre, wem Ehre gebührt. Noch ist nicht alles ganz hoffnungslos. Obwohl sie in der vergangenen Woche unter einem fast unerträglichen Druck gestanden hatte, war sie der Lösung ihres Problems ein Stück näher gerückt. «Wir haben alles herausbekommen», hatte der Polizeibeamte gesagt. «Wer er ist, woher er kommt, alles.» War erst die Vorgeschichte bekannt, würde man dem Jungen bestimmt mit einer ambulanten Behandlung helfen können. Davon mußte jetzt nur noch Steven selbst überzeugt werden, und sie nahm sich vor, gleich heute nachmittag mit ihm zu sprechen, ehe Pamela Haynes ihn in das Heim brachte, das ihn aufnehmen sollte, bis eine ständige Bleibe für ihn gefunden war.

Aileen trommelte ungeduldig aufs Lenkrad. Sie fröstelte. Der sonnige Morgen hatte sie dazu verleitet, ein dünnes, weißes, ärmelloses Baumwollkleid anzuziehen, das jetzt, nachdem der Himmel sich wieder bezogen hatte, für den heutigen Tag völlig ungeeignet war. Kostbare Zeit verging. Wegen eines rücksichtslos geparkten Wagens war es dem Lastwagenfahrer fast unmöglich, sich in die für Anlieferungen bestimmte Parklücke zu zwängen. Kurz entschlossen wendete Aileen und fuhr über die Verbindungsstraße zur alten Nervenklinik, wo sie Gas wegnahm, um über die dort eingebauten tempohemmenden Schwellen zu rollen. Auf dem Gelände links neben der Klinik waren Gasflaschen und silbrige Röhren gelagert, was sich neben dem viktorianischen Gebäude recht sonderbar ausnahm. Am Gitterzaun hing ein Schild mit der Aufschrift VORSICHT GEFCHEM. Die Worte erinnerten Aileen an etwas, was erst kürzlich jemand zu ihr gesagt hatte, aber, wie so häufig in letzter Zeit, konnte sie sich nicht mehr erinnern, wer es gewesen oder warum es ihr im Gedächtnis geblieben war. Das Kürzel klang exotisch, wies aber in Wirklichkeit ganz nüchtern auf gefährliche Chemikalien hin, explosives oder brennbares Material, das in der Klinik verwendet wurde. Aileen gab wieder Gas und fuhr zur Hauptstraße hinunter. Dabei fiel ihr ein, daß Douglas das menschliche Gehirn als eine Schüssel zu bezeichnen pflegte, in der chemische Suppe schwappte. Wenn das stimmt, dachte sie, sollten wir uns vielleicht alle so ein Schild umhängen. Denn auch die Chemie in unserem Kopf kann zweifellos gefährlich werden.

10

Die ersten Vorboten des Frühlings kämpften gegen die winterliche Dämmerung an wie ein Fluß, der sich kraftlos gegen die anbrandende Flut stemmt. Als Steve von der Hauptstraße abbog, sah er zwei Männer und zwei Frauen um eine leere Kinderkarre herumstehen. Die sind nicht ganz dicht, dachte Steven und registrierte automatisch die typischen Anzeichen: die wie Stauden im Wind schwankenden Körper, die ständig nach einem festen Halt tastenden Füße, den starren Blick, der eine Gesichtsfeldeinengung verriet, die lallenden, wild durcheinanderredenden Stimmen. Die beiden Männer hatten Bierdosen in der Hand, Carlsberg Spezial. Eine der Frauen trug ein Baby auf dem Arm, die andere zündete sich gerade eine Zigarette an. Alle vier redeten ununterbrochen, die Worte waren wie ein Gerüst, an dem sie sich festhielten.

«... für ihn tun...»

«... kleiner Liebling...»

«... will er haben...»

«... bestimmt, ja...»

«... der kleine Süße...»

«... kerngesund...»

«... keine Bange...»

Einer der Männer nahm ein Fläschchen aus der Kinderkarre und goß Bier hinein. Die beiden zuckenden und schwankenden Frauen versuchten, sich das Kind zuzureichen. Die Einkäufe hingen schwer an Steves Schulter, die ihm noch von den Schlägen der vergangenen Woche weh tat, aber er war entschlossen, die erste Pause erst an dem Toilettenhäuschen einzulegen. Dort würde er sich ausruhen und den Stift ausprobieren, den er sich von dem Taschengeld des Alten gekauft hatte. Die Schnüffler würden von seinen Einnahmen nichts mehr zu sehen bekommen, dazu hatten sie ihn zu schlecht behandelt. Dave und Alex waren über ihn hergefallen, sobald er nach Hause gekommen war. Wäre nicht Tracy gewesen, hätten sie ihn bestimmt umgebracht. Jeder stellte sich an eine Wand, und dann warfen sie sich den Jungen zu wie einen Ball, fingen ihn aber nicht auf, sondern nahmen ihn mit vorgestreckten Knien oder Ellbogen in Empfang oder traten in letzter Sekunde beiseite, so daß er hinfiel oder gegen die Wand prallte, bis sie ihn mit Fußtritten wieder zum Aufstehen zwangen. Seine Hilflosigkeit hatte sie zusätzlich aufgeputscht, grunzend und quiekend machten sie sich an ihm zu schaffen, wie abends, wenn sie Tracy vögelten.

Das Schlimmste war gewesen, daß sich all das ohne ein Wort abspielte. Steven hatte mit empörten Fragen gerechnet, bei denen er sich schon irgendwie hätte rausreden können. Für Typen, die sich die meiste Zeit nicht mal mehr an den eigenen Namen erinnerten, wäre ihm schon eine überzeugende Geschichte eingefallen. Doch sie hatten nichts gefragt, hatten nichts wissen wollen, sondern ihn nur herumgestoßen, bis er jedes Gefühl für Zeit und Raum verloren hatte, bis er nicht mehr wußte, wer er war, wer sie waren und warum dies alles geschah. Wenn die Schnüffler erst einmal mit Bumsen, mit Prügeln oder irgendeiner anderen Tätigkeit angefangen hatten, konnten sie nicht mehr von selbst aufhören, man mußte sie abschalten wie eine Maschine. Meist fiel diese Aufgabe Steve zu, aber nun war er selbst in die Maschinerie geraten, die ihn langsam, aber sicher zermalmte. Es ging nicht gegen ihn persönlich, Dave und Alex hätten sich, auch wenn sie gewollt hätten, nicht mehr bremsen können.

Daß Tracy ihn gerettet hatte, war die ganze Quälerei fast wert gewesen. Erst hatte sie die beiden Schnüffler angeschrien, und als das nichts half, hatte sie sich über Steve geworfen, ihn zu Boden gezogen und drohend zu Dave und Alex gesagt, sie sollten nur kommen und ihn holen. Die versuchten es nicht einmal. Sie standen da und sahen sich ratlos um wie Kinder, denen man ihr Lieblingsspielzeug weggenommen hat. Dann schaltete Alex den Fernseher ein, Dave knackte die nächste Bierdose, und wenige Minuten später hatten sie ihn total vergessen.

Steve aber vergaß nichts, und in dieser Woche gelangte er zu der Einsicht, daß die Zeit gekommen war, Tracy seine Gefühle zu offenbaren. Wäre sie nicht gewesen, hätte er sich abgesetzt, hätte wieder auf der Straße kampiert oder vielleicht den Alten gefragt, ob er bei ihm wohnen könne. So aber fand er, daß er zu Tracy halten und sie schützen müsse, so wie sie ihn geschützt hatte. Er mußte weiterhin versuchen, die Launen der Schnüffler zu entschärfen, die Jungs gegeneinander auszuspielen, sie unbemerkt zu steuern. Steve hatte den Eindruck, daß Tracy und er an einem Strang zogen, sie hatten zwar nie darüber gesprochen, aber er war überzeugt davon, daß Tracy ihn als ihren Freund und Verbündeten betrachtete.

Manchmal merkte sie, so vorsichtig er auch war, daß er sie ansah, und dann warf sie ihm einen so schwül-verlockenden, so bedeutungsschweren Blick zu, daß er keine Worte mehr fand, ja, daß ihm schien, Worte seien gar nicht mehr nötig. Und so hatte Steve in dieser Woche auch einen Filzschreiber auf seine Einkaufsliste gesetzt und machte auf dem Rückweg zur Grafton Street in dem Toilettenhäuschen Station, um auch andere an seinen Gedanken über die Frau, die er liebte, teilhaben zu lassen. Was er schreiben würde, wußte er noch nicht. Er wußte nur soviel, daß die Geschichte sich von dem sonstigen Gekritzel auf den dicht beschriebenen Wänden unterscheiden würde. Tracys Unterwäsche oder ihre Schuhe interessierten Steve nicht, und die Faxen, die andere Frauen in den Klogeschichten anstellten, ebensowenig, solche Sachen erlebte er ja jeden Abend zu Hause. Außerdem hatten die mit Liebe nichts zu tun. Er würde diesen Bereich einfach auslassen, so wie die anderen Verfasser Sachen ausließen, die sie nicht interessierten, und ohne Umschweife zu dem kommen, was ihm wichtig war: Wärme, Zärtlichkeit, Kuscheln. Eine Liebe, die wuchs und wuchs, bis sie es mit der ganzen Welt aufnehmen konnte.

Steve betrat seinen Zufluchtsort – und merkte sofort, daß sich dort etwas Sonderbares und Unheimliches ereignet hatte. Das Häuschen war nackt, kahl und gesichtlos. Selbst die vertrauten Gerüche überlagerte ein fremder Duft. Was sie mit den Wänden gemacht hatten, konnte er zuerst kaum fassen. Die Geschichten waren weg. Brutal gelöscht die platzsparend und ökonomisch unter- und nebeneinander angeordneten Wortwolken und Texttrauben, konzentrierte Leidenschaft und bebender Schmerz durch starke Lösungsmittel zu einer dünnen grauen Schicht über dem ursprünglichen beigefarbenen Anstrich neutralisiert. Steve tastete sich zu der Kabine mit dem kaputten Fenster. Dort sank er zusammen, schlug die Hände vors Gesicht und brach in Tränen aus. Wie konnten sie so etwas machen? Die Geschichten waren seine Freunde gewesen, so beständig und verläßlich wie die Türen, die er auf seiner Zeitungstour kennengelernt hatte, individuell, fesselnd und doch völlig ungefährlich, jederzeit gut für einen kurzen Besuch, wenn er zufällig vorbeikam. Und jetzt hatte irgendein blöder Idiot in irgendeinem affigen Uniformfummel entschieden, daß sie keine Existenzberechtigung mehr hatten. Es war gemein, es war grausamer als alles, was sich die Schnüffler an Quälereien hätten ausdenken können. Nun war alles sinnlos geworden. Erst ein paar Minuten später sah Steve, daß wie durch ein Wunder ein paar Worte überlebt hatten. Sie gehörten zu der Geschichte von dem Schulmädchen und dem Essen. Es war eine relativ neue Geschichte, der Verfasser hatte sich mit dem wenigen Platz begnügen müssen, den seine Vorgänger ihm gelassen hatten. Vier Zeilen waren deshalb so weit nach rechts gerutscht, daß jeweils das letzte Wort auf dem Türrahmen stand und so dem Lösungsmittel entkommen waren. Steve las die Worte immer wieder und versuchte, sich vergeblich zu erinnern, wie sie in die Geschichte hineingepaßt hatten und worum es bei der Geschichte überhaupt gegangen war. So richtig hatte er ihren Sinn nie verstanden.

Seine Absicht, etwas über Tracy an die Wand zu schreiben, war vergessen. Die leere Fläche ängstigte ihn. Er hatte ein paar zärtliche Worte kritzeln wollen, die sich zwischen den anderen Inschriften verloren hätten, aber einen neuen Anfang zu machen, eine neue Tradition zu begründen – das war ihm nicht gegeben. Etwas anderes aber konnte er tun. Er griff sich die orangefarbene Tasche mit seinen Einkäufen und ging rasch hinaus. An einem dicken Peitschenmast blieb er stehen und zog den Filzschreiber hervor. ESSEN schrieb er. Nach einem raschen Blick in die Runde schrieb er darunter SCHEISSEN, so wie es auf dem Türrahmen gestanden hatte, dann STERBEN und KISTE. Er steckte den Filzschreiber wieder ein und besah sich zufrieden lächelnd sein Werk. Das war erst der Anfang. Von jetzt ab würden diese vier armen verwaisten Worte die Mächte der Finsternis verfolgen, die für die Vernichtung ihrer Brüder und Schwestern und ihre ganzen Familie verantwortlich waren. Überall würden sie auftauchen, an Türen und Wänden und öffentlichen Plätzen in der ganzen Stadt, bis ihnen niemand mehr entgehen konnte.

Steve pirschte sich mit besonderer Vorsicht an das Haus heran. Vorige Woche hatte der Alte für heute das Ende seiner langen Geschichte in Aussicht gestellt, und der Junge fürchtete, Gefchem könne ihm irgendwie dazwischenfunken. Daß Steve an die Geschichte gar nicht glaubte, spielte dabei keine Rolle. Der Alte hatte durchaus handfeste Ängste, und bis er dafür eine Erklärung geliefert hatte, fand Steve es nur vernünftig, ebenfalls Angst zu haben.

«So, mein Junge, jetzt laß mal hören, ob du noch weißt, was ich dir erzählt habe.»

Sie hatten ihren Tee getrunken, ihre weichen Eier mit Butterbrotstreifen gegessen, und Ernest Matthews hatte sich in seinem Sessel zurechtgerückt, um seine Pfeife zu stopfen und anzuzünden. Steve erzählte brav von der Mondnacht auf dem Dach des Herrenhauses, den Fußspuren im Tau, von Maurice Jeffries' Verschwinden und dem Leichenfund im Wald.

«Sehr gut», nickte Matthews. «Möchte wissen, ob du dir vorstellen kannst, was ich mir dachte, als ich das alles fern der Heimat erfuhr, in einem fremden Land, am Vorabend einer großen Schlacht, die meine Feuertaufe werden sollte. Zunächst aber laß dir genau erzählen, *was* ich erfuhr. Nachdem man Maurices Leiche entdeckt hatte, verständigten sie die Polizei und holten einen Arzt, der den Toten untersuchte. Nach seinen Feststellungen war der Mann zwei Jahre zuvor an den Folgen eines Sturzes gestorben. Die Polizei nahm sich sogleich die Waldleute vor, von denen ich dir ja schon erzählt habe, und die gaben zu, daß sie Maurice begraben hatten. Sie hätten ihn eines Morgens durch Zufall entdeckt, und weil sie, wäre der Tote dort im Wald gefunden worden, mit neuerlicher Vertreibung, neuerlicher Obdachlosigkeit hätten rechnen müssen, hätten sie die Leiche tiefer ins Gehölz geschleift und mit Erde bedeckt. Wäre nicht nach Kriegsbeginn der Wald abgeholzt und der Boden unter den Pflug genommen worden, hätte man sie nie gefunden. Das alles gaben sie, wie gesagt, freimütig zu, aber nichts konnte sie dazu bewegen, den Mord zu gestehen, und da es kein weiteres Belastungsmaterial gab, sah es ganz danach aus, als müsse der Fall für immer ungeklärt bleiben. Ich ließ mir die Todeszeit durch den Kopf gehen, die der Arzt angegeben hatte. Genau zwei Jahre zuvor hatte ich Maurice beobachtet, wie er nächtens das Herrenhaus verlassen hatte, um einer weiblichen Schimäre zu folgen. Du wirst dich erinnern, daß zwei Paar Fußspuren vom Herrenhaus wegführten. Ich war damals davon ausgegangen, daß Maurice das Haus verlassen hatte und dann zurückgekehrt war. Angenommen, er hätte das nicht getan?»

Steve sah den Alten an. «Jemand ist ihm nachgegangen.»

«Gut. Aber wer?»

«Sein Bruder.»

Der Alte machte ein dummes Gesicht. «Wie... wie kommst du darauf?»

Steve zuckte die Schultern. Solche Geschichten dienten häufig den von den Schnüfflern bevorzugten Videos als Anlaß für ihre blutigen Horror- und Metzelszenen, so daß Steves Blick für Spuren und Hinweise geschärft war.

«Sie haben erzählt, daß die Fußspuren sich geteilt haben», erklärte er. «Ein Paar kam von der Haustür, und das andere –»

«Vom Ostflügel, ganz recht. Und daran hätte ich eigentlich merken müssen, daß sie nicht von Maurice stammen konnten, denn alle Türen bis auf die, durch die er das Haus verlassen hatte, waren von innen verriegelt.»

«Und da hat der Bruder geschlafen, nicht? Und der konnte Maurice nicht leiden...»

Der Alte nickte knapp. Daß Steve ihm seine Pointe verdorben hatte, ging ihm offenbar nach.

«Sehr richtig. Was sollte ich nun machen? Einen der Offiziere um Rat fragen? Wie aber hätte ich einem Außenstehenden, der weder das Haus noch seine Bewohner kannte, die Zusammenhänge erklären sollen? Doch da kam mir ein glücklicher Zufall – für einen solchen hielt ich es jedenfalls damals – zu Hilfe. Für die Offiziere kamen ständig neue Truppen an die Front, und als ich eines Tages vom Schanzen kam, sah ich Aubrey Deville, den Freund von Maurice, in Leutnantsuniform. Ich nahm meinen Mut zusammen, sprach ihn an und erzählte ihm die ganze Geschichte. Für einen Jungen in meinem Alter, Sohn einer Haushälterin und einfacher Schütze, war es recht gewagt, mich in den Fall einzumischen. Natürlich rückte ich nicht sofort mit meinem Verdacht gegen Rupert heraus. Ich erzählte nur, was ich in jener Nacht beobachtet hatte, und fügte hinzu, nach der Entdeckung von Maurice Jeffries' Leiche könne ich nun nicht mehr schweigen. Deville, der zuerst mit herablassendem Lächeln zugehört hatte, wurde immer ernster und musterte mich scharf, als wolle er mir bis in die Seele blicken. Als ich fertig war, stand er lange still und stumm da, dann nickte er kurz und bestellte mich für den Nachmittag in ein altes Bauernhaus hinter der Front, das den Subalternoffizieren als Messe diente. Der Nachmittag war für uns die einzige Gelegenheit, ein bißchen Schlaf nachzuholen, denn nachts waren wir damit beschäftigt, große Gruben auszuheben, aber Befehl war Befehl. Schon bereute ich meinen Vorwitz, trotzdem trabte ich brav zu dem Bauernhaus, wo Deville mit etlichen Kameraden um eine alte Munitionskiste herumsaß. Mir blieb fast das Herz stehen, als ich Rupert Jeffries entdeckte. Doch der militärische Drill hat zumindest einen großen Vorteil: Niemand erwartet von dir, daß du dich natürlich benimmst. Ich trat vor, stand stramm und glotzte ausdruckslos in die Gegend. Aubrey Deville forderte mich auf, zu wiederholen, was ich ihm vormittags erzählt hatte. Ich gehorchte. Als ich fertig war, wandte sich Deville an seine Kameraden. ‹Ich kann mich für die Wahrheit dieser Aussage verbürgen. Darüber hinaus kann ich euch sagen, wie die Geschichte weiterging und wie Maurice den Tod fand.›

Das gab natürlich einen mächtigen Wirbel. ‹Als Maurice mir von dieser Frau erzählte›, fuhr Deville fort, ‹machte ich mir ernstliche Sorgen um seinen Geisteszustand. Ihr kanntet ihn alle, aber kaum einer seiner Freunde hat wohl gewußt, wie sehr ihn damals jene Katastrophe belastete, die jetzt über uns hereingebrochen ist. Der Gedanke an einen bevorstehenden Krieg beunruhigte ihn sehr. Ein solcher Krieg, so meinte er, würde der Menschheit ein neues ‹finsteres Mittelalter› bescheren, das um so schlimmer war, als wir inzwischen in der Lage sind, immer besser organisierte Grausamkeiten zu begehen. In den letzten Monaten, als er sich ganz aufs Land zurückgezogen hatte, war er so ausschließlich von dieser Vorstellung besessen, daß selbst seine Gesinnungsgenossen in großer Sorge um ihn waren. Deshalb erschrak ich nicht wenig, als er mir von jener Frau erzählte, die angeblich um Mitternacht im Nachtgewand auf seinem Rasen herumgelaufen war. Wenn ich ihm versprach, in der folgenden Nacht mit ihm Wache zu halten, so tat ich es nicht deshalb, weil ich erwartete, diese Frau mit eigenen Augen zu sehen, sondern weil ich eine letzte Bestätigung für meine Befürchtungen erlangen und anschließend Maurice dringen raten wollte, einen Spezialisten für Nervenleiden zu konsultieren. Wie aber heißt es so schön: Der Geist ist willig, doch das Fleisch ist schwach ... Nachdem ich stundenlang ausgeharrt und mir meines Freundes Lobreden auf jene Frau angehört hatte, die er angeblich schon sein Leben lang liebte, auch wenn er sie, wie er sagte, zum erstenmal vor ein paar Wochen zu Gesicht bekommen hatte, zog ich mich zurück, um ein wenig zu schlafen, und riet dies auch meinem Freund. Kaum aber war ich in meinem Zimmer angelangt, als ich Maurice rufen hörte: ‹Wer bist du? Wohin willst du?› Das mir zugewiesene Zimmer lag im Ostflügel, so daß ich von meinem Fenster aus das seine sehen konnte, und als ich hinausblickte, sah ich ihn, wie er heftig zum Fenster hinaus gestikulierte, wo es aber, wie Matthews uns bereits sagte, gar nichts zu sehen gab. Von Maurice wußte ich, daß er die Absicht hatte, der Frau nachzugehen, deshalb konnte ich mir denken, was bei ihrem neuerlichen Erscheinen geschehen würde. In diesem Zustand, dachte ich mir, darf er auf keinen Fall allein mitten in der Nacht durchs Gelände streifen. Also zog ich rasch meine Stiefel wieder an, eilte nach unten, entriegelte eine Seitentür und trat ins Freie.

So sehr ich mich auch beeilt hatte – als ich aus dem Haus kam, war Maurice nicht mehr zu sehen, aber die Fußspuren im Tau zeigten mir an, welche Richtung er eingeschlagen hatte. Ich folgte den Spuren bis zu dem Kiesweg, der von dem anderen Flügel des Hauses an der Kirche vorbei zum Westtor des Parks führt. Es war eine schöne Nacht, und ich fand mich mühelos zurecht. Am Tor aber zauderte ich. Wenn Maurice ins Dorf gegangen wäre, hätte er den Pförtner am Tor wecken müssen, und der war nicht zu sehen, schlief also vermutlich den Schlaf des Gerechten. Blieb der Weg nach rechts zu den Stallungen oder der alte Pfad in den Wald hinein. Dort sah ich denn auch eine leichte Bewegung. Ich lief los. Der Weg war schmal, steil und uneben, ein Trampelpfad nur, der um diese Zeit, in diesem Licht aussah, als hätten schon unsere Urväter ihn gebahnt, ein Gedanke, der ja auch durchaus nicht von der Hand zu weisen ist. Wie eine dräuende Nebelwand hingen die Wälder über mir. Dann tauchte ich in ihren düsteren Schatten ein und sah nur noch streckenweise, wohin ich ging. Nach einer Weile spürte ich, daß die Steigung aufgehört hatte – demnach war die Hügelkuppe erreicht. Die Nacht war windstill und ganz ruhig. Ich hörte nur meine eigenen Schritte und leise Tiergeräusche im ewigen Kreislauf des Tötens und Getötetwerdens. Ich konnte kaum etwas sehen. Nur die dunklen Striche der Baumstämme vor einem dunstigen Himmel wiesen mir den Weg. Der Streifen Himmel wurde schließlich breiter, die Stämme rechts und links von mir wichen zurück. Zunächst glaubte ich, den Wald durchquert zu haben, dann aber merkte ich, daß ich mich auf einer großen Lichtung befand. Auf dieser Lichtung stand ein Haus, das von dem Weg durch einen Garten mit einer niedrigen Mauer getrennt war. Der Garten war verwahrlost, das Unkraut wuchs so dicht wie das Unterholz im Wald, das Haus aber war überraschend groß und stattlich, konnte demnach keinem einfachen Manne gehören. Es mochte dazumal, als dies alles königlicher Forst gewesen war, als Jagdhaus gedient haben. Zur Zeit war es offenbar unbewohnt. Ich wollte schon daran vorbeigehen, als ich ein mißtönendes Geräusch hörte und zusammenfuhr. Nach dem sachten Geraschel im Wald, an das mein Ohr sich gewöhnt hatte, dünkte mich das Geräusch laut wie ein Schuß, aber dann sah ich, daß oben im Giebel nur jemand ein Fenster geöffnet hatte. Gleich darauf erschien dort Maurice, er lächelte und winkte. Mir fiel ein Stein vom Herzen, und ich rief seinen Namen. Er nahm keine Notiz von mir, sondern winkte lächelnd weiter. Meine Erleichterung wandelte sich zu Bestürzung, als mir klar wurde, daß diese Zeichen nicht mir galten. ‹Ja›, rief er laut. ‹Ja. . .› Entsetzt sah ich, wie sich mein Freund aufs Fensterbrett schwang. Immer wieder rief ich ihn an, um ihn aus seinem lebensgefährlichen Wahn zu wecken, aber er nahm mich so wenig wahr, wie ein Mann in den Armen der Geliebten das Bellen eines Hundes wahrnehmen würde. Sein Gesicht war im Licht des Mondes bleich und verzückt. Er tat einen Schritt über das Fensterbrett hinaus, und gleich darauf hörte ich einen grauenvollen Laut – als sei ein Sack auf dem Boden aufgeschlagen. Ich eilte zu Maurice, der auf den Platten im Hof lag. Sein Gesicht war unversehrt, nur langsam wich das beseligte Lächeln, mit dem er sich in den Tod gestürzt hatte, von seinen Lippen, und als es verschwunden war, lag tiefer Frieden über seinen Zügen. Noch heute habe ich keinen Zweifel daran, daß Maurice Jeffries als glücklicher Mann gestorben ist.

Eigenartigerweise verstärkte diese Überzeugung nur mein Grauen vor jenem Ort, an dem ich Zeuge einer so unheimlichen Begebenheit geworden war. Ich machte kehrt und trat auf dem schnellsten Weg den Rückzug an, um im Herrenhaus Alarm zu schlagen. Doch als der Wald hinter mir lag und ich mich wieder in dem gepflegten Umfeld des Herrenhauses befand, wurde mir klar, wie unglaubhaft meine Geschichte sich anhören würde. Damals wußte ich ja noch nichts von Matthews, dem zweiten Zeugen des Geschehens. Maurice hatte beteuert, er habe niemandem auch nur ein Sterbenswort von der Frau erzählt. Würde ich früh um fünf eine solche Geschichte als Erklärung für eines Menschen gewaltsamen Tod vorbringen, käme ich selbst gewiß in den schwersten Verdacht. Nach reiflicher Überlegung beschloß ich deshalb zu warten, bis es hell geworden war. Dann würde ich in den Wald reiten und von dem Fund des Toten berichten, als hätte ich ihn erst an diesem Morgen entdeckt. Zu dieser Entscheidung kam ich nicht nur in meinem eigenen Interesse, sondern auch, weil ich der Familie Jeffries den Kummer und die Peinlichkeit ersparen wollte, zu erfahren, daß Maurice sich in einem Anfall von Wahnsinn zu Tode gestürzt hatte. Vielleicht war das nicht recht von mir. Hätte ich den ganzen Abend ruhig in meiner Studierstube zubringen und das Für und Wider des Problems gewissenhaft abwägen können, hätte ich mich womöglich anders verhalten. Doch nach diesem grauenvollen Erlebnis konnte ich einfach nicht klar denken. An sich war mein Plan wohl ganz vernünftig. Doch als ich am nächsten Morgen wieder auf der Lichtung stand, war die Leiche meines Freundes verschwunden.

Ich war wie vom Donner gerührt. Dann nahm ich mich zusammen und durchsuchte Haus und Garten. Vergeblich, ich überlegte sogar, ob ich mir den Vorfall am Ende nur eingebildet hatte. War er nur ein ungewöhnlich lebhafter Traum gewesen, die Folge einer durchwachten Nacht und der Geschichte, die mir Maurice erzählt hatte? Die Gründe, die mich nachts bewogen hatten zu schweigen, bekamen jetzt zusätzliches Gewicht. Konnte ich keine Leiche vorweisen, blieb mir nur eine ebenso unwahrscheinliche wie dürftige Erklärung, die ich unmöglich anderen Leuten würde plausibel machen können, da ich sie ja selbst kaum glauben mochte. Wäre nicht unmittelbar darauf der Krieg ausgebrochen, hätte ich mich wohl früher oder später doch jemandem anvertraut. So aber blieb das Rätsel ungelöst, bis ich hörte, daß man Maurice Jeffries' Leiche gefunden hatte. Ich überlegte noch hin und her, wie ich mich verhalten sollte – da sprach mich heute früh Schütze Matthews an. Nun hatte ich einen Zeugen, der zumindest einen Teil meiner Aussage bestätigen konnte. Den anderen Teil beschloß ich auf mich zu nehmen – und brach mein Schweigen.›»

Der Alte verstummte unvermittelt, nur seine Kiefer mahlten weiter wie beim Kauen. Er atmete geräuschvoll durch die Nase. So ähnlich machten es die Schnüffler, wenn sie zuviel Kleber eingeatmet hatten, und plötzlich dachte Steven, daß Matthews ganz leicht mal umkippen konnte, ohne wieder aufzustehen. Es wäre völlig natürlich. Für die Schnüffler war es harte Arbeit, sich in diesen Zustand zu versetzen, aber der Alte war wie eine Wespe im Oktober – taumelnd, verletzlich, verloren.

«Mehr hörte ich nicht über den Fall», fuhr Matthews nach einer Weile fort, «denn am nächsten Morgen begann die große Schlacht. Es war ein wunderschöner Sommertag. Die Sonne schien, und als unsere Geschütze endlich schwiegen, hörte man die

Vögel singen. Dann gaben die Offiziere Signal, und wir stürmten los. Ich hatte keine Angst. Man hatte uns gesagt, die Feinde seien alle im Hagel unserer Geschütze umgekommen. Mir ging es vor allem darum, mich gut zu halten und mich der Uniform, die ich mir sozusagen erschwindelt hatte, würdig zu erweisen. Ich bemühte mich redlich, nicht hinzufallen wie viele meiner Kameraden. Wir trugen alle schwere Tornister, und die anderen waren wohl irgendwie über ihre eigenen Füße gestolpert, aber ich weiß noch, daß ich mir sagte: ‹Schließlich bin ich doch fast noch ein Kind und schaffe es auch. Warum bringt ihr es nicht fertig, euch aufrecht zu halten?› Dann merkte ich, wie jemand mich am Ärmel zupfte, aber als ich hinsah, war niemand da. Gleich darauf stolperte ich über einen am Boden liegenden Kameraden und fiel der Länge nach hin. Als ich aufstehen wollte, war zu meiner Überraschung kein Mensch weit und breit zu sehen, dabei waren wir eben noch zu Hunderten hügelan gestürmt. Vielleicht hatte ich einen Befehl überhört. Beim Militär gilt die Regel, sich unter allen Umständen immer nach den anderen zu richten, also blieb ich liegen, wo ich war. Mein Arm tat weh, und als ich mit der Hand darüberstrich, wurde sie rot und klebrig, als hätte ich Blaubeeren gegessen. Daran merkte ich, daß ich verwundet war, was mich aber zunächst nicht weiter störte. Ich hatte zu Hause schlimmere Sachen gesehen, wie damals, als der Sohn des Müllers mit dem Bein unter das Mühlrad geraten war, das sie gerade auswechseln wollten. Allerdings fragte ich mich, woher wohl die Kugel gekommen war, wenn unsere Kugeln die Feinde alle totgeschossen hatten. Vielleicht war eins von unseren Geschossen in die Irre gegangen. Um mich herum stöhnte und wimmerte es, und dazwischen hörte ich hoch am Himmel eine Lerche trillern und ein Geräusch, das sich anhörte, als wenn ein Specht pocht, obwohl weit und breit kein Baum in Sicht war. Der kahle Hang, auf dem wir lagen, erinnerte mich an die Hügel rund um unser Dorf. Die Sonne brannte, ich begriff nicht, warum man uns den Befehl zum Hinlegen gegeben hatte, und nach einer Weile fragte ich den Mann, über den ich gestolpert war, was hier eigentlich los war. Er antwortete nicht, und ich robbte zu ihm hin. In diesem Moment wirbelte ganz in meiner Nähe Staub auf wie bei den ersten dicken Regentropfen eines Sommergewitters. Auch das war mir unbegreiflich, denn der Himmel war wolkenlos. Und dann wurde mir klar, warum der Mann nicht geantwortet hatte. Wie Tote aussehen, das wußte ich, so jung ich auch war. Ein Mann neben ihm versuchte sich aufzurichten, ich sah zu ihm hin und rief ihn an, aber da fing der Specht wieder an zu pochen, und plötzlich war das Gesicht des Mannes verschwunden – so wie dein Spiegelbild verschwindet, wenn du einen Stein in den Tümpel wirfst. Jetzt ging mir endlich ein Licht auf. Die Feinde waren durchaus nicht alle tot, sondern saßen quicklebendig in ihren Schützengräben und hatten uns mit ihren MG-Salven niedergemäht. Und meine Kameraden lagen nicht am Boden, weil sie den Befehl dazu bekommen hatten, sondern weil sie verwundet oder tot waren.

Die Hitze war grausam. Als ich versuchte, die Wasserflasche aus meinem Tornister zu holen, bekam ich den zweiten Treffer und begriff, daß es Geschosse waren, die den Staub um mich herum aufwirbelten. Scharfschützen auf der anderen Seite beobachteten jede Bewegung, und einer ihrer Schüsse hatte mich am Fuß erwischt. Danach blieb mir nichts anderes übrig, als mich still zu verhalten – oder zumindest so still, wie es meine Schmerzen zuließen – und mich totzustellen. Später trieben von unserer Seite dicke Rauchwolken auf mich zu, hinter denen frische Truppen heranstürmten. Eine neue Angriffswelle hatte begonnen, und ich hoffte zunächst, daß sie mir die Rettung bringen würde. Doch schon fing wieder dieses gottverfluchte Pochen an, und wenig später waren unsere Männer weg. Danach belegte der Feind das Niemandsland, in dem ich hockte, mit Trommelfeuer, Granatsplitter flogen durch die Luft und unter anderem auch etwas, was ich zunächst für einen Handschuh hielt, was sich aber bei näherem Hinsehen als eine am Gelenk abgetrennte Männerhand entpuppte. Als es dunkelte, versuchte ich, zu unseren Linien zurückzukriechen. Zuerst bewegte ich mich in einem Bogen um die Toten herum, die überall herumlagen, später aber kroch ich einfach über sie hinweg, ohne mich darum zu scheren, daß ich hier die Hand in einen Bauch stemmte, dort mit den Füßen auf ein Gesicht trat. Und bei weitem nicht alle, die in meinem Weg lagen, waren tot. Viele stöhnten und zuckten, wenn ich sie anfaßte, einer bat flehentlich – wie ein Kind, das um ein Bonbon bettelt –, ich möge ihm den Gnadenschuß geben. Es fing an zu regnen, alles war voll Schlamm, das Vorwärtskommen wurde noch mühsamer. Schließlich tagte es, und ich war noch lange nicht in Sicherheit.

Als ich an einem großen Bombentrichter vorbeikam, kroch ich hinein, um dem Feuer der Scharfschützen zu entkommen. Mein Wasservorrat war verbraucht, und der Durst quälte mich sehr. Groß war meine Freude, als ich erkannte, daß am Grund des Bombentrichters eine Regenpfütze stand. Ich wollte gerade trinken, als ich im Wasser etwas sah, was ich zuerst für mein Spiegelbild hielt. Es war aber ein Toter, der sich offenbar am Vortag in den Trichter geflüchtet hatte und im Regen ertrunken war. Den ganzen Tag saß ich allein in dem Bombentrichter, starrte auf den Toten, der das Wasser bewachte, das er nicht mehr brauchte und das ich nicht trinken konnte, und hörte um mich herum die Granaten einschlagen. Ich fragte mich, warum er gestorben und ich noch am Leben war, und fand keine Erklärung. Bei jedem Einschlag kräuselte sich das Wasser, so daß die Züge des Toten unscharf wurden. Ich rechnte jeden Moment damit, in Stücke gerissen oder von Granatsplittern zerfetzt zu werden, aber nichts dergleichen geschah. Und als es dunkel wurde, versuchte ich erneut, zu unseren Truppen durchzukommen. Inzwischen war ich fast rasend vor Durst und habe mich wohl deshalb bös in der Richtung verkalkuliert, denn am nächsten Morgen lag ich knapp fünfzig Meter vor den feindlichen Linien und hörte die Landser in ihrem fremdländischen Kauderwelsch miteinander schwatzen. Hin und wieder, wenn sie eine Bewegung zu sehen glaubten, ließen sie ein paar Schüsse los. Auch auf die Leichen schossen sie, nur so aus Spaß. Die Toten waren inzwischen verfärbt und aufgedunsen. Hoffentlich, dachte ich, merken sie nicht an meinem Aussehen, daß ich noch lebe. Um nicht durchzudrehen, behielt ich ein Stück Khakistoff im Auge, das sich im Stacheldraht verfangen hatte. Es gehörte wohl zur Uniform eines unserer Jungs, der es bis hierher geschafft hatte. Den ganzen Tag sah ich den Fetzen dort im Wind flattern wie einen in der Schlinge gefangenen Vogel, der sich zu befreien versucht. Sobald es dunkel wurde, machte ich mich wieder auf den Weg. Zum Glück war es eine klare Nacht, ich konnte mich an den Sternen orientieren und kam auf diese Weise glücklich bis nah an unsere Linien heran. Beim Anbruch der Dämmerung sah ich einige Gestalten auf mich zukommen. Ich hätte nicht sagen können, ob es lebendige Menschen oder Gespenster waren, Freund oder Feind, aber ich machte mich mit lauter Stimme bemerkbar, und wenig später waren sie bei mir. Es waren britische Sanitäter, die nach Verwundeten der gestrigen Kämpfe suchten.»

Der Alte griff nach dem Schüreisen mit dem Messinggriff, öffnete die Herdluke und stocherte eine Weile in den Kohlen herum. Steve warf verstohlen einen Blick auf die Uhr. Es war zehn vor sechs.

«Es wird wohl Zeit, daß ich Schluß mache», sagte der Alte seufzend. «Viel mehr gibt es auch nicht zu erzählen, aber dieser letzte Rest kommt mich besonders hart an. Die Sanitäter setzten mich auf der Trage zwischen den anderen Toten und Verwundeten ab, und ich war so erschöpft, daß ich auf der Stelle einschlief. Das wäre fast mein Ende gewesen, denn als ich aufwachte, spürte ich Wasser um mich herum und Zentnergewichte auf dem Rücken, so daß ich dachte, ich müßte wie eine Ratte in unseren eigenen Schützengräben ersaufen. Irgendwie gelang es mir, mich zu befreien. Ein Stoß Leichen war auf mich gefallen, als neideten sie es mir, daß ich sie überlebt hatte. Als man mich später durch die Schützengräben nach hinten brachte, sah ich, wo die Leichen landeten, und begriff nun auch, warum wir vor der Schlacht diese tiefen Gruben hatten ausheben müssen. Die Offiziere hatten uns erzählt, alle Feinde wären tot, und wir könnten ganz gemütlich zu ihren Linien hinüberspazieren. Damit aber hatten sie uns nur ein Märchen aufgetischt. Weshalb hätten sie uns sonst die vielen Massengräber ausheben lassen? Danach wurde ich von einem Verbandsplatz zum nächsten, von einem Lazarett zum anderen geschickt. Was mich trotz meiner Schmerzen aufrecht hielt, war der Gedanke, daß mir jetzt, da ich meine Pflicht getan hatte, die Rückkehr in die Heimat winkte. Doch da hatte ich mich geirrt. Ich war wohl zu glimpflich davongekommen. Nur für Leute, die's ganz schlimm erwischt hatte, war der Krieg schon zu Ende. Sobald ich wieder kriechen konnte, bekam ich den Marschbefehl zurück zu meiner Einheit, das heißt zu einer Einheit gleichen Namens, denn die, bei der ich gedient hatte, war fast bis auf den letzten Mann vernichtet worden. Die Neuen waren alles junge Burschen, die mich mieden, als hätte ich eine ansteckende Krankheit. Sie wußten nur zu gut, was uns zugestoßen war, obgleich die Offiziere versuchten, es unter der Decke zu halten. Zwanzigtausend Tote an einem einzigen Tag, doppelt so viele zu Krüppeln geschossen. Wir waren ahnungslos in die Schlacht gezogen, die Neuen aber wußten, was sie erwartete. Ich war eine lebende Erinnerung an das, was ihnen bevorstand, und deshalb wollten sie nichts mit mir zu tun haben. Die Kampftätigkeit war inzwischen etwas abgeflaut, und ich hatte viel Zeit für meine Gedanken, die immer öfter in die Heimat zurückgingen, wo es so still und friedlich gewesen war. Erst jetzt wußte ich die glücklichen Jahre, die ich dort verlebt hatte, richtig zu schätzen. Oft dachte ich an jene Nacht auf dem Dach des Herrenhauses und den Gang durch das Dorf, den ich in meiner Phantasie damals getan hatte. Und nun begriff ich auch die Trauer, die mich damals erfaßt hatte. Es war Abschiedsschmerz gewesen – das alles würde ich nie wiedersehen. Diese Überlegungen brachten mich auf den Tod von Maurice Jeffries und die Geschichte, die Aubrey Deville erzählt hatte. Und in diesem Moment erkannte ich blitzartig die Wahrheit.»

Mit erwartungsvoll funkelnden Augen sah er Steven an.

«Du bist ein gescheiter Junge, aber bist du auch gescheit genug, um zu erraten, welchen Hinweis alle übersehen hatten, bis ich ganz zufällig darauf stieß? Dabei war er so offenkundig, daß er einem eigentlich ins Auge springen mußte.»

Steve schüttelte verdutzt den Kopf. Der Alte grinste von einem Ohr zum anderen.

«Sein Name», krähte er. «Aubrey Deville. *Deville*! Was kommt heraus, wenn du die letzten beiden Buchstaben streichst?»

Die Uhr sirrte wie ein langsam fliegendes Insekt und schlug sechsmal.

«D. E. V. I. L.!» rief der Alte triumphierend. «Der Teufel! Er hat Maurice Jeffries in jener Nacht durch schwarze Magie in den Tod gelockt. Und zu dem Haus im Wald ist er ihm nicht deshalb nachgegangen, um Maurice zu retten, sondern um sich an der Selbstzerstörung seines Geschöpfes zu weiden. Das ist doch sonnenklar!»

Steve nickte, aber die Erklärung befriedigte ihn nicht. Sie hatte auffallende Ähnlichkeit mit einem Video, das er mal mit den Schnüfflern geguckt hatte. In dem ging es um zwei Frauen, die nachts durch leere Straßen laufen und plötzlich in der Finsternis zwei glühende Augen sehen, aus denen Flammen schießen und all ihre Sachen verbrennen, so daß man, ehe sie ganz gegrillt waren, genau erkennen kann, was an ihnen dran ist. ‹Gib mal den Ketchup rüber, Schätzchen!› hatte David begeistert gebrüllt. Und dann kam heraus, daß sie diesen Mann kannten, aber eigentlich war es der Teufel, und den Frauen war es recht geschehen, weil es ganz gewöhnliche Nutten waren. Wo mochten Fernseher und Videorecorder von dem Alten stehen? Oben vielleicht. Wer weiß, was er da noch alles versteckt hatte.

«Etwa eine Woche später», fuhr Matthews fort, «war ich auf Posten, als ich im Schützengraben einen Mann auf mich zukommen sah. Komisch, dachte ich, denn in dieser Richtung endete der Graben im Niemandsland und war nicht mehr besetzt. Der Mann reagierte nicht auf meinen Anruf. Ich öffnete die Blende meiner Laterne, leuchtete ihm ins Gesicht und erkannte bestürzt, daß es kein anderer als Deville war, den ich für tot gehalten hatte. Er sagte kein Wort, sondern ging stur und ohne einen Blick an mir vorbei. Gleich nach der Ablösung erzählte ich den anderen von meinem Erlebnis. Der Mann im Abschnitt neben mir sah mich verwundert an. ‹Du mußt dich geirrt haben›, sagte er. ‹Bei mir ist keiner vorbeigekommen.› Die Sache kam dem Unteroffizier zu Ohren, und am nächsten Tag wurde ich ins Leutnantsquartier bestellt. ‹Ich habe Erkundigungen einziehen lassen›, sagte er. ‹Leutnant Aubrey Deville vom 8. Regiment der Lincolns ist vor über einem Monat gefallen, am gleichen Tag, als Sie verwundet wurden.› Er ermahnte mich, den Kameraden keinen Floh ins Ohr zu setzen, das könne schlimme Folgen für mich haben. Aber was soll ich dir sagen – zwei Tage später tauchte der Mann erneut auf. Zuerst erkannte ich nur einen dunklen Umriß, schwärzer als die Nacht. Als ich das finstere Etwas anleuchtete und erkannte, wußte ich, daß Deville zurückgekommen war, um mich zu quälen und in den Tod zu locken, wie er es mit dem armen Maurice gemacht hatte. Ich schoß in die Luft, um die anderen aufmerksam zu machen, aber als sie angerannt kamen, war die Gestalt verschwunden, und sie mochten mir meine Geschichte nicht glauben. Am nächsten Morgen mußte ich zum Stabsarzt. Ich hätte eine Schützengrabenneurose, sagte der, und dürfe nicht mehr Wache schieben, aber davon wollte mein Leutnant nichts wissen. ‹In meinem Zug muß jeder seinen Beitrag leisten›, sagte er. ‹Drückebergerei gibt's bei mir nicht.› Das war der schlimmste Vorwurf, den er mir hätte machen können. Niemand glaubte mir, so wie auch Maurice Jeffries niemand geglaubt hatte. Alle dachten, ich spielte verrückt, um heimgeschickt zu werden. Ein paar Nächte blieb alles ruhig. Das ist so seine Art: Er schlägt immer dann zu, wenn du es am wenigsten erwartest. Und dann hörten wir, daß für den nächsten Morgen wieder ein Angriff geplant war. Wir verbrachten die Nacht im vordersten Schützengraben. Früh um drei erschien Deville erneut. Diesmal kam er geradewegs auf mich zu, seine Augen sahen durch mich hindurch, um seine Lippen lag ein bösartiges Lächeln. Ich griff nach meinem Gewehr, um ihn abzuschrecken, und als er nicht reagierte, drückte ich ab. Das Unglück wollte es, daß die Kugel einen meiner Kameraden traf, es war nur ein Streifschuß, aber danach wollte mich natürlich nicht mal der Leutnant mehr haben. Sie schickten mich zurück nach England und sperrten mich in die Klapsmühle, ein großes Haus auf dem Land, das viel Ähnlichkeit mit unserem Herrenhaus hatte. Erstaunlicherweise hat mich Deville dort nie belästigt. Ansonsten war der Aufenthalt dort kein reines Vergnügen. Die Behandlungen waren grausam, sie verbrannten uns mit Stromstößen und mit Zigaretten. Das sei wie Medizin, sagten sie, ein Schock, um uns aus unserem Schock rauszuholen, aber es sollte wohl ein Test sein, um festzustellen, wer wirklich bleiben wollte. Ich wollte bleiben, weil ich wußte, daß ich dort sicher vor Deville war.

Und dann war eines Tages der Krieg zu Ende. Wenig später starb meine Mutter an der Grippe, die sich holte, was der Krieg übriggelassen hatte. Zur Beerdigung ließen sie mich aus der Klapsmühle raus, und ich spielte mit dem Gedanken, mich bei dieser Gelegenheit abzusetzen. Doch als der Sarg in die Erde gesenkt wurde, blickte ich hoch, und da sah ich ihn klar und deutlich auf der anderen Seite der Grube stehen und grinsen. Ich zeigte ihn den anderen und nannte ihn ins Gesicht hinein einen Mörder, aber natürlich dachten sie, ich hätte wieder meinen Koller, und schickten mich zurück in die Klapsmühle. Ich fügte mich anstandslos, denn mein Traum von der Freiheit war ausgeträumt. Ich wußte nun, daß ich nur in der Klinik Ruhe vor ihm haben würde. Merk dir das, mein Junge, für den Fall, daß es dir auch mal so geht: Sieh zu, daß du in eine Klinik kommst, koste es, was es wolle, denn nur dort bist du vor ihm sicher. Da wäre ich auch heute noch, aber sie haben mich gegen meinen Willen rausgesetzt. Inzwischen war wieder ein Krieg im Anzug, sie brauchten wohl den Platz. Zum Glück fand sich eine Bleibe für mich. Als meine Mutter ihren Dienst verließ, war sie zu ihrer unverheirateten Schwester gezogen, hier in dieses Haus, und als die Schwester starb, vermachte sie mir den alten Kasten mit allem, was drin war, sie hatte sonst keine Angehörigen. Seither wohne ich hier, bekomme nie Besuch und wage mich kaum vor die Tür. Denn ich weiß ja, daß er draußen auf mich wartet.»

Eine Pause trat ein. Der Alte sah Steve an und zuckte die Schultern. Er wirkte erschöpft und noch verschrumpelter als sonst. Steve stand auf und griff nach seiner Umhängetasche.

«Ich muß los.»

«Wirst du wiederkommen, nachdem du nun die Gefahr kennst?»

«Gefahr?»

«Du hast ihn doch selber gesehen. Du hast gesehen, wie er das Haus beobachtet hat, wie er dir nachgegangen ist. Wenn er weiß, daß du mir hilfst, wird er versuchen, auch dich zu vernichten.»

Steve schüttelte verlegen den Kopf. «Es ist nicht derselbe.»

Matthews schnaubte verächtlich. «Woher willst du das wissen?»

«Die Typen waren doch alle älter als Sie, nicht? Der, den ich gesehen hab, ist höchstens zwanzig, fünfundzwanzig.»

Der Alte sah ihn einen Augenblick schweigend an. Dann stieß er hervor: «Du bildest dir doch nicht ein, daß es ein lebendiger Mensch ist, oder?»

11

Langsam und gegen einen immer stärker werdenden Wind ankämpfend, der durch die dichte Wolkendecke fetzte, ging Steve nach Hause. Ich hätte die Geschichte anders erzählt, dachte er. Ganz anders. Bei ihm hätte es einen verborgenen Schatz gegeben, eine große Truhe voller Gold und Edelsteine, die der Alte nach dem Tod der Brüder aus dem Herrenhaus mitgenommen und irgendwo bei sich versteckt hatte, unter dem Dach zum Beispiel, wo nie jemand hinkam. Gefchem wäre der Sohn von Maurice und der Frau auf dem Rasen gewesen, der glaubte, daß der Schatz ihm zustand und der deshalb ständig vor Matthews' Haus herumlungerte. Das klang doch viel überzeugender als dieses Gewäsch von Teufeln und Gespenstern. Er hatte also den Alten gleich ganz richtig eingeschätzt. Häuser im Meer und reiche Leute, die auf Friedhöfen leben – damit hatte es angefangen ... An den Ängsten von Matthews war überhaupt nichts dran; das gefährliche Geheimnis, das seit Wochen dieses Haus, diese Straße umgeben und Spannung in Steves Leben gebracht hatte, entpuppte sich nun als die klägliche Wahnvorstellung eines alten Mannes, der nicht mehr alle Tassen im Schrank hatte.

Steve verzierte ein Garagentor und einen Briefkasten mit ESSEN SCHEISSEN STERBEN KISTE, aber auch das tröstete ihn nicht. Doch als er zur Trencham Road kam, waren seine Enttäuschung und der Alte mit einem Schlag vergessen, denn hier hatte sich offenbar etwas Ungewöhnliches getan. Die Wellblechplatten waren weg, aus dem Garten war eine Schlammwüste geworden, in der Bretterstapel und Stacheldrahtrollen lagen. An der Ecke standen ein großer, mit einer Plane abgedeckter Container und ein gelber Bulldozer. Zu sehen war niemand. Der Junge ging bis zur

Ecke und pirschte sich vorsichtig durch die verwüstete Wildnis ans Haus heran. Nur gut, daß es allmählich dunkel wurde. Vor einem Gestrüpp, das dem Bulldozer entgangen war, blieb er stecken, hockte sich hin, sog den scharfen, wilden Geruch der Nesseln ein und horchte. Alles war ruhig. Mit ein paar Sätzen, auf dem schlüpfrigen nassen Ton glitschend und rutschend, überquerte er die freie Fläche, dann stand er vor der Hintertür und schob sich durch den Spalt in der Sperrholzplatte.

Der Gang war dunkel, aber weiter vorn stand ein bißchen Helligkeit, im Wohnzimmer war demnach Licht. Steve balancierte über die nackten Träger und die wenigen noch nicht verheizten Dielenbohlen. Dave hatte hier so wild gehaust, daß zwischen einem Träger an der Tür und dem Anfang des verbleibenden Fußbodens eine fast meterbreite Lücke klaffte. Mit allmählichem Anschleichen war hier nichts zu machen. Steve blieb mehrere Minuten stehen, reckte den Hals und versuchte, die schwachen Geräusche zu identifizieren, die zu ihm drangen. Es war ein leises Geraune, fast als murmele ein Baby im Halbschlaf vor sich hin. Schließlich holte er tief Luft und wagte den Sprung.

Auf einer der Matratzen lag Tracy. Der Kopfhörer des Walkman war in ihrem wilden Haar kaum zu erkennen. Sie trug einen rosa Rock über schwarzen Strumpfhosen und ein weißes T-Shirt mit dem Cartoon eines grinsenden organgefarbenen Katers und der Aufschrift: «Komm mit, Baby, wir machen ein Faß auf!» Eine Flasche Drambuie stand auf Tracys Bauch, die sich mit jedem ihrer Atemzüge hob und senkte. Ihre kleinen Füße zuckten im Takt der unhörbaren Musik, und sie sang leise den Text mit. Jetzt winkte sie Steve heran und nahm den Kopfhörer ab. «Hier, hör mal rein.»

Er kniete sich hin und nahm den dünnen Reifen in die Hand. Er war noch warm von ihrem Kopf. Tracy hob die Flasche an den Mund. Eine Luftblase war zwischen ihre Lippen und den Flaschenrand geraten und wanderte langsam durch die dicke gelbliche Flüssigkeit. Sie streckte die Flasche Steve hin, der den Kopf schüttelte.

«Komm, irgendwann mußt du doch mal anfangen.»

Er nahm die Flasche, und sekundenlang berührten sich ihre Finger. Er hob die Flasche an den Mund. Der Rand war naß, und als der Likör durch seine Kehle rann, süß und heiß und aromatisch, meinte er Tracys Speichel zu schmecken. Ihr Körper war ihm aufregend nah. Er brauchte nur die Hand auszustrecken, um sie zu berühren.

«Wo sind die anderen?» fragte er und gab die Flasche zurück.

«Sehen sich nach 'ner anderen Bleibe um. Hier läuft ja nichts mehr.»

Tracys Gesicht wirkte irgendwie unfertig, und auch deshalb gefiel es Steve so gut. Manche Gesichter waren wie Fernsehen – die konnte man nur angucken und sonst nichts. Tracy aber hatte ein Gesicht wie zum Selbstzusammenbauen, man mußte sich nur die Zeit dazu nehmen, dann war es aufregend und sehr befriedigend. Ohne Make-up, fand Steve, war Tracys Gesicht so verletzlich und unscheinbar wie das seine. So nah hatte er es noch nie vor sich gesehen. Er wußte sofort, daß es sinnlos gewesen wäre, etwas vor ihr zu verbergen, und das erleichterte ihn sehr.

Tracy drückte einen Knopf am Walkman, und in Steves Kopf dröhnte unvermittelt Musik los. Er sah, wie sie ihre Sachen in zerknautschte Plastiktüten packte. Die Musik verlieh ihren Bewegungen besonderes Gewicht, besondere Bedeutung, es war wie in einem Film. Als der Song zu Ende war, nahm Steve den Kopfhörer ab.

«Wann gehen wir los?» fragte er.

«Später. Morgen ist die Bude hier weg. Komisch, nicht?»

Sie war nur ein paar Meter von ihm entfernt, aber Steve hatte das Gefühl, daß unendliche Weiten sie trennten.

«Kann ich noch 'n Schluck haben?» fragte er, um Tracy zu sich zurückzuholen.

Tracy drehte sich um und griente.

«Das kenn ich, du! Wenn du erst mal angefangen hast, kannste gar nicht genug davon kriegen...»

Sie kniete sich neben ihn, und sie tranken beide. Als Tracy aufstehen wollte, verlor sie das Gleichgewicht und hielt sich an seiner Schulter fest, so daß er umfiel und sie übereinander auf der Matratze landeten. Gleich darauf spürte Steve etwas Nasses, Warmes im Gesicht, aber bis er begriffen hatte, daß Tracy ihn küßte, war es schon vorbei. Sie lehnte sich zurück und starrte zur Decke. Ihr Gesicht war nur Zentimeter von ihm entfernt, aber diese Distanz schien auf schmerzliche Weise noch weniger überbrückbar als die von vorhin. Musikfetzen schwappten aus dem Kopfhörer, der neben ihnen auf der Matratze lag, und mischten sich mit dem hohlen Jammern des Windes im Kamin. Tracys Haaransatz war mausbraun nachgewachsen, als habe der Zauber, der sie in eine schillernd geheimnisvolle Hexe verwandelt hatte, an Kraft verloren.

«Was machst du da eigentlich für Sachen?» fragte sie.

«Sachen?»

«Diese Einkäufe für den alten Knacker und so.»

Sie tastete nach der Flasche und nahm noch einen Schluck.

«Na ja, wo er nicht aus dem Haus kann...»

«'n Krüppel, ja?»

Steve schüttelte den Kopf und tippte sich mit zwei Fingern an die Stirn. «Bißchen daneben. Hat ein großes Haus ganz für sich, mit allem möglichen Krempel vollgestopft, aber richtig wohnen tut er nur in einem Zimmer. Und er geht nie raus, weil er denkt, daß jemand ihn umbringen will.»

«So 'n Quatsch», sagte Tracy, aber die Geschichte schien ihr doch irgendwie zu imponieren.

«Und aufmachen tut er nur mir», prahlte Steve. «Ich muß ganz besonders klingeln, sonst kommt er nicht.»

«Besonders? Wie denn?»

«So.»

Er klopfte den Takt auf den Fußboden. Tracy gähnte. «Ganz schön bescheuert, der Typ.»

Eine Weile lag sie still und sah zur Decke, dann rollte sie sich zur Seite, lehnte sich über Steve und fuhr mit der Zunge über sein Ohr. Steve zuckte zusammen, er stöhnte auf vor Überraschung und Lust. Seine Kehle war trocken, sein Herz dröhnte. Wenn das bloß nie angefangen hätte, dachte er, wenn das bloß nie aufhören würde. Er drehte sich zu ihr um und legte seine Hände auf ihre Rippen. Er spürte die Unterseite ihrer Brüste an seinen Handballen. Genauso hatte er es sich ausgemalt in seinen Gedichten. Die Schnüffler irgendwo weit weg, Tracy ganz nah, Wärme und Kuscheln. Konnte man etwas Wirklichkeit werden lassen, indem man es sich vorstellte, in dem man Geschichten darüber erzählte?

«Wo hat er denn sein ganzes Zeug?» fragte Tracy, setzte den Kopfhörer wieder auf und justierte die Lautstärke. Steve blinzelte verdutzt.

«Wie?»

Es gab eine lange Pause. «Das Geld, das er dir fürs Einkaufen gibt und so. Wenn er nie weggeht, muß er's irgendwo versteckt haben.»

Jammerschade, fand Steve, den guten Eindruck zu zerstören, den er offenbar bei Tracy hinterlassen hatte, indem er ihr gestand, daß er es nicht wußte. Ihm fiel die Verbesserung ein, die er an der Geschichte des Alten vorgenommen hatte.

«Oben in der großen Truhe.»

«Du spinnst ja», sagte Tracy halblaut.

Merkwürdigerweise ärgerte sich Steve um so mehr über ihre Zweifel, als es sich um eine erfundene Geschichte handelte. «Nein, ehrlich! Ich war da, ich hab sie gesehen. Eine ganz große Truhe voll mit Gold und Edelsteinen und so Sachen, in einem großen Zimmer ganz oben im Haus.»

Tracy sagte nichts. Sie hatte die Augen geschlossen, ihr Körper zuckte im Takt einer Musik, die nur sie hören konnte. Wahrscheinlich, dachte Steve, hat sie ganz vergessen, wovon wir gerade geredet haben. Die Schnüffler hatten meist ein extrem kurzes Gedächtnis.

«Wo bleiben eigentlich die Typen so lange», sagte sie schließlich und schaltete den Walkman ab. «Wir müssen hier raus, wir brauchen eine Bleibe. Sonst reißen sie uns die Bude über dem Kopf ein.»

Steve hielt das fälschlicherweise für einen Witz und lachte. Tracy machte sich gereizt los und setzte sich auf.

«Das ist überhaupt nicht lustig», schrie sie ihn an. «Schweinebande. Verfluchte Schweinebande.»

Steve hatte das Gefühl, als habe man ihm den halben Körper weggerissen. Er hatte sie verloren. Wie hätte er aber auch ahnen sollen, daß sie sich nach dem, was eben geschehen war, noch um solche Dinge Gedanken machte? Hatte sie nicht gespürt, wieviel Kraft ihre beiden Körper gemeinsam hervorbrachten? Hatte sie nichts gemerkt von den Energien, die die Luft zwischen ihnen knistern ließ, Hochspannung erzeugten? Wie Starkstrom konnte auch diese Zweisamkeit das Leben hell machen, konnte wärmen – und konnte töten.

«Du, was ist denn mit deinem alten Knacker?» fragte Tracy plötzlich. «Warum gehen wir nicht zu dem? Wo wohnt er denn?»

Steve wußte nicht, was er sagen sollte. Ihr Vorschlag war natürlich undenkbar, so was kam überhaupt nicht in Frage. Aber wie sollte er das begründen?

«Wo wohnt er?» fragte Tracy nachdrücklicher.

Steve zuckte die Schultern.

«Weit weg.»

«Wo?»

«Am anderen Ende der Hauptstraße.»

«An der Esso-Tankstelle?»

«Andere Richtung.»

«Beim Tesco-Supermarkt?»

«Du kennst doch den Park... Da in der Gegend.»

«Das ist da, wo Debbie wohnt», sagte Tracy triumphierend. «Grad um die Ecke.»

«Wer ist Debbie?»

«Paxton Grove, da wohnt Debbie mit ihrem Kleinen. Fast alles Sozialwohnungen. Ist es da?»

«So ungefähr?»

«Ungefähr? Na du bist gut... Weißt du nicht mal, wie die Straße heißt?»

«Ist doch die Ecke», gab Steve leicht gereizt zurück.

«Welche Ecke? Am Park?»

«Nein, am anderen Ende. Grafton Avenue. Aber der läßt uns nicht rein.»

«Wenn du auf diese besondere Art klingelst...»

«Er hat's nicht mit Fremden.»

«Wir sind doch keine Fremden», fuhr Tracy ihn an. «Wir sind Freunde. Freunde von dir.»

Steve schwieg. Er konnte ihr nicht begreiflich machen, wie unmöglich das war, was sie da vorschlug. Tracy trank noch einen Schluck und streckte ihm die Flasche hin, aber Steve schüttelte den Kopf, er war ohnehin schon ganz benebelt. Tracy stieß ihm die Flasche förmlich ins Gesicht. «Los, trink schon.»

Es war nicht so sehr eine Aufforderung als eine Drohung. Steve hob die Flasche an die geschlossenen Lippen. Tracy kuschelte sich neben ihn und fuhr ihm mit der Linken durchs Haar. Steve lag steif da, wie ein Toter. Etwas, was nur Tracys Hand sein konnte, fummelte an seinen Jeans herum, straffte und rieb den Stoff über seinem Penis.

«*Wir* könnten hin», flüsterte sie ihm ins Ohr. «Du und ich. Vor mir hätte er doch keine Angst, wie? Doch nicht vor 'nem Mädchen.»

Zum erstenmal fand Steve, daß das, was die Schnüffler abends anstellten, vielleicht doch nicht völlig sinnlos war. Wenn es sich so anfühlte, wurden ihm manche Dinge klar, sogar die Geschichten in dem Toilettenhäuschen. Das, was Tracy mit ihm trieb, hatte er sich selbst natürlich schon oft gemacht, aber wie anders es ist, wenn man nicht selber Hand anlegt – das hatte er bis heute nicht gewußt. Wie konnte er sich revanchieren, was konnte er machen, damit sie auch so empfand wie er?

«Welche Hausnummer?»

Er hörte ihre Stimme wie aus weiter Ferne und wußte beim besten Willen nicht, was sie meinte.

«Das Haus», half sie nach.

«Nummer zwei.»

Da wird nichts draus, wollte er gerade sagen, nicht mal, wenn wir nur zu zweit kommen, der Alte ist schon so hinüber, daß er sich womöglich einbildet, du bist der Teufel in Frauenkleidern – aber da hatte sie schon ihre Hand weggenommen, war aufgestanden und hatte das Zimmer verlassen. Er hatte das Gefühl, daß der Boden unter ihm schwankte, als rüttele der Wind das Haus hin und her, so ähnlich mußte es sein, wenn man seekrank war, aber das lag natürlich nur am Drambuie, er war einfach besoffen, hackevoll. Wo Tracy wohl abgeblieben war? Vielleicht mußte sie mal. Geduldig blieb er liegen und wartete darauf, daß sie zurückkam.

Doch Tracy kam nicht zurück. Statt dessen stand plötzlich Klein-Alex unter der Tür.

«Auf geht's», sagte er.

Wie der Beiname schon sagte, sah Alex aus wie eine Billigausführung, ein Artikel in Einfachausstattung, ohne Schnörkel und Beiwerk. Deshalb wohl fürchtete Steve sich vor Alex nicht so wie vor Dave oder Jimmy. An dieser Einschätzung hatte auch die brutale Szene der letzten Woche nichts geändert. Steve wußte, daß Alex nur versucht hatte, sich bei Dave lieb Kind zu machen, er selbst hätte in so einer Situation vermutlich ebenso reagiert.

«Wohin?» fragte er, während er sich aufrappelte.

«Am vielen Fragen erkennt man den Narren», zitierte Alex mechanisch.

Steves Blick ging über die Matratzen und die Plastiktüten mit Tracys Sachen.

«Soll ich was nehmen?»

«Pennt ihr da drin?» hörte er Dave brüllen.

Steve setzte sich in Bewegung. Aus trüber Erfahrung wußte er, daß Dave, wenn er etwas zweimal sagen mußte, noch schneller in Fahrt geriet. In der Diele aber stellte er aufatmend fest, daß Dave einen ganz normalen Eindruck machte. Tracy stand neben ihm und legte gerade ihr schwarzweißes Make-up auf. Alex deutete auf die Treppe.

«Nach oben?» Steve runzelte die Stirn. «Was ist denn da oben?»

Dave lachte.

«Was ist denn da oben?» äffte er Steve nach und wiederholte die Frage gleich noch ein paarmal. Alex und Tracy lachten mit, aber Steve spürte, daß ihr Lachen nicht vom Herzen kam, sondern sie es nur nicht mit Dave verderben wollten, und das war ja auch durchaus vernünftig. Steve lachte mit.

«Was gackerst du so blöd?» fragte Dave aggressiv und ohne jede Spur von Heiterkeit in Gesicht oder Stimme. Alex gab Steve einen Stoß gegen die Schulter. Der war total durcheinander. Es war, als hätten sie alle die Rollen gewechselt: Tracy war mit ihm umgegangen wie mit einem der Schnüffler, Alex spielte Daves Schlägerrolle, Dave ... ja, wen Dave spielte, wußte er nicht recht, aber zumindest nicht sich selbst.

«Los, rauf mit dir», fuhr Alex ihn an.

Das war leichter gesagt als getan. Von dem unteren Treppenabsatz stand, nachdem die Stufen ins Feuer gewandert waren, nur noch der Rahmen – wie eine Leiter ohne Sprossen. Steve und Alex hangelten sich rasch daran hoch, Dave folgte ihnen gemächlicher. Im ersten Stock stieß Alex den Jungen in eins der Zimmer im hinteren Teil des Hauses. Strom gab es hier oben nicht, aber im schwachen Licht der Straßenbeleuchtung erkannte er kahle Dielenbretter und abblätternde Tapeten. Dave besah sich das Schloß und zog ein angeekeltes Gesicht, das Steve an Jimmy erinnerte. Hatte Dave demnach dessen Rolle übernommen? Aber was machte dann Jimmy?

«Hab ich mir doch gleich gedacht», maulte Dave. «Der Scheißschlüssel fehlt.»

Alex sah kurz hin. «Wenn ich noch so 'nen Bügel hätte ...»

Er nickte zu dem Einbauschrank hinüber.

«Was'n los mit dir?» fragte Dave höhnisch. «Haste Schiß?»

Er ging zum Schrank und kam gleich darauf mit einem Kleiderbügel aus Draht wieder heraus. Alex bog den oberen Haken gerade, steckte ihn ins Schloß und spielte daran herum, bis der Riegel mit einem scharfen Klick heraussprang.

«Mensch, große Klasse», sagte Dave und wandte sich mit Alex zum Gehen. Als Steve ihnen folgen wollte, gab Dave ihm einen groben Stoß.

«Du bleibst.»

«Bis hierher und nicht weiter», ergänzte Alex.

Steve sah verwirrt von einem zum anderen.

«Aber wenn morgen früh die Arbeiter wiederkommen und mich hier finden, krieg ich Ärger.»

Dave schüttelte den Kopf. «Darüber brauchste dir keine grauen Haare wachsen zu lassen, mein Junge, die finden dich schon nicht. Die reißen die Scheißbude hier einfach ab, mit dir drin. So geht das.»

«Das eine wächst, das andere fällt», ergänzte Alex salbungsvoll.

«Die rammen einfach den Bulldozer gegen die Wand, immer wieder», fuhr Dave mit wachsender Begeisterung fort, «bis das ganze Scheißzeug einfällt, Hunderte von Tonnen, und die zerquetschen dich langsam zu 'nem blutigen Brei, bis deine Augen rausquellen und deine Eier platzen und das Blut dir aus den Ohren läuft. Schade, daß wir nicht zusehen können.»

Steve machte einen raschen, unerwarteten Ausfall in Richtung Tür, aber Alex stürzte sich auf ihn, bekam seine Fußgelenke zu fassen und riß ihn zu Boden.

«Die Weltmeisterschaftsattacke eines Spielers, der angeblich schon abgewirtschaftet hat», krähte er. «Der Mann ist so stark wie eh und je!»

Nach ein paar wohlgezielten Tritten stießen sie Steve ins Schlafzimmer zurück.

«Laßt mich laufen», bettelte er. «Ich sag nichts, und ihr seht mich nie wieder, großes Ehrenwort. Ich mach euch keinen Ärger, ehrlich. Laßt mich hier nicht allein.»

Daves Züge verzerrten sich wie im Schmerz. Für Steve war es so ungewohnt, auf dem farblosen Gesicht irgendeine Gemütsbewegung zu sehen, daß es ein paar Sekunden dauerte, bis er begriffen hatte, daß Dave grinste.

«Keine Bange, du bist nicht allein», sagte er, und die beiden Schnüffler brüllten vor Lachen.

Die Tür schlug hinter ihnen zu, rasselnd drehte sich der Draht im Schloß, dann wurde es still. Nur einmal noch hörte man Stimmen vor dem Haus. Steve stürzte zum Fenster, sah aber dort nur den verwüsteten, in helles Mondlicht getauchten Garten. Er rannte zur Tür und rüttelte und zerrte lange und vergeblich an der Klinke. Würden die Leute von der Abrißfirma das Haus durchsuchen, ehe sie sich an die Arbeit machten? Bestimmt nicht. Wozu auch? Er konnte versuchen, um Hilfe zu rufen, aber würden sie über dem Rattern ihrer Maschinen seine Hilferufe hören? Hätte er ein Seil, könnte er das Fenster einschlagen und nach unten klettern. Er dachte daran, Kabel von der Wand oder aus dem Boden zu reißen, aber bis an die Decke reichte er nicht, und die Dielenbretter hier oben waren alle intakt, weil der Weg ins Obergeschoß zu mühsam geworden war, nachdem Dave unvorsichtigerweise die Treppe demoliert hatte. Blieb nur der Schrank.

Als Steve die Schranktür aufmachte, hatte er auf den ersten Blick den Eindruck, daß der enge Raum dahinter voller Kleider war. Da die Schnüffler mit Garderobe nicht gerade gut gestellt waren, mußten das wohl Sachen der früheren Besitzer sein. Er erinnerte sich an einen Abenteuerfilm, den sie mal abends geguckt hatten, und überlegte, ob es wohl möglich wäre, die Sachen in Streifen zu reißen und ein Seil daraus zu machen. Dann fiel sein Blick auf die Schuhe, ganz gewöhnliche abgelatschte blauweiße Turnschuhe. Ungewöhnlich war nur, daß sie nicht auf dem Boden standen, sondern ein paar Zentimeter darüber in der Luft zu schweben schienen.

Inzwischen hatten sich seine Augen an die Dunkelheit gewöhnt, und er begriff, daß vieles von dem, was er für Kleidung gehalten hatte, nur Schatten war. Der Schrank enthielt nur einen Satz Kleidung, der irgendwie ausgestopft und dadurch nach mehr aussah. Etwas länger dauerte es, bis Steve begriffen hatte, was die schmutzigen Jeans, den Pullover und die Jacke ausfüllte und die Schuhe in der Schwebe hielt. Der an einen Messinghaken an der Wand befestigte Drahtbügel war so fest angezogen, daß das runde Gesicht purpurrot angelaufen war und wie gehäutet wirkte. Daß es Jimmy war, konnte Steve trotzdem mühelos erkennen.

Nach seinem zweiten Angriff auf die Tür dröhnten Steves Handflächen wie Glocken, und mit den verbotenen Worten hatte er sich heisergeschrien:

«Mami! Mami! Hilfe! Laßt mich raus! Mami!»

Er hörte erst auf, als er das Gefühl hatte, der Tote mit dem Kopf wie eine gekochte rote Rübe und den Füßen, die nicht den Boden berührten, käme von hinten auf ihn zu. Ehe er sich umsehen konnte, hatte die Dunkelheit von dem Zimmer Besitz ergriffen. Steve geriet in Panik und rannte um sein Leben. Er prallte so heftig gegen die Wand, daß Blitze durch seinen Kopf schossen, er ließ sich zu Boden fallen, drehte und wand sich in Schmerz und Verzweiflung, schlug mit den Fäusten um sich, strampelte mit den Beinen, schrie und wütete in der Finsternis.

Als der Mond wieder hervorkam, war Steve nur noch ein wimmerndes Häufchen Elend. Taumelnd trat er ans Fenster. Die nächsten Wolken warteten schon. Vergeblich zerrte er am Rahmen, er war mit Farbe verklebt, das Schiebefenster ging nicht auf. Steve zog einen Schuh aus und schlug damit auf die Scheibe ein, bis sie zerbrach und ein Windstoß ins Zimmer fuhr. Sorgsam entfernte er den größten Teil der Scherben und sah hinaus. Etwas unterhalb des Fensters verlief ein Abfallrohr vom Badezimmer bis zur Hausecke. Durch das Mondlicht wirkten alle Gegenstände seltsam zweidimensional, die Entfernung vom Fenster zum Rohr war schwer zu schätzen, aber im Grunde spielte es auch keine Rolle. Er mußte hier raus, ehe die nächste Wolke den Mond verdeckte, und eine andere Möglichkeit gab es nicht.

Steve zog seinen Schuh wieder an und klaubte vorsichtig die restlichen Scherben aus dem Rahmen. Dann kletterte er aufs Fensterbrett, drehte sich auf den Bauch und ließ sich so weit herunter, daß seine Brust auf dem äußeren Fensterbrett lag. Jetzt mußte er sich entscheiden. Wenn er sich weiter herunterließ, kam er nicht wieder herein. Noch spürte er das Rohr nicht unter seinen Füßen, aber weit konnte es nicht mehr sein. Um sich Mut zu machen, dachte er an das, was im Zimmer lauerte, und tat, wie im Licht einer rasch an- und wieder ausgeschalteten Taschenlampe, einen flüchtigen Blick in den Schrank. Das genügte. Er rutschte tiefer, immer tiefer, und dann hing er der Länge nach am Fensterrahmen. Seine Hosenbeine knatterten im Wind. Doch seine Füße schwebten, wie die des Toten, noch immer in der Luft.

Noch einmal fing er an zu jammern und zu schluchzen, aber es dauerte nicht lange. Er mußte mit der Atemluft haushalten, weil die hoch erhobenen Arme ihm den Brustkasten zusammendrückten. Die vom Trommeln an die Tür wunden und jetzt auch noch schweißnassen Hände verloren nach und nach den Halt auf dem rutschigen Anstrich der Fensterbank. Steve schlug, vergeblich nach einer Stütze suchend, wild mit den Füßen gegen die Hausmauer, begriff aber sehr bald, wie unsinnig das war. Im entscheidenden Augenblick war er ganz ruhig. Er kniff die Augen fest zu, um nicht zu sehen, was mit ihm passierte, und ließ los. Er fiel ins

Leere – und spürte gleich darauf, wie etwas gegen seine Sohlen drückte. Das Abfallrohr mußte direkt unter seinen Füßen gewesen sein, und weil er nicht gezappelt hatte, sondern sich ganz ruhig hatte fallen lassen, hatte er nicht das Gleichgewicht verloren. Lange aber konnte das nicht mehr gutgehen. Die noch nach oben gereckten Arme bebten, und ein unbeherrschbares Zittern überlief seinen ganzen Körper. Das dünne, mit schwarzer Lackfarbe gestrichene Rohr, auf dem er stand, verlief in steilem Winkel vom Badezimmerauslaß zu der Verbindung mit dem Abfallrohr. Der Wind zerrte an seinen Sachen. Dann zog die nächste Wolke über den Mond, und alles versank in Dunkelheit.

Steve schmiegte sich an die Hausmauer wie an einen warmen, festen Menschenleib, und plötzlich kam ihm die Erinnerung an das, was er mit Tracy erlebt hatte, zu Hilfe. Das war wirklich, dachte er, es war nicht bloß eine Geschichte, auch wenn die ganze Sache als etwas Ausgedachtes angefangen hatte. Es war wirklich und wahrhaftig passiert: Er hatte Tracy in den Armen gehalten, sie hatte ihn geküßt und ihre Zunge in sein Ohr gesteckt, und er hatte ihre Brüste berührt. Schlagartig hörte er auf zu zittern, und auch die Dunkelheit störte ihn nicht mehr. Er schob sich an dem Rohr entlang, bis seine Hände das Fensterbrett des Badezimmers ertasteten. Auch dieses Fenster ging nicht auf, also zog er, mit einer Hand an das Fensterbrett geklammert, erneut seinen Schuh aus, reckte sich hoch und schlug mit dem Absatz an die Scheibe. Der Versuch brachte nichts, und als der Mond wieder hervorkam, sah er, daß die Scheibe aus dickem Milchglas war. Weil er so dicht davorstand, hatten seine Schläge keine Kraft. Ein Windstoß brachte ihn aus dem Gleichgewicht. Sekundenbruchteile lang schien er, nur von seiner Angst gehalten, in der Luft zu hängen. Als die Scheibe endlich zersprang, zitterte er, ziel- und zwecklos vor sich hin jammernd, am ganzen Körper. Diesmal gelang es ihm nicht, alle Scherben aus dem Rahmen zu ziehen. Er schlug die größten und spitzigsten Zacken weg, warf seinen Schuh ins Badezimmer und sprang hinterher. Seine wild fuchtelnden Hände suchten Halt am Fensterrahmen und schnitten sich an den schartig herausragenden Glasresten. Lange hing er zuckend und zappelnd da, bis er es geschafft hatte, den Schwerpunkt ins Haus hinein zu verlagern. Dann rutschte er mit dem Kopf voran zu Boden und lag schluchzend zwischen den Scherben, bis ihn jäh der Gedanke durchzuckte, die Schnüffler könnten, wenn sie anderswo keine Bleibe gefunden hatten, vielleicht hierher zurückkommen. Noch aber war es still und dunkel im Haus. Er hangelte sich die Treppe hinunter und schob sich durch die Sperrholzplatte vor der Hintertür ins Freie.

Es traf ihn wie ein Schock, daß die vertrauten Straßen unverändert waren, daß die Autos vorbeifuhren wie eh und je und die Leute wie gewohnt mit ihren Hunden Gassi gingen. «Habt ihr Ärsche noch immer nicht begriffen, wo ihr seid?» hätte er ihnen am liebsten zugerufen. «Wißt ihr nicht, daß hier nur ein Weg herausführt?» Bald aber war es sein eigenes Abenteuer, das ihm grotesk, zweifelhaft und überzogen vorkam. So etwas erlebt man einfach nicht, dachte er, nicht im wirklichen Leben. Als er in der Paxton Grove angelangt war, schien ihm die Szene wie eine der Geschichten, die er sich auszudenken pflegte, um sie sich oder anderen zu erzählen. Und dann sah er Gefchem auf sich zukommen, die Arme schwenkend wie ein irrsinnig gewordener Soldat, die Lippen wie üblich zu einem Grinsen verzerrt.

Steve trat in einen Hauseingang und sah sich nach einem Versteck um. In dem zubetonierten Vorgarten stand ein Auto, das keine Räder mehr hatte und mit den Achsen auf gestapelten Hohlblocksteinen stand. Hinter diesem Gefährt ging Steve sicherheitshalber in Deckung – obwohl er im Grunde keine Angst mehr vor Gefchem hatte. Er wußte jetzt, daß das spöttische Lächeln des Mannes genau das ausdrückte, was er selbst empfand, wenn er die verpennten Spießer hinter ihren fetten, verwöhnten Lieblingen hertappen sah. Steve war weit gekommen an diesem Abend. Auch Gefchem hatte sich wohl irgendwann einmal auf diesen Weg gemacht, dann war er in die Irre gegangen und hatte nicht zurückgefunden. All das würde er dem Alten klarmachen. Er würde ihm sagen, daß seine Angst unbegründet war. Mittlerweile brannten seine zerschnittenen Hände heftig, und seine Sachen waren voll Blut. Der rasche Trommelwirbel der Schritte verstummte unvermittelt ganz in seiner Nähe. Einen Moment dachte Steve, Gefchem habe ihn entdeckt und würde ihn fragen, wie spät es sei. Dann hörte er eine Tür schlagen. Kein Wunder, daß er dem Grinsemann so oft begegnet war. Steve richtete sich auf und lächelte bei dem Gedanken, was Ernest Matthews wohl sagen würde, wenn er ihm erzählte, daß der Mann, vor dem er solche Angst hatte, bei ihm um die Ecke wohnte, daß sie praktisch Nachbarn waren.

Das Haus in der Grafton Avenue wirkte beruhigend unverändert. Noch immer überragte die Außenmauer fensterlos das Nachbargrundstück, als hielte sie es für unter ihrer Würde, Notiz von dem zu nehmen, was dort vor sich ging, noch immer versuchte der vorspringende Erker, die Straßenfront zu beherrschen. Steve stieß das Gartentor auf und folgte dem gewundenen Pfad zur Haustür. Daß der Alte ihn aufnehmen würde, stand für ihn fest. Es würde ihm gar nichts anderes übrigbleiben. Er brauchte ihn ja.

Auf der obersten Stufe blieb er stehen wie angewurzelt. Die Haustür stand weit offen, ein kalter Wind wehte vorbei und zerstreute die vertrauten Gerüche, die Steve sonst immer begrüßt hatten wie wedelnde Hunde, in alle Winde. Eine ganze Weile stand er da, bis er begriff, daß weiterer Widerstand sinnlos war. Er ließ sich von dem Windstoß auf den Weg bringen, der zu gehen ihm bestimmt war – über die Schwelle und ins Haus hinein.

12

«Dann wird's aber langsam Zeit, daß ihr euch zusammenrauft, verdammt noch mal.»

Nebenan setzte das sachte, rhythmische Wimmern sich fort. Es hörte sich an, als versuche jemand mit einer leeren Batterie einen Wagen zu starten.

«Weil ihr dafür verantwortlich seid, darum», schrie Jenny Wilcox ins Telefon. «In dieser Situation müssen alle Beteiligten Farbe bekennen, und ich denke nicht daran, meine Mitglieder zu verheizen lassen, bis ihr da oben euch darüber klargeworden seid, ob es sich lohnt zu kämpfen oder nicht.»

Sie knallte den Hörer auf die Gabel. Vorübergehend hatte sich das Wimmern gelegt, jetzt setzte es wieder ein, steigend und fallend, wie von einem leisen Wind aus der Ferne herbeigetragen. Jenny klopfte sich die Krümel vom Jogginganzug und machte die Tür zu Aileens Büro auf.

«Himmel, was ist denn mit dir los?»

Aileen saß mit gesenktem Kopf und bebenden Schultern am Schreibtisch. Als sie aufblickte, war ihr Gesicht verquollen und weich wie Ton, der seine Glasur verloren hat und allmählich wieder in seinen Urzustand ungebrannten, weichen Lehms zurückkehrt. «Er hat gewartet, daß sie aufwacht», murmelte sie.

«Wer?»

«Er hat einfach in ihrem Bett gesessen und gewartet, daß sie aufwacht.»

«Wer? Wo? Wann?» Jennys Stimme klang leicht irritiert, auch wenn sie von dem Kummer der Kollegin ehrlich betroffen war. Aileen atmete tief durch, um die Tränen zurückzudrängen und ihre Erregung rechtfertigen zu können.

«Steven. Ich war bei der Polizei, und dort habe ich erfahren –»

«Bei der Polizei?»

Der unüberhörbar mißbilligende Ton wirkte auf Aileen wie Riechsalz und brachte sie wieder zur Besinnung.

«Jawohl, bei der Polizei. Weil dieser Fall eindeutig in ihre Zuständigkeit gehört», bestätigte sie kühl und kramte in ihrer Handtasche nach Papiertaschentüchern und Zigaretten. «Ich habe die Fotos gesehen. Ein unglaubliches Chaos. Alles zerrissen, zerschlagen, zerstört, der alte Mann zu Tode geprügelt. Steven war voller Blut, weil er aus dem anderen Haus geflüchtet war, und als einer der Nachbarn ihn herauskommen sah, hat er die Polizei verständigt. Ein Streifenwagen hat ihn ein paar Straßen weiter aufgegriffen. Natürlich haben sie gedacht, daß er es war.»

Jenny drehte ihren Kopf versuchsweise mal nach rechts, mal nach links.

«Gut für die Synapsen», erläuterte sie. «Ich hatte Zoff mit der Bezirksleitung wegen unseres Aktionstages. Was sagtest du gerade? Ich kapiere noch nicht ganz, wie das damit zusammenhängt, daß jemand gewartet hat, bis jemand anders aufwacht...»

«Verzeih, Jenny, das war ziemlich unklar ausgedrückt. Ich erzähl's dir ein andermal.»

«Komm schon, spuck's aus!»

Aileen hätte sich gern gedrückt, aber nach diesem Zusammenbruch vor den Augen der Kollegin hatte sie das Bedürfnis, zu demonstrieren, daß sie sich wieder im Griff hatte.

«Wenn du unbedingt willst... Also dann von Anfang an: Nachdem die Polizei den richtigen Namen des Jungen erfahren hatte, war es kein Kunststück mehr, seine Herkunft festzustellen. Sein Leben ist besonders gut dokumentiert, weil es seit seiner Geburt immer irgendwo eine Akte über ihn gegeben hat. Zur Welt gekommen ist er im Gefängnis von Holloway, wo seine Mutter achtzehn Monate wegen Drogenschmuggel einsaß. Nach ihrer Entlassung geriet sie immer weiter auf die schiefe Bahn. Bagatelldiebstähle, Prostitution, Heroin. Zum Schluß war sie in einer dieser Einfachunterkünfte untergebracht, die das Sozialamt bezahlt. Ein Haus in Bayswater. Muß das reinste Straflager gewesen sein. Ein Zimmer mit einem Bett, in die Toilette und Küche mußten sich dreißig Leute teilen.»

«Wie man hört, denken einige Städte daran, ihre Obdachlosen in Fertigbaubaracken vor der Stadt abzuschieben. Eine Art Township-Konzept. Ich sage ja immer, daß wir von den Südafrikanern noch eine Menge lernen können.»

«Eines Tages nahm Steves Mutter – versehentlich oder mit Absicht – eine Überdosis. Das Zimmer hatte sie sicherheitshalber von innen abgeriegelt. Es geht, wie sie bei der Polizei sagen, in diesen Unterkünften oft ziemlich rüde zu, man hört von Vergewaltigungen und Prügeleien im Treppenhaus, aber Steven war erst sieben, er hatte nicht genug Kraft, den Riegel zurückzuschieben, auch als er begriffen hatte, daß seine Mutter wahrscheinlich nicht wieder aufwachen würde. Es dauerte lange, bis jemand sein Klopfen hörte, in diesen Häusern fallen Geschrei und Gepolter nicht groß auf. Als sie die Tür aufbrachen, war die Leiche schon in Verwesung übergegangen, die Frau war seit fast einer Woche tot. Die ganze Zeit hatte Steve bei ihr gesessen und gewartet, daß sie aufwachte.»

Aileen holte tief Luft, während sie die Erschütterung wie eine Welle auf sich zukommen sah. Die Welle rollte vorbei, ohne über ihr zusammenzuschlagen.

«Ich muß los», sagte sie und sah auf die Uhr. «Die Sozialarbeiterin holt Steven um drei ab, und vorher muß ich noch versuchen, ihm die ganze Geschichte zu erklären. Was machst du heute abend, Jenny? Douglas ist verreist, und ich dachte –»

«Jon und ich müssen zu einer Sache vom Fernsehen, die übliche Aufguß-Party mit ein paar Promis als Sahnehäubchen, aber er kommt nicht drum herum, Kontaktpflege und so, du weißt schon... Hab ich dir schon erzählt, daß er bei dieser großen neuen Serie über Hungersnöte mitmacht? Ins Bild kommt er nicht, aber man hört, wie er die Opfer interviewt. Für Dritte-Welt-Katastrophen scheint er zur Zeit unheimlich gefragt zu sein.»

Als sie Aileens Blick begegnete, schottete Jenny sich mit einem zynischen Auflachen ab. «Morgen abend kommen ein paar Leute zum Fondue», sagte sie im Gehen. «Schau doch mal vorbei, wenn du Lust hast. Eine Gabel findet sich schon noch für dich.»

«Tut mir leid, da habe ich schon was vor», schwindelte Aileen.

Sie drückte ihre Zigarette aus und ging über die schwankenden Bodenbretter zum Fenster. Das Glas war voller Tropfen, der Regen war so fein, daß er regungslos in der Luft zu hängen schien, als seien die Wolken unter ihrem eigenen Gewicht zusammengebrochen wie eine altersschwache Zimmerdecke. Sie war sehr stolz darauf, daß sie Jenny eine Begründung für ihre Tränen geliefert hatte, ohne den wahren Grund preiszugeben. Denn Aileen hatte Jenny nicht alles erzählt, was sie bei der Polizei erfahren hatte. Bei weitem nicht. Steven und seine Mutter hatten unter anderem auch deswegen im Elend gelebt, weil der Geliebte der Frau, ein Kurier, der routinemäßig Cannabis aus Europa einschmuggelte, sich mit ihren Ersparnissen aus dem Staub gemacht hatte, statt dafür, wie er ihr versprochen hatte, zwei Flugtickets zu kaufen, mit deren Hilfe sie sich in einem fernen Land in Sicherheit hätten bringen können. Inzwischen wußte sie, daß sie schwanger war, und ahnte zumindest, daß ihr als Drogenzwischenlager genutztes Haus in Südlondon unter Beobachtung stand. Als die Polizei ein paar Wochen später zuschlug, konnte nur ihr Freund sich der Verhaftung entziehen. Später sagte Stevens Mutter aus, der Freund habe sich mit ihr in Heathrow treffen und die Tickets mitbringen wollen, dort aber war er nicht aufgetaucht. Statt dessen war er von Gatwick nach Holland und von da zurück nach Amerika geflogen. Für amerikanische Verhältnisse war der Fall relativ unbedeutend, deshalb war kein Auslieferungsantrag gestellt worden, obgleich der Polizei Name und Anschrift des Mannes bekannt waren. Und auch Aileen kannte seinen Namen.

Das erklärte so manches. Es erklärte die Ähnlichkeit zwischen Steven und Raymond, die sie so beunruhigt hatte. Es erklärte Raymonds rätselhafte Reisen während des Studiums in Brighton und die Tatsache, daß er immer gut bei Kasse war, obwohl er durchaus keinen reichen, großzügigen Vater besaß, wie sie damals gedacht hatte. Es erklärte, warum ein für Frauen derart attraktiver Mann sich mit einem Mädchen wie Aileen eingelassen hatte – schüchtern, unauffällig, aber eine so «typisch englische, stinknormale Braut», daß ihn der Zoll nach seinen Kurztrips auf den Kontinent immer durchwinkte, wenn er sie auf dem Soziussitz hatte. Es erklärte seine plötzliche Rückkehr nach Amerika – angeblich zum Besuch seiner Mutter, die damals schon ein paar Jahre tot war –, es erklärte, warum er Aileens leidenschaftliche Briefe nie beantwortet hatte und keine überschwengliche Begeisterung an den Tag legte, als sie in jenem Sommer plötzlich bei ihm aufgetaucht war. Eigentlich hätte sie jetzt Genugtuung empfinden müssen. Ihr Gefühl hatte sie nicht betrogen: Sie war nicht verrückt, Raymond war wirklich der Vater des Jungen. Doch Genugtuung oder auch nur Erleichterung blieben aus. Im Augenblick empfand sie überhaupt nicht viel. Noch nicht. Ihre Tränen hatten dem Jungen gegolten. Sie selbst war wie die Figur in einem Zeichentrickfilm, die den ersten Schritt über den Rand eines Abgrundes getan hat und den Gesetzen der Schwerkraft zum Trotz fröhlich-ahnungslos weiterschlendert. Sie wußte, daß früher oder später die Realität sie einholen, daß sie dann wie ein Stein in die Tiefe stürzen würde.

Ihr Atem hatte die Scheibe beschlagen und trübte ihr den Blick. Müßig malte sie mit der Fingerspitze die Worte ESSEN SCHEISSEN STERBEN KISTE auf das Glas, dann gab sie sich einen Ruck, wischte alles wieder weg und rieb die Scheibe klar. Sie hatte keine Zeit zu verlieren. Dank der Informationen, die sie von der Polizei erhalten hatte, konnte sie an das Gespräch mit Steven positiver herangehen, als sie es noch vor ein paar Stunden zu hoffen gewagt hatte. Für sie persönlich mochten die gewonnenen Erkenntnisse schmerzlich sein, beruflich aber waren sie ein Geschenk des Himmels. Zum erstenmal hatte Aileen das Gefühl, die Situation voll zu überblicken. Steven Bradley hatte in seinem Leben schon genug gelitten. Von jetzt ab, schwor sie sich, würde alles anders werden. Seine Eltern waren tot, aber er selbst sollte aus den Trümmern gerettet werden, sollte heil und gesund aufwachsen. Alle, die mit ihm gesprochen hatten, waren sich darüber einig, daß er im Kern seiner Persönlichkeit noch unversehrt war – auch deshalb war ja auch gegen eine Klinikeinweisung entschieden worden. Die richtige Behandlung seiner seelischen Verletzungen aber war dadurch verhindert worden, daß man ihr wahres Wesen und ihre wahre Ursache nicht kannte. Nachdem das jetzt geklärt war, würde er sich sehr schnell und vollständig erholen, davon war Aileen überzeugt.

Sie richtete es so ein, daß sie kurz vor zwei in der Grünen Station war, damit sie den Jungen erwischte, ehe er mit den anderen zu den nachmittäglichen Beschäftigungsgruppen ging. Als sie in den Aufenthaltsraum kam, mühte sich Steve tapfer mit einem großen Industriestaubsauger und machte dabei so viel Lärm, daß er sie nicht rufen hörte. In Aileen sträubte sich wieder mal alles dagegen, daß man Patienten zu einer sogenannten Arbeitstherapie mißbrauchte, die im Grunde nichts anderes als eine unbezahlte Putz- und Reinigungstätigkeit war und die Betroffenen noch unselbständiger machte. Es dauerte eine Weile, bis sie begriffen hatte, daß sie sich auf solche Überlegungen nur deshalb einlassen konnte, weil die quälende Unruhe, die sie bisher immer beim Anblick des Jungen erfaßt hatte, diesmal gänzlich ausblieb. Inzwischen wußte sie, warum sie so empfunden hatte – der Bann war gebrochen. Als Steve endlich den Staubsauger ausschaltete, fiel es Aileen ganz leicht, zu ihm zu gehen, ihn sanft an der Schulter zu fassen und freundlich, aber knapp zu sagen: «Kann ich dich mal kurz sprechen, Steve?»

Sie setzten sich auf die Couch. Ein Fenster befand sich hier auf Kniehöhe, ein halbes Fenster knapp unterhalb der Decke.

«Hat dir das Mittagessen geschmeckt?» fragte Aileen, während die anderen Patienten den Raum verließen. Der Junge zuckte nur stumm die Schultern.

«Ich bin um mein Mittagessen gekommen», fuhr sie fort. «Ich hatte keine Zeit zum Essen, weil ich bei der Polizei war. Die sind sehr froh, weil sie endlich die Person gefaßt haben, die all diese schrecklichen Dinge getan hat. Und das alles haben sie dir zu verdanken, Steven.»

Er sah sie erschrocken an. «Mir?»

Aileen nickte ihm anerkennend zu.

«Nachdem sie deinen richtigen Namen erfahren hatten, haben sie in ihren Unterlagen festgestellt, daß du schon einmal in Polizeigewahrsam warst. Der Diensthabende erinnerte sich, daß zur gleichen Zeit noch zwei junge Leute auf dem Revier waren. Der eine behauptete, du wärst sein Bruder. Du bist dann mit den beiden gegangen. Die Namen hatten sie sich notiert. Der eine hieß Jimmy, der andere Dave.»

Steven rührte sich nicht, er saß da wie scheintot. «Dave ist im Gefängnis. Er wurde festgenommen, weil er eine alte Dame überfallen und beraubt hat. Mit ihm zusammen ist auch ein gewisser Alex verhaftet worden.»

Auf dem Korridor hallten Schritte. «Woher soll ich wissen, wo es hingekommen ist?» sagte jemand. «Ich wußte gar nicht, daß wir so was haben.» – «Hast du das Rundschreiben nicht gelesen?» fragte eine andere Stimme zurück.

«Dave hat es abgelehnt, mit der Polizei zusammenzuarbeiten, aber Alex hat ausgesagt, daß ihr alle miteinander in einem Abbruchhaus gewohnt habt. Es war noch ein Mädchen dabei, eine gewisse Tracy.»

«Haben sie die auch erwischt?» wollte Steve wissen.

«Wer?»

«Die Polizei.»

Aileen schüttelte den Kopf. Der Junge stieß einen tiefen Seufzer aus und entspannte sich etwas.

«Alex hat ausgesagt, daß Dave und er dich mal im Supermarkt getroffen haben», fuhr Aileen fort. «So kam heraus, daß jemand dir Geld zum Einkaufen gab. Dave und Jimmy hatten sich inzwischen auf Raubüberfälle bei alten Leuten verlegt, aber viel kam nie dabei heraus. Jimmy sagte sich, daß die Person, die dich zum Einkaufen schickte, bestimmt irgendwo einiges an Geld versteckt hatte, sonst hättest du ja all die Sachen nicht kaufen können. Er sagte dem Mädchen, es solle versuchen, dir die Adresse zu entlokken.»

Steve fröstelte kurz, dann saß er wieder ganz still. Das regelmäßige Pochen seiner Halsschlagader war das einzige sichtbare Lebenszeichen.

«Ehe sie aber etwas unternehmen konnten, kamen Arbeiter, um das Haus abzureißen. Jimmy und Dave gerieten sich in die Haare, weil sie sich über die nächsten Schritte und über die Aufteilung der Beute, die sie sich erhofften, nicht einigen konnten. Alex und Tracy holten etwas zu trinken, und als sie zurückkamen, lag Jimmy blau angelaufen auf dem Boden. Ein Herzanfall, befand Dave. Mit Hilfe von Alex schaffte er Jimmy nach oben. Dort fing Jimmy plötzlich an zu zucken, Dave griff sich einen Kleiderbügel und legte ihn Jimmy um den Hals. Dann hängten er und Alex die Leiche in den Schrank, um sie vor der Abrißkolonne zu verstekken.»

Die Jugendpsychiatrie war in Nebel eingehüllt wie in weiße Watte. Normalerweise hörte man draußen den Verkehr vorbeirauschen, heute aber hatte man das Gefühl, irgendwo weit draußen auf dem Land zu sein. Aileen bemühte sich um einen ruhigen, beschwichtigenden Ton und mußte plötzlich an das Kinderprogramm im Radio denken, das sie immer zusammen mit ihrer Mutter gehört hatte, als sie klein war. Eine wohlklingende Frauenstimme hatte dort Geschichten von Häschen, Entchen und

Teddybären zum besten gegeben, und beim Zuhören hatte Aileen die Leuchtskala mit den Namen der vielen fremden Städte studiert – Moskau, Rom, Warschau, Berlin, Tokio. Die Welt war groß und weit, sie war faszinierend, aber ganz, ganz ungefährlich, bevölkert von niedlichen kleinen Kuscheltieren, die allenfalls hin und wieder ein bißchen harmlosen Unfug trieben. Kein Wunder, daß die Leute verrückt werden, dachte sie.

Der einzige Punkt, der Steve anscheinend wirklich berührt hatte, war die Sache mit dem Mädchen. Aileen übersprang deshalb wohlweislich jenen Abschnitt von Alex' Aussage, in dem er geschildert hatte, wie Tracy dem Jungen die Adresse des Hauses in der Grafton Avenue entlockt hatte. Alex hatte auch ausgesagt, Steve habe dem Mädchen erzählt, daß der Bewohner des Hauses unter dem Dach eine Schatztruhe stehen hatte, aber diese ziemlich unwahrscheinliche Angabe, meinte die Polizei, hatte sich Axel wohl aus den Fingern gesogen, um die nachfolgenden Ereignisse zu rechtfertigen.

«Als du vom Zeitungsaustragen nach Hause kamst», fuhr Aileen fort, «brachten Dave und Alex dich in das Zimmer, in dem sie Jimmys Leiche versteckt hatten, und schlossen dich ein. Dann gingen sie allein in das Haus in der Grafton Avenue. Das Mädchen stand Schmiere, Dave und Alex klingelten an der Tür und benützten dabei ein besonderes Klingelzeichen, von dem du Tracy erzählt hattest.»

Steve fröstelte wieder. Aileen wartete, aber er sagte nichts.

«Als Mr. Matthews öffnete, drängten sie sich ins Haus und verlangten, er solle ihnen sein Geldversteck zeigen. Er gab ihnen etwa dreißig Pfund. Das sei alles, was er habe. Dave glaubte ihm nicht. Er durchsuchte das Haus nach der Schatztruhe, und als er sie nicht fand, geriet er in Wut und bedrohte den alten Mann mit einem Schüreisen. Als der sich noch immer weigerte, das Versteck preiszugeben, schlug er auf ihn ein.»

«Nein», fuhr Steve auf. «Das war nicht er. Das war der andere, der mit den Augen, die im Dunkeln glühen und dich verbrennen. Ich hab ihn gerade vorher noch gesehn, wie er um die Ecke gekommen ist. Er war auf dem Heimweg, nachdem er's getan hatte. Er hat ihn aufgemacht, nach allen Regeln der Kunst, aber er hat sich geirrt, da drin hat es gar nicht ausgesehen wie in einem Golfball, da war lauter Blut und Mansch.»

Aileen runzelte die Stirn, die stümperhaften Wahnsinnsszenen des Jungen gingen ihr allmählich auf die Nerven.

«Laß den Unsinn, Steven», sagte sie scharf. «Ich weiß, daß du versuchst, die anderen zu schützen, aber das hat gar keinen Sinn. Dave hat bereits gestanden. Zuerst hat er glattweg abgestritten, daß er dich und Alex kennt, aber die Polizei hat den Wachmännern im Tesco-Supermarkt dein Foto vorgelegt, und einer hat dich erkannt und bestätigt, daß du regelmäßig jede Woche dort eingekauft hast. Er erinnerte sich auch, daß es zwischen dir und zwei Jugendlichen mal eine Auseinandersetzung an der Kasse gegeben hat. Auf dem Polizeirevier hat er dann Dave und Alex identifiziert, und daraufhin hat Dave alles zugegeben.»

«Aber er war es nicht», beteuerte der Junge. «Warum glauben Sie mir denn nicht? Warum glaubt mir denn keiner? Ich hab's ja auch nicht geglaubt. Er ist verrückt, hab ich gedacht, er hat sich das alles nur ausgedacht. Aber es stimmte ja alles. Er hat den Alten umgebracht, und jetzt ist er hinter mir her. Ich hab ihn aus dem Haus kommen sehen. Er weiß, daß ich weiß, was er im Wald mit ihm gemacht hat – genauso, wie er's gewußt hat. Deshalb muß ich hierbleiben, in Krankenhäuser kann er nicht rein, hat er gesagt.»

Aileen hielt seinen wilden Blick fest und bemühte sich, ein bißchen Sinn in den wirren Wortwust zu bringen.

«Mr. Matthews hat dir gesagt, daß dieser Mann dich in Ruhe lassen würde, solange du im Krankenhaus bist?»

Steve nickte. Aileen versuchte ihre Genugtuung zu verbergen. Mit diesem letzten Stück war das Puzzle komplett.

«Jetzt hör mal gut zu, Steven, ich muß dir etwas sagen. Nachdem das Verbrechen entdeckt worden war, hat die Polizei versucht, Angehörige von Mr. Matthews ausfindig zu machen, aber es stellte sich heraus, daß er keine mehr hatte. Sie haben aber sonst so allerlei über ihn in Erfahrung gebracht. Als junger Mann, vor langer, langer Zeit, war Ernest Matthews Soldat. In einem großen Krieg, bei dem viele Menschen sterben mußten. Mr. Matthews wurde schwer verwundet, aber nicht körperlich, sondern an der Seele. Er hatte eine Kriegsneurose. Wenn etwas Schlimmes passiert, wenn das Leben allzu schrecklich, allzu beängstigend wird, bricht der Mensch früher oder später zusammen und wird krank. Und so ein kranker Mensch bildet sich dann ein, daß andere Menschen ihn bedrohen oder versuchen, ihn umzubringen. Das bilden sie sich auch dann noch ein, wenn die Gefahr vorüber ist, wenn sie in Sicherheit sind, umgeben von Menschen, die sich um sie kümmern. So war das auch bei Ernest Matthews. Er muß sehr, sehr krank gewesen sein, denn sie schickten ihn in eine Spezialklinik, und da blieb er fast zwanzig Jahre lang.»

«Aber ich hab ihn doch gesehen», stieß der Junge hervor. «Ich hab Ihnen gesagt, wie er aussah. Und ihm hab ich's auch gesagt, und er hat gesagt, das ist er, der Mann, der hinter ihm her ist.»

«Wir können nicht alles glauben, was Mr. Matthews dir erzählt hat, Steven, aber das konntest du damals natürlich nicht wissen. Er war älter als du, und deshalb hast du ihm natürlich geglaubt. Vielleicht hat er es sogar selber geglaubt. Vielleicht bildete er sich wirklich immer noch ein, sein Leben sei in Gefahr. Oder vielleicht war das auch eine Geschichte, die für ihn gar nicht mehr wirklich war, die er dir aber erzählt hat, damit du weiter zu ihm kommst. Vielleicht hatte er Angst, daß es dir langweilig werden würde, so einen gewöhnlichen alten Mann zu besuchen, und deshalb hat er versucht, sich interessanter zu machen. Wie es sich wirklich verhielt, werden wir nie erfahren. Wir wissen nur, daß das, was passiert ist, nichts mit seinen Geschichten zu tun hatte. Mr. Matthews wurde von einem gewalttätigen, unberechenbaren jungen Mann, einem gewissen Dave, umgebracht. Dieser Dave hatte vorher schon seinen Freund Jimmy ermordet und hatte nichts zu verlieren, indem er einen weiteren Mord beging, zumal er glaubte, der Alte habe irgendwo im Haus eine Menge Geld versteckt, mit dem er sich aus dem Staub machen könnte. So ist Mr. Matthews zu Tode gekommen, Steven, nicht durch irgendeine erfundene Gestalt aus einer Geschichte. Und ich glaube, im Grunde weißt du das auch, du magst es nur nicht zugeben – nicht einmal dir selbst gegenüber. Aber eines Tages, sehr bald vielleicht, wirst du begreifen, daß du kein schlechtes Gewissen zu haben brauchst. Denn das ist doch das eigentliche Problem, nicht? Du hast ein schlechtes Gewissen. Ohne dich, sagst du dir, hätten Dave und Alex nie etwas von Mr. Matthews gehört, und er wäre noch am Leben. Es ist fast, als hättest du den alten Herrn selbst umgebracht.»

Für einen Psychiater, dachte sie, ist so ein Gespräch das, was für die moderne Chirurgie eine Amputation mit Handsäge und einem Schluck Rum zur Betäubung ist. Aber was sollte sie machen? Die Zeit war knapp, und das Geld war knapp, und vor der Kliniktür standen die verstümmelten Seelen Schlange und bluteten sich langsam zu Tode.

«Aber das ist natürlich alles Unsinn. Du hast dem alten Mann kein Leid zugefügt. Im Gegenteil, du warst sein Freund, du hast ihm geholfen. Schön, du hast den anderen gesagt, wo er wohnt, aber du konntest schließlich nicht wissen, was sie anstellen würden. Du hattest nichts damit zu tun. Gar nichts.»

Der Junge saß wieder unnatürlich still, hatte sich ganz in sich selbst zurückgezogen. Aileen tätschelte ihm freundlich die Hand.

«Ich will dir eine kleine Geschichte erzählen, Steven. Als ich eines Tages von der Arbeit nach Hause fuhr, lief vor mir plötzlich eine Katze über die Straße. Ich versuchte auszuweichen, aber das ging nicht, wegen des Gegenverkehrs, ich hörte ein Geräusch unter dem Wagen, spürte einen Ruck. Als ich anhielt und ausstieg, war die Katze tot.»

Aileen rückte ein Stück näher an den Jungen heran, sie hatte die Situation im Griff, jawohl, sie kannte sich schließlich aus in ihrem Fach.

«Es war ein scheußliches Gefühl, ganz furchtbar. Ich habe Katzen besonders gern, und nun hatte ich eine überfahren. Es war ein ganz böser Schock, und ich habe lange gebraucht, um zu begreifen, daß es nicht meine Schuld war. Ich konnte gar nichts machen, ich hätte das Unglück nicht verhindern können. Es hat sehr lange gedauert, bis ich es akzeptiert hatte, aber schließlich habe ich mich damit abgefunden und mir keine sinnlosen Vorwürfe mehr gemacht.»

Sie rüttelte den regungslos neben ihr sitzenden Jungen sanft und versuchte erfolglos, seinen Blick zurückzuholen.

«Was du erlebt hast, ist natürlich viel schlimmer, aber eines Tages wird es auch dir so gehen, wie es mir gegangen ist. Es kann lange dauern, aber eines Tages wirst du begreifen, daß es überstanden ist. Die Vergangenheit ist tot, Steven, vorbei und abgetan. Wir können an die Vergangenheit nicht mehr heran, aber auch sie kann nicht mehr an uns heran. Wir können nur versuchen zu vergessen und statt dessen an das Heute und das Morgen zu denken. Ich weiß, daß dir der Aufenthalt hier gutgetan hat, deshalb habe ich veranlaßt, daß du täglich herkommen kannst, auch wenn du heute nachmittag mit Mrs. Haynes –»

«Sie werfen mich raus?»

Die Verstörung hatte wieder von dem Gesicht des Jungen Besitz ergriffen. Vor der Erkenntnis, daß man ihn seiner mühsam errungenen Zuflucht berauben würde, verlor er erneut die Fassung.

«Aber nein», wich Aileen aus. «Du wirst jeden Morgen hergebracht und kannst den ganzen Tag all das machen, was du bisher schon gemacht hast. Nur über Nacht bleiben kannst du nicht mehr. Sonst ändert sich nichts.»

Steve schien untröstlich. «Ich kann nicht bleiben?»

«Nein, Steven, du kannst nicht bleiben.»

Man muß ihm das ganz klar sagen, dachte sie. Wenn ich falsche Hoffnungen aufkommen lasse, wird alles nur noch schlimmer.

«Und daß du nicht versuchst, in dem neuen Heim Feuer zu legen», sagte sie warnend. «Sonst übergeben sie dich der Polizei.»

Nach einer langen Pause erschien auf dem Gesicht des Jungen ein schmales, schiefes Lächeln. Noch nie zuvor hatte Aileen ihn lächeln sehen. Sie erschrak, denn genauso hatte Raymond immer gelächelt, wenn er sich irgendeinen Streich ausgedacht hatte.

«Dann muß ich also der tapfere kleine Stevie sein», stellte er fest. Ermutigt und erleichtert von dieser Reaktion, gab Aileen sein Lächeln zurück.

«Genau», sagte sie herzlich. «Versuch tapfer zu sein. Ich weiß, daß es schwer ist, aber –»

«Was meinen Sie, ob ich in die Zeitung komme?»

«In die Zeitung?» wiederholte sie verblüfft.

«Weil ich so tapfer bin. Da stehen oft tapfere Kinder drin. Tapfer sein heißt, daß sie sterben müssen. Weil sie die falsche Krankheit haben oder so und kein Platz im Krankenhaus ist.»

Aileen packte den Arm des Jungen fester.

«Du darfst das nicht so dramatisieren, Steven. Es ist grotesk, wenn du dich mit Kindern vergleichst, die lebensgefährlich erkrankt sind. Du wirst nicht sterben, das verspreche ich dir. Du verdienst Mitgefühl, gewiß, du brauchst Pflege und Zuwendung. Aber niemand will dir schaden, wir wollen alle nur das Beste für dich.»

Als Profi erkannte Aileen, daß es Zeit war, das Gespräch zu beenden. Mehr war im Augenblick nicht zu erreichen. Steven mußte jetzt versuchen, sich mit der Wirklichkeit abzufinden, und das war ein hartes Stück Arbeit. Die Rekonvaleszenz nach schweren Wahnvorstellungen ist wie eine Entziehung bei Alkohol oder Drogen. Ohne die bunte Romantik, den düsteren Glanz der Phantasien sieht das Leben zunächst trüb und öde aus. Die Vorstellung, daß alle Menschen da draußen einem ans Leben wollen, ist schlimm genug, aber zumindest hat man dann das Gefühl, im Mittelpunkt zu stehen. Fast noch schlimmer kann es sein, wenn man akzeptieren muß, daß man den Menschen völlig gleichgültig ist. Ich muß weitermachen, dachte Aileen. Der Freitagnachmittag war immer besonders hektisch, nicht nur deshalb, weil dann alles erledigt werden mußte, was sie die ganze Woche vor sich hergeschoben hatte, sondern weil sie an diesem Tag eine Menge bürokratischer Ballast in Form von stationsübergreifenden Seminaren, Sitzungen zum Meinungsaustausch und dergleichen erwartete, den sie insgeheim als Zeitvergeudung betrachtete. Als Beschäftigungstherapie aber waren die Aktivitäten dieses Nachmittags ein voller Erfolg, denn Aileen dachte an Steven Bradley erst wieder, als sie im Büro ihre Siebensachen zusammenpackte, um heimzufahren, und auch dann nur, um sich zu sagen, daß sie gute Arbeit geleistet hatte. Heute vormittag noch hatte sie das Gefühl gehabt, daß die Realität unter ihr wegrutschte wie der Sand am Meer im Sog der Wellen. Sie war bereit gewesen, sich treiben zu lassen, es war so einfach, so verlockend gewesen, nicht mehr in allem einen Sinn sehen zu wollen. Doch sie hatte der Verlockung nicht nachgegeben, und das war ein Sieg, der gefeiert werden mußte, ein Erfolg, den es auszubauen galt. Vielleicht sollte sie sich heute abend ein Konzert oder einen Theaterbesuch gönnen. Wenn sie heimkam, würde sie gleich mal in der Zeitung nachsehen, was auf dem Programm stand.

Sie war schon in der Tür, als Pamela Haynes anrief.

«Sie haben nicht zufällig Steven gesehen?» fragte sie atemlos.

«Gesehen?» wiederholte Aileen scharf. «Sie sollten ihn doch um drei abholen.»

«Das hab ich auch.»

«Na und?»

«Er – er ist weggelaufen.»

«Wie bitte?»

«Ich war dabei, ihn ins Heim zu fahren, der Verkehr war fürchterlich, aber das ist er ja jetzt immer. Gary... ich meine Steven... sagte, daß er eine Abkürzung kennt, da bin ich abgebogen, allerdings hatte ich das Gefühl, daß man gar nicht so sehr abkürzt...»

«Zur Sache, bitte!»

Aileen merkte, daß sie im gleichen Ton sprach wie ihre Mutter, wenn sie Leute einschüchtern wollte, die sie für gesellschaftlich angreifbar hielt.

«Ja, und plötzlich hat er gesagt, er muß mal austreten. Wir kamen gerade an einem Park vorbei, und er sagte, am Tor wäre eine Bedürfnisanstalt, und da habe ich angehalten. Als er nicht wieder rauskam, bin ich an die Tür gegangen und hab gerufen, das war mir ein bißchen peinlich, es war schließlich für Herren und so, aber schließlich bin ich reingegangen, und da war er weg. Zur Tür war er nicht rausgekommen, ich hatte aufgepaßt, und dann sah ich, daß in einer der Kabinen das Fenster kaputt ist. Er muß rausgeklettert und durch den Park weggelaufen sein, und ich dachte, vielleicht wäre er wieder bei Ihnen, deshalb rufe ich an.»

Aileen drückte zwei Finger an die Nasenwurzel. «Wie kommen Sie darauf? Er weiß genau, daß wir ihn sofort wieder zu Ihnen zurückschicken würden.»

«Aber wo kann er denn dann nur sein?» jammerte die Sozialarbeiterin. Auch sie war nach einer langen Arbeitswoche vermutlich fix und fertig.

«Das weiß ich nicht. Es gibt da ein Mädchen, für das er sich offenbar interessiert. Vielleicht sucht er sie. Machen Sie sich keine Vorwürfe, Mrs. Haynes, Sie können nichts dafür. Früher oder später wäre er wahrscheinlich doch weggelaufen, so was hat er schon öfter gemacht.»

Sie legte auf, nahm ihre Sachen und ging langsam zum Wagen. Sie wußte nur zu gut, wohin Steven gegangen war. Zurück auf die Straße, zu den Unsichtbaren. Er hatte versucht, dort Fuß zu fassen, wo die Leute eine feste Adresse und einen richtigen Namen haben, doch diejenigen, die sich um ihn hatten kümmern sollen, insbesondere Aileen, hatten ihn im Stich gelassen. Er hatte unmißverständlich gezeigt, was er brauchte, und das war ihm verweigert worden. Die Verweigerung war unter den gegebenen Umständen nur recht und billig, und trotzdem quälte sich Aileen mit Fragen und Vorwürfen. Natürlich war es Steven gleichgültig, ob er Anspruch auf ein Krankenhausbett hatte oder nicht. Weist eine Mutter ihr Kind ab, weil dessen Sicherheitsbedürfnis größer ist als normal, weil es seine Ration an Liebe aufgebraucht hat? Doch sie war nicht seine Mutter...

Der Verkehr in dieser Gegend war, wie Pamela Haynes ganz richtig bemerkt hatte, fürchterlich. An diesem Nachmittag, als es Aileen ganz besonders nach Hause zog, schien er boshafterweise besonders schlimm zu sein. Die Insassen der im Stau stehenden Wagen musterten frustriert und gelangweilt die Wagen der übrigen Verkehrsteilnehmer, taxierten Automarke, Modell, Alter und Zustand und schlossen daraus auf Beruf, Status, Einkommen und mutmaßliche Wohngegend. Aileen spürte die Augen, die sie im Visier hatten wie Videokameras mit Fernbedienung: Mini mit Beulen, sechzigtausend Meilen drauf, schon ganz schön klapprig, kleine Beamtin oder Verwaltungsangestellte, höher wird sie kaum mehr kommen, fünfzehntausend und ein paar kümmerliche Zuschläge, drei Kinder und Doppelhaushälfte in Greenford. Sie stellte das Autoradio an und schloß die Augen. Der Stau versank, sie fuhren an den Klippen von Ruttingdean entlang, das Sonnenlicht glitzerte und funkelte auf den Wellen, als sende das Meer ihnen eine Botschaft zu. «Was sagt es?» rief Ray. Aileen brauchte nicht zu antworten. Sie kannten beide die triumphierende, die unwiderstehliche Botschaft auswendig, die das Universum ihrer Generation anvertraut hatte. Die ganze Menschheitsgeschichte war nur der Auftakt gewesen für diesen Augenblick, da Technik und der menschliche Geist endlich einen Zustand erreicht hatten, der das Paradies auf Erden ermöglichte. Ray lachte und nahm die Hand vom Lenker, ließ das Motorrad aus eigener Kraft über die kurvenreiche Straße rollen, die sich nach Osten an den Klippen entlangzog bis nach Newhaven, bis zur Kanalfähre.

«Das Schärfste aus dem Jahr 1969», tönte der Ansager. «Wow, Mann! Irre ätzend, easy, total kaputt und so...»

Aileen hatte einen Kloß im Hals. Hinter ihr ertönte ein wildes Hupkonzert. Sie sah auf. Ihr Vordermann war ein paar Meter weitergerückt. Ehe sie den Gang einlegen konnte, schoß ein nagelneuer Ford Sierra in die Lücke. Der Fahrer machte beim Überholen eine wütende Handbewegung, seine Lippen formten unsichtbare Flüche, seine Augen waren voller Haß. Mittleres Management, stark gestresst, fünfundzwanzigtausend Pfund pro Jahr, firmeneigenes Magengeschwür, neu erbautes Eigenheim in Uxbridge, dachte Aileen automatisch.

Auf halber Höhe der Wood Lane gab es einen Schleichweg, auf dem man Shepherds Bush Green umgehen konnte. Das Problem war, am anderen Ende wieder herauszukommen, und deshalb fuhr Aileen diese Strecke nicht oft, aber heute war der Stau so schlimm, daß sie wohl kaum etwas zu verlieren hatte. Als sie zur Kreuzung kam, sah sie, daß sich dort die Autoschlangen überhaupt nicht mehr bewegten. Nachdem sie zehn Minuten dagesessen hatte, ohne auch nur einen Zoll weiterzukommen, fuhr sie rückwärts in eine Parklücke und stieg aus. Um die Ecke war ein ganz nettes Pub, sie würde sich bei einem Drink und einer Zigarette entspannen, bis die Rush-hour vorbei war.

Nach fünfzig Metern versperrte ihr eine kleine Menschenmenge den Weg. Ein Polizeibeamter befragte Passanten, weitere Polizisten standen auf der Straße und leiteten den Verkehr um.

Aileen hörte in der Ferne eine Sirene, die wohl schon eine Weile gejault hatte, ohne daß sie Notiz davon genommen hatte. Vermutlich ein Krankenwagen, der in dem Stau steckengeblieben war. Schief auf der Fahrbahnmitte stand ein weißer Lieferwagen, dahinter ein Bus, der an der Haltestelle gerade wieder hatte anfahren wollen. Einer der Befragten deutete auf den Lieferwagen.

«Ich hatte einfach keine Chance.»

«Wie schnell sind Sie gefahren?» Der Polizist hatte Stift und Notizbuch gezückt.

«Weiß nicht. Vierzig, fünfundvierzig vielleicht. Ist ja schließlich kein Ferrari. Wie ich grad an dem Bus vorbeiwill, kommt er raus – wie 'n Windhund beim Start.»

«Stimmt», bestätigte der Busfahrer und deutete auf einen Mann, der in der Nähe stand. «Der da hat was zu ihm gesagt, und da ist er losgerannt.»

Alle drehten sich um und sahen den Mann an. Unter all den bedrückten und bekümmerten Gesichtern wirkte sein Grinsen fehl am Platz. Der Polizist winkte ihn heran.

«Was haben Sie zu ihm gesagt?»

Der Mann lachte fast verächtlich.

«Nichts.»

«Erzählen Sie doch nichts!» protestierte der Busfahrer. «Ich hab's genau gesehen.»

Der Mann sah aus, als könne er seine Heiterkeit nur deshalb im Zaum halten, weil nicht einmal das hysterischste Gelächter dieser grotesken Situation hätte gerecht werden können.

«Was haben Sie zu ihm gesagt?» fragte der Polizist unfreundlich.

Der Mann zuckte ein paarmal hintereinander die Schultern.

«Ich hab ihn gefragt, ob er weiß, wie spät es ist.»

«Stimmt», sagte eine Frau mit Hund. «Ich hab's gehört.»

Der Polizist schien nicht erbaut von der unerbetenen Einmischung.

«Was ist daran so komisch?» fuhr er den Mann an, dessen Grinsen beleidigend rasch verschwand.

«Wo wohnen Sie?» fragte der Polizist.

«Paxton Grove 29.»

Bisher war Aileen unruhig am Rand der Gruppe herumgelaufen und hatte auf eine Gelegenheit gewartet, ihren Weg fortzusetzen. Jetzt aber blieb sie stehen und sah sich den Mann genauer an. Paxton Grove 29 war ein Heim, in dem psychisch Kranke untergebracht waren, Langzeitpatienten, deren Zustand mehr oder weniger stabil, aber ohne große Aussicht auf Besserung war. Der Mann litt offenkundig an einer chronischen Schizophrenie, deren Symptome durch Medikamente so weit beherrschbar waren, daß man ihn frei herumlaufen lassen konnte.

«Entschuldigen Sie, ich bin Ärztin», sagte sie zu dem Polizisten. «Vielleicht kann ich behilflich sein...»

Er warf ihr einen flüchtigen Blick zu, dann deutete er kopfschüttelnd auf ein deckenverhülltes Bündel, das vor dem weißen Lieferwagen lag.

«Da ist nichts mehr zu machen.»

Aileen wollte gerade erklären, daß sie sich nicht deswegen gemeldet hatte, sondern weil sie eine Erklärung für das sonderbare Verhalten des Zeugen liefern konnte, aber etwas an Form und Größe der zugedeckten Gestalt zog sie unwiderstehlich an. Ihr Status als angebliche Ärztin bahnte ihr einen Weg durch die Menge, und die Polizisten griffen nicht ein, als sie sich vorbeugte, um eine Ecke der Decke anzuheben. Der Schädel war aufgeplatzt, das Gesicht verschmiert wie ein nasses Gemälde, aber an seiner Identität war nicht zu zweifeln. Steven Bradleys kurze Flucht war vorbei.

13

Sie wandte sich ab. Mühsam quälte sich der Verkehr an der Unfallstelle vorbei. Ein Bus schob sich durch die Lücke zwischen dem mitten auf der Fahrbahn stehenden Lieferwagen und den gegenüber geparkten Wagen. Als er an Aileen vorbeifuhr, schwang sie sich auf die offene Plattform und setzte sich im Innenraum auf eine der Querbänke. Inzwischen hatte der Fahrer den Engpaß glücklich hinter sich gebracht und gab Gas. Die anderen Fahrgäste – eine Mutter mit zwei Kindern, ein alter Mann mit einem kleinen Hund, zwei blasse junge Arbeiterinnen und ein Asiate in zweifarbigem Jogginganzug – drehten sich vom Fenster weg und sahen wieder in Fahrtrichtung. Auf dem Oberdeck trampelten schwere Stiefel. «Jetzt kommen wir, jetzt kommen wir», brüllten zwei Stimmen im Takt.

«Das Fahrgeld, bitte.»

«Stamford Brook», sagte Aileen automatisch.

«Fahren wir nicht hin.» Der Schaffner war ein älterer Schwarzer, dessen Stimme und Bewegungen vor Übermüdung etwas Roboterhaftes hatten. «Umsteigen in Acton. Fünfzig Pence.»

Aileen gab ihm das Kleingeld passend.

«Ich konnte nichts machen», sagte sie. «Er ist mir direkt vor die Räder gelaufen.»

Das Trampeln auf dem Oberdeck verstärkte sich.

«Schott-land! Schott-land!»

Der Schaffner gab ihr den Fahrschein.

«Es war nicht meine Schuld», erklärte Aileen. «Deshalb mache ich mir auch keine Vorwürfe mehr.»

Eine der Arbeiterinnen sah sich nach ihr um, dann flüsterte sie ihrer Freundin etwas zu, und beide kicherten. Stiefel dröhnten auf der Treppe, und zwei junge Leute in T-Shirts und hautengen Jeans tauchten auf. Sie hielten geöffnete Bierdosen in der Hand, und einer hatte sich eine schottische Fahne um die Schultern gehängt. Er drohte dem Schaffner mit der Faust.

«Ej, Sambo, haste uns nicht klingeln hören?»

Aileen griff nach seinem Arm.

«Du wirst sterben», sagte sie zu ihm. «Das verspreche ich dir.»

Eine Dose McEwans Bier in einer breiten, mit Hakenkreuzen und Totenköpfen gezierten Faust schwankte wenige Zentimeter vor Aileens Gesicht hin und her.

«Ej, Alte, du bist ja bescheuert», sagte er und wich zurück.

Der weiße Schaum war durch die schlüssellochförmige Öffnung der Dose nach oben gestiegen und erinnerte Aileen an den Kukkucksspeichel, der immer im Frühjahr in den langen Grashalmen am Fluß hing. Stundenlang hatte sie dort gelegen, vor neugierigen Blicken gut verborgen, und mit ihrer Freundin Liz zusammen eine verbotene Zigarette geraucht. Über ihnen zogen die Wolken hin, und hoch oben in den windgezausten Lüften sang eine Lerche ihr jubelndes Lied. Aileens Mutter erzählte gern die Geschichte von den Londoner Kindern, die während des Krieges in die Cotswolds evakuiert worden waren. «Eines Tages kam einer der Jungen ganz aufgeregt nach Hause. ‹Da oben am Himmel hängt 'n kleiner Spatz›, sagte er. ‹Der kann nicht rauf und kann nicht runter und macht 'n Mordskrawall.› Er hatte noch nie im Leben eine Feldlerche gesehen.»

Als Aileen wieder aufsah, waren die beiden Rabauken ausgestiegen. An der nächsten Haltestelle standen die beiden jungen Frauen auf und gingen, behindert durch die engen Röcke, mit kleinen Trippelschritten auf die Plattform. Als sie vorbeikamen, kicherte Aileen nur unterdrückt, aber sobald sie ausgestiegen waren, lachte sie laut heraus. Immer wieder hielt der Bus, Fahrgäste stiegen ein oder aus. Schließlich stand Aileen auf.

«Noch nicht», sagte der Schaffner.

«Schon gut, ich kenne mich aus.»

Draußen aber kamen ihr die Straßen fremd vor. Ich laufe einfach mal los, sagte sie sich entschlossen, früher oder später komme ich schon nach Hause. Hin und wieder bellte ein Hund, wenn sie an einem Haus vorbeikam, sie hörte Musik oder ein jäh aufschießendes Lachen aus dem Fernseher oder dem Videorecorder, sah Licht in einem leeren Zimmer brennen. Natürlich konnte das alles auch nur simuliert sein, zu Tarnungszwecken ein- und ausschaltbar mit diesen Zauberkästen, wie Douglas einen hatte.

Als es dunkelte, ging sie durch eine lange, etwas ansteigende baumbestandene Straße. Die Häuser hatten Erkerfenster mit jeweils acht gerundeten Scheiben, und wenn ein Auto sich näherte, streiften die Scheinwerfer die Scheiben, eine nach der anderen, so daß sie aufblinkten wie ein Leuchtturmfenster. Doch nach ein paar hundert Metern war alles wieder vertraut, und sie konnte sich nur wundern, daß sie sich vorhin nicht gleich zurechtgefunden hatte.

Vielleicht bin ich eine ungewohnte Strecke gegangen, dachte Aileen. Selbst vertraute Orte können einem bei der Annäherung aus einer ungewohnten Richtung fremd vorkommen. Sie machte sich weiter keine Gedanken darüber, die Hauptsache war, daß sie ihr Ziel erreicht hatte. Trotz allem, was geschehen war, freute sie sich darauf, nach Hause zu kommen und die Tür hinter sich zuzumachen, freute sich aufs Essen und Trinken und Fernsehen. Das Leben geht weiter, sagte sie sich. So ist das nun mal. Es geht weiter, immer weiter. Und eines Tages ist es dann zu Ende.

Als sie vor der Haustür nach ihren Schlüsseln suchte, läutete im Haus das Telefon. Vermutlich Douglas, der melden wollte, daß er gut angekommen war. Wie nett von ihm.

Manchmal hegte sie durchaus herzliche Gefühle für Douglas, besonders wenn er nicht da war. Blindlings kramte sie in ihrer Handtasche herum, fingerte ihre Geldbörse heraus und ihren Taschenkalender, Make-up, zwei Briefe und ein Päckchen Papiertaschentücher, aber keine Schlüssel. Das Telefon verstummte jäh. Sie sah förmlich, wie Douglas den Hörer auflegte und sich umwandte, enttäuscht oder ärgerlich oder vielleicht sogar besorgt. Die Schlüssel... ja, natürlich, die hatte sie in der Tür des Mini stecken lassen.

Damals, als sie mit Raymond nördlich von Los Angeles durch die Berge gefahren war, hatte sie an fast jeder Kurve ein schwarzes Schild mit einem oder mehreren Totenköpfen gesehen. Jeder Totenkopf, erläuterte Raymond, stand für einen tödlichen Unfall, der sich an dieser Stelle ereignet hatte. Als ihr Taxi zu der Stelle kam, an der vor ein paar Stunden Steven Bradley sein Leben verloren hatte, erinnerte nichts mehr daran, daß hier etwas Ungewöhnliches oder Bedeutsames geschehen war. Aileen zahlte und bog um die Ecke. Ja, hier hatte sie den Mini abgestellt. Der Wagen war verschwunden und mit ihm die Hausschlüssel. Ihre Adresse stand auf mehreren Briefen und anderen Schriftstücken, die auf der Rückbank lagen. Das bedeutete, daß sie es nicht wagen konnte heimzufahren, aber ehe sie das ganz begriffen hatte, sah sie Steven. Er stürzte sich auf sie wie ein Wolf, rannte blindlings über die Straße, direkt vor einen Wagen, der keinen Zentimeter zur Seite wich, als sei der Junge gar nicht da. Aileen schrie laut los, um ihn zu warnen, sie schrie, bis die Leute ans Fenster gelaufen kamen, weil sie sehen wollten, was dort unten los war.

Aileen hatte Glück: Das Taxi, mit dem sie gekommen war, stand noch am Straßenrand, der Fahrer war gerade dabei, seine Einnahmen zu zählen. Er habe schon Feierabend, sagte er, aber als sie ihm ihr Ziel nannte, grinste er und nickte. Er setzte sie seitlich vom Hauptgebäude ab, vor dem Schild VORSICHT GEFCHEM. Die Leute von der Nachtschicht waren sehr teilnahmsvoll, als sie von dem verschwundenen Auto und dem Verlust ihrer Schlüssel berichtete, und versorgten sie mit Tee und Keksen. Ja, natürlich könne sie hier übernachten. Am nächsten Morgen, sagte sich Aileen, kommt dann schon alles in Ordnung. Doch erst einmal mußte diese Nacht überstanden werden. Ehe sie sich hinlegte, ging sie an den Apothekenschrank und griff nach dem Valium. Eingedenk früherer Erfahrungen, beschränkte sie sich diesmal auf die vom Hersteller empfohlene Dosis, auch wenn ihr Zimmer im Souterrain und das Fenster vergittert war.

Eins aber war ganz ähnlich wie damals: Als sie aufwachte, war es heller Tag, und sie lag im Krankenhaus. Von Wundern sprach diesmal niemand, aber Wunder sind ja auch etwas Einmaliges. Das Verblüffendste aber war: Sie hatte wieder den Traum vom Fliegen gehabt, und diesmal war er gefährlich nah an ihr Bewußtsein gerückt. Sie hatte das Gefühl, daß ein kleiner Anstoß genügte, um ihn zurückzuholen. Doch ihr Wachbewußtsein war dazu ein zu stumpfes, ungefüges Instrument, und wenig später hatte sie das Gefühl, das alles sei nur eine Illusion gewesen. Sie wusch sich, zog sich an, bedankte sich beim Personal und machte sich auf den Weg zur U-Bahn. Es war ein warmer, heiterer Tag, und auch ihre Stimmung hatte sich aufgehellt. Es war doch so etwas wie ein Wunder geschehen: Ihr sonderbares Benehmen von gestern abend war darauf zurückzuführen, daß sie unter Schock gestanden hatte. Der war jetzt überwunden.

An der U-Bahn erlitt ihre gute Laune einen kleinen Dämpfer, denn sie stellte fest, daß sie ihre Handtasche in der Klinik vergessen hatte. Offenbar spukte das Valium doch noch in ihrer chemischen Suppe herum, anders ließ sich diese Fehlleistung kaum erklären. Sie überlegte, ob sie noch einmal zurückgehen sollte, aber es war ein ziemlich langer Fußweg durch eine wenig reizvolle Gegend von West Kilburn. Außerdem war in der Tasche nichts Wertvolles gewesen. Geld und Kreditkarten waren in der Geldbörse, die sie gestern abend, nachdem sie das Taxi bezahlt hatte, in die Manteltasche gesteckt hatte. Das Problem war der Verlust der Schlüssel. Sie würde die Polizei verständigen und dann einen Schlüsseldienst holen müssen. Darüber ging vermutlich der ganze Tag hin – ausgerechnet heute, wo sie sich so sehr nach Entspannung, nach Ruhe und Frieden sehnte.

Auf Paddington kam ihr dann die rettende Idee. Beim Umsteigen in die District Line sprang ihr das Schild «Zur Fernbahn» förmlich in die Augen.

Ohne auch nur eine Sekunde zu überlegen, folgte sie dem Pfeil, ging zum Schalter und ließ sich eine Wochenend-Rückfahrkarte nach Cheltenham geben. Es war die ideale Lösung. Sie versuchte, vor Fahrtantritt noch ihre Eltern anzurufen, aber die Telefonzellen waren alle belegt oder unbenutzbar. Macht nichts, dachte Aileen, sie freuen sich bestimmt, wenn ich komme, auch wenn ich mich nicht angemeldet habe und nur die Sachen mitbringe, die ich am Leib trage. Ihre Eltern würden Verständnis für sie haben, sie hatten es immer gehabt. Vom Haus ihrer Eltern aus würde sie die Polizei anrufen, den Diebstahl des Wagens und der Schlüssel melden und die Beamten bitten, ihr Haus im Auge zu behalten. Welche Wonne, ein paar Tage London den Rücken zu kehren, sich im Elternhaus umsorgen zu lassen...

Der Zug war schmuddelig, heiß und sehr voll. Aileen legte ihren Mantel in die Gepäckablage und zwängte sich auf einen Eckplatz. Sie lehnte sich zurück und schloß die Augen. Als sie aufwachte, waren sie schon auf dem Land. Flache Felder, in helles Sonnenlicht getaucht, zogen vorbei, hinter denen sich sanfte Hügelkuppen erhoben. Im Zug war es etwas leerer geworden. Ihr gegenüber saß ein Mann, der ein selbstzufrieden-düsteres Gesicht machte und in einer Zeitung mit reißerischen Schlagzeilen blätterte. Neben ihm, auf dem Fensterplatz, hatte ein gnadenlos geschwätziger Mittelstandsvater einen kleinen Jungen auf dem Schoß und erklärte ihm die Landschaft. Er nannte ihm sämtliche Gebäude und Tiere, erläuterte ihre Funktion und ihren Zweck und machte seinen Sprößling mit den zahlreichen Annehmlichkeiten einer Welt bekannt, die erschaffen worden war, auf daß er sie sich untertan mache.

Aileen schlief immer wieder kurz ein. Draußen hatte sich inzwischen das Bild gewandelt. Die kahlen Kreide- und Tonformationen waren der sanft begrünten Kalksteinlandschaft gewichen, die sie so gut kannte: Täler, die zu groß schienen für die von Farmen und Weiden gesäumten kleinen Wasserläufe, Wiesen mit gelassen grasenden Schafen, Dörfer, die wie durch einen Erosionsprozeß freigelegt schienen. Hier im Zug hing noch London, draußen aber, jenseits der mit Stadtstaub bedeckten Scheiben, lag eine Landschaft, die so eng mit Aileens Kindheit verknüpft war, daß sie ihr wie ewig jung erschien.

Als sie nach dem nächsten Nickerchen die Augen wieder aufschlug, hielt der Zug auf einem kleinen Bahnhof. Die Sonne brannte auf ihren Platz, so daß ihr in dem leichten, gestern noch zu dünnen Baumwollkleid der Schweiß ausbrach. Ein paar Abteile weiter dröhnten Reggae-Rhythmen aus einem tragbaren Stereogerät, über denen ein Rap-Sänger stimmliche Karateübungen vollführte. Gegenüber saß jetzt eine geplagte Mutter mit ihrem Kind. Die Mutter sah stur aus dem Fenster, bewußt das Kind ignorierend, eine laut heulende Sechsjährige mit wabbeligem Puddinggesicht.

«Mach nicht so ein Theater», fuhr die Mutter sie an.

Sie kann nicht rauf, und sie kann nicht runter, dachte Aileen, das ist das Problem, aber sie mischte sich wohlweislich nicht ein. Die Musik stieß und stach, das Kind heulte, der Zug rührte sich nicht, er stand da wie festgenagelt. Sonne strömte in breiten Bahnen durch das schmutzige Fenster, es war unerträglich heiß und stickig. Das heulende Kind und der Ghettoblaster führten einen erbitterten Kampf miteinander. Die anderen Fahrgäste schien das nicht zu stören, aber Aileen dachte: Ich werde verrückt, ich muß hier raus. Sie machte die Zugtür auf und stieg aus, um festzustellen, wie lange sie noch würden warten müssen. Draußen war es wohltuend kühl und frisch. Die Sonne, abgemildert durch den leichten Wind, war keine Strafe mehr, sondern eine Liebkosung.

«Hey!» Ein Uniformierter winkte ihr aus dem nächsten Wagen zu. «Steigen Sie wieder ein.»

«Wie bitte?» fragte Aileen ablehnend.

«Hier können Sie nicht aussteigen, der Zug hält hier nicht.»

Der einzige Vorteil des Zusammenlebens mit einem Scheißkerl war es, daß man lernte, mit all den anderen Scheißkerlen umzugehen, die einem tagtäglich über den Weg liefen. Die Worte des Zugbegleiters erinnerten Aileen an einen Abend, als Douglas ungewohnt früh nach Hause gekommen war und sie ihn mit den Worten begrüßt hatte: «Ich dachte, du bist noch im Büro.» Seine niederschmetternde Replik hatte sie nie vergessen.

«Es gibt zweifellos zahlreiche sinnreiche Möglichkeiten nachzuweisen, daß Sie sich irren», sagte sie sehr von oben herab zu dem Zugbegleiter. «Unter den gegebenen Umständen aber möchte ich mich darauf beschränken festzustellen, daß der Zug sehr wohl gehalten hat und daß ich, wie man sieht, ausgestiegen bin.»

Der Mann antwortete nicht, und in diesem Moment fuhr der Zug an. Aileen begriff jetzt, was er gemeint hatte. Dies war kein fahrplanmäßiger Halt, sondern ein stillgelegter Bahnhof, auf dem der Zug nur stehengeblieben war, bis er wieder freie Fahrt hatte. Der Bahnsteig war noch einigermaßen in Ordnung, nur hier und da drängte sich Unkraut zwischen den Platten nach oben, aber die Namensschilder waren verschwunden, und das Stationsgebäude sah aus wie nach einem Bombenangriff.

Der Zug bog um eine Kurve, und das Signal sprang lautlos wieder auf Rot um. Aileen lachte vor sich hin. Recht war ihr geschehen! Sie hatte sich in ihrer eigenen – oder vielmehr in Douglas' – Falle gefangen. Nun würde sie wohl oder übel bis zum nächsten Dorf laufen müssen, um von dort aus ihre Eltern anzurufen. Weit konnte es nicht mehr sein, und zum Glück war ihr Vater immer froh, wenn er einen Vorwand hatte, den Wagen zu bewegen. «Aber was ist denn bloß passiert?» würde er fragen. «Es ist eine lange Geschichte», würde sie antworten. Sie kletterte durch den schlapp herunterhängenden Stacheldrahtzaun, der den Bahnsteig vom Bahnhofsplatz trennte, und ging die Auffahrt hinauf. Der Kies knirschte unter ihren Füßen. In dieser wohltuenden Ruhe, umgeben von all diesen Düften und Lauten, in der strahlenden Sonne und der leichten Brise, die sanft die goldenen Härchen auf ihren Armen bewegte, konnte sie sich über dieses Mißgeschick einfach nicht ärgern.

Der Pfad mündete in eine schmale Straße, die den Fluß und die Bahnlinie überquerte und auf der anderen Seite des Tals anstieg. Die Wegränder waren ein undurchdringliches Dickicht dünner, verfilzter Ranken, die durch ihr eigenes Gewicht nach unten gezogen wurden. Normalerweise fürchtete Aileen den Winter, jetzt aber war es fast eine Erleichterung, sich vorzustellen, daß all dieses nutzlose Gewucher dann verschwinden würde. Es schien fast bedrohlich in seiner ungehemmten Ausdehnung. Nach einer Weile kam sie auf eine richtige Straße mit einer weißen Trennungslinie in der Mitte. Einem Wegweiser entnahm sie, daß es nach links 5 ¾ Meilen zum nächsten Dorf waren, nach rechts war es nur eine halbe Meile. Auf der anderen Straßenseite standen zwei eindrucksvolle Torpfosten. An einem war ein Schild angebracht, in goldenen Lettern auf blauem Grund stand da:

Netherbourne Hall
Seniorenheim Goldenes Zeitalter

Ein weiteres Schild verkündete: «Keine Durchfahrt». Hinter den Torpfosten erkannte Aileen ein elisabethanisches Herrenhaus mit Giebeln, Zinnen, bleiverglasten Fenstern und hohen Schornsteinen, erbaut aus dem honiggoldenen Stein dieser Gegend, das ihr irgendwie bekannt vorkam. Sicher war sie irgendwann mal mit ihren Eltern hier gewesen, auf einem ihrer Sonntagsausflüge. Vielleicht kann ich von dort aus anrufen, dachte sie. Wenn es ein Altersheim ist, kann es nicht ganz unzugänglich sein, hin und wieder kommen doch sicher Angehörige zu Besuch. Die Auffahrt führte bogenförmig nach rechts durch eingezäuntes Parkland, auf dem Schafe weideten. Hin und wieder zog eine Wolke über die

Sonne, die die Farben dämpfte und die Landschaft kühl und stumpf erscheinen ließ. Als Aileen sich dem Haus näherte, kamen ihr Bedenken. Es gab sicher genug Leute, die hier herumlungerten und sich unter fadenscheinigen Vorwänden Einlaß verschafften, um zu fotografieren. Aber da sie nun schon mal so weit gekommen war, ging es wahrscheinlich schneller, quer über den Rasen abzukürzen und den Weg zum Dorf zu suchen, das nach Angaben des Wegweisers nur eine halbe Meile in dieser Richtung lag.

Selbst ihr Nachbar, der anspruchsvolle Mr. Griffiths, wäre wohl mit diesem Rasen einverstanden gewesen, einer prachtvoll gepflegten, in schnurgeraden Bahnen gemähten weitläufigen Grünfläche mit zwei kreisrunden Blumenbeeten. Sie waren um zwei Baumstämme herum gepflanzt, deren Stümpfe wahrscheinlich so tief gingen, daß ihre Beseitigung zu aufwendig gewesen wäre. Aileen ging langsam über den Rasen und warf ab und zu einen unruhigen Blick zum Haus hinüber. Sie hatte das Gefühl, als könne sich jeden Augenblick scheppernd ein Fenster öffnen und jemand fragen, wer sie war und was sie hier zu suchen hatte. Doch alles blieb still. Wenig später war sie auf dem Weg, der an dem anderen Flügel des Hauses vorbei zu einem Hain mit hohen Rhododendren führte. Dahinter stand eine kleine Kirche. Aileen beschloß, einen kurzen Blick in den Kirchenraum zu tun. Ihre Mutter kannte in dieser Gegend sämtliche Kirchen weit und breit, und falls diese hier zufällig einen Taufstein aus dem 13. Jahrhundert oder ein besonders gut erhaltenes Balkendach aufwies, würde sie Aileen endlose Vorwürfe machen, wenn sie sich diese Sehenswürdigkeit hatte entgehen lassen. Schon zerbrach Aileen sich den Kopf, worüber sie mit ihren Eltern reden sollte.

Sie ging durch das überdachte Friedhofstor. Der kleine Weg führte an schiefstehenden Grabsteinen mit eleganter, aber weitgehend unleserlicher Beschriftung vorbei. Die Vorhalle war durch eine Gittertür geschützt, um die Vögel am Eindringen zu hindern. Die Gittertür stand offen, aber ob auch die Kirche selbst geöffnet war? Heutzutage waren so viele Kirchen abgeschlossen. Damals, bei ihren Ausflügen mit den Eltern, wäre das undenkbar gewesen. «Das Haus Gottes steht immer offen», hörte sie die salbungsvolle

Stimme ihrer Mutter und gleich darauf das mißbilligende Zungenschnalzen, als ihr Mann hinzufügte: «Im Gegensatz zu den Wirtshäusern. Leider...» Aileen griff nach dem schmiedeeisernen Ring, der in die schwere Tür eingelassen war, und drehte ihn. Es klickte hörbar, und die Tür ging auf. Im Kirchenraum roch es modrig, wie in einem Keller. Auf einem Tischchen an der Tür waren Gesangbücher gestapelt. Darüber hing ein Anschlagbrett mit einem Bild von Dürreopfern in Afrika und einem verblaßten maschinegeschriebenen Zettel, dem zu entnehmen war, daß hier jeden vierten Sonntag jedes zweiten Monats ein Gottesdienst abgehalten wurde.

Langsam machte sie ihre Runde. Die Kirche war offenbar recht brutal renoviert worden; am sehenswertesten waren noch die Gedenktafeln aus drei Jahrhunderten, die an den hiesigen Landadel erinnerten. Die erste zeigte einen elisabethanischen Gentleman, der sich mit vornehm-gelangweilter Miene auf einen Ellbogen stützte, als sei der Tod die letzte in einer langen Reihe gesellschaftlicher Verpflichtungen, denen er klaglos, aber ohne große Begeisterung nachgekommen war. In den nächsten hundert Jahren herrschte ein kühl-klassizistischer Stil mit Marmorurnen und Girlanden vor, danach setzte viktorianische Gewichtigkeit ein. Die jüngste Platte, gleich an der Tür, war aus Messing mit roten und schwarzen Buchstaben. Sie gedachte zweier Brüder, Rupert Jeffries, 1898–1916, *Dulce et decorum est pro patria mori,* und Maurice Jeffries, 1898– , *Et in Arcadia ego*. Merkwürdig, dieses fehlende Todesjahr. Als sei der Mann gar nicht wirklich tot. Die Broschüre über die Geschichte der Kirche, die Aileen neben den Gesangbüchern fand und für die eine Spende von «mindestens Sixpence» erbeten wurde, half ihr bei diesem Problem nicht weiter. Darin stand nur, daß das Herrenhaus nach dem Tod der beiden Erben im Ersten Weltkrieg eine Weile unbewohnt gewesen und jetzt «wie so viele unser großen Herrenhäuser praktisch aufgegeben» war. Erst als sie ihre Spende in die Sammelbüchse schieben wollte, merkte Aileen, daß die Geldbörse in der Tasche ihres Mantels steckte, den sie im Zug in der Gepäckablage deponiert hatte.

Draußen hatte es sich bezogen, es war jetzt fast unangenehm

schwül. Der Verlust der Geldbörse war ein Schlag. Es waren nur zehn Pfund darin gewesen, aber das war alles an Geld, was sie bei sich hatte. Der Reiz der Landpartie verblaßte zusehends. Sie würde sich eine Telefonzelle suchen und ein R-Gespräch führen müssen, aber dazu mußte sie erst mal ins Dorf kommen. Sie ging auf den Weg von vorhin zurück und stand wenig später vor einem zweiten imposanten Tor, das aus dem Gelände hinausführte. Es war verschlossen, mit Ketten gesichert und offenbar seit langem unbenutzt. Das war doppelt ärgerlich, weil sie nur wenige hundert Meter hinter dem Tor die Dächer des Dorfes durch das Laub der Bäume schimmern sah. Sie hatte jetzt drei Möglichkeiten. Sie konnte den Weg zurückgehen, auf dem sie gekommen war, sie konnte einen schmalen Weg nach rechts einschlagen, der durch ein Schild «Nur Personal» gekennzeichnet war, oder sie konnte den Fußweg wählen, der linker Hand an der Mauer des Anwesens entlangführte. Hier, sagte sie sich, hatte sie die besten Chancen, eine Abkürzung zum Dorf zu finden, und sie machte sich auf den Weg.

Zuerst knirschte noch Kies unter ihren Füßen, bald aber war sie auf einem erdigen Pfad mit zwei tief ausgefahrenen Rinnen und einem Streifen Gras und Wildblumen in der Mitte. Aus dem Parkland wurde Wiese, und der Fußweg führte überraschend steil bergan. Sie ging rasch, weil sie telefonieren wollte, und mußte deshalb häufig stehenbleiben, um wieder zu Atem zu kommen. Bei einer dieser Atempausen pflückte sie ein paar überreife Brombeeren von einem Busch in dem Graben am Weg. Die Beeren platzten beim Pflücken auf und färbten ihre Finger rot. Später bereute sie es, daß sie sie nicht hatte hängenlassen, denn sie hatte nichts, woran sie ihre Hände hätte abwischen können. Es war schon schwierig genug, den Eltern ihre Abenteuer so darzustellen, daß sie selbst dabei nicht als völlig verschusselt dastand. Nicht auszudenken, wenn sie auch noch mit scheinbar blutigen Händen und Sachen ankam! Nirgends führte ein Weg oder eine Fahrstraße zum Dorf. Der Fußweg brachte sie geradewegs zur Hügelkuppe. Aileen sah sich um. Vielleicht fand sie irgendwo ein Stück Papier, an dem sie ihre Hände säubern konnte, aber alles, was sie am Wegrand sah, war ein Arbeitshandschuh aus glänzend rotem, gummiähnlichen Material, der mit der Handfläche nach oben dalag, und ein Stück Plastik, das sich im Stacheldraht verfangen hatte und im Wind knatterte. Endlich kam sie an einen Teich zum Auffangen von Tau oder Regenwasser, der mit schwarzer Folie ausgeschlagen war. Als sie sich bückte, um den Brombeersaft abzuwaschen, sah sie ihr Bild im Wasser. Ihre Figur wirkte schmal und zerbrechlich, das ärmellose weiße Kleid schmiegte sich wie ein Nachtgewand an ihren Körper. Sie steckte die Hände ins Wasser, und das Bild zerrann.

Die Landschaft um sie herum wurde kahler und freier, als sie sich dem Gipfel näherte. Die herkömmlichen Trockensteinmauern waren abgetragen worden, um größere Felder zu schaffen, die sich leichter bearbeiten ließen. Hier hatte Getreide gestanden, man sah noch die Stoppeln. Rauchwolken zogen jetzt über den Weg, erst leicht und dünn, plötzlich dick, undurchdringlich, katastrophenartig heranwallend. In den Rauch mischten sich Flammen, die orangefarben aufleuchteten und sich dann zu einem dunklen Rotbraun oder Glutrot verfärbten. Man hörte ihr lautes Knistern. Als der Rauch vorübergehend wieder dünner wurde, sah Aileen Leute, die mit Heugabeln herumliefen und glimmendes Stroh auf den noch nicht abgebrannten Stoppeln ausbrachten, aber sie waren so weit entfernt, daß sie nicht nach dem Weg fragen konnte, und gleich darauf drehte der Wind, und sie war wieder mitten in den Rauchwolken. Sie konnte kaum noch etwas sehen und tastete sich blindlings vorwärts. Endlich verzog sich der Rauch, und Aileen blieb stehen, um sich zu orientieren. Bei dem Pfad, auf dem sie sich befand, schien es sich um einen dieser alten Weidewege zu handeln, die, ohne an einer menschlichen Behausung vorbeizuführen, meilenweit über die Hügel gehen.

Am Himmel zogen sich die Wolken immer dunkler und drohender zusammen, gleich würde es anfangen zu schütten. Fünfzig Meter weiter stand ein Haus am Weg, und Aileen nahm sich vor, dort Station zu machen. Vielleicht konnte man ihr einen Fußweg ins Dorf weisen, möglicherweise ließ man sie auch telefonieren. Im Näherkommen sah sie verwundert, daß das Gebäude für ein so abgelegenes Anwesen sehr stattlich wirkte. Es hatte drei Geschosse und hohe Giebel und war aus dem Stein dieser Gegend erbaut. Die Mauern waren dick mit Flechten bewachsen. Noch mehr wunderte sie, daß darin keine Spur von Leben zu entdecken war. Neben dem Haus stand ein Wellblechschuppen, in dem landwirtschaftliche Geräte untergebracht waren, aber das Haus selbst schien verlassen. Der Garten war verwildert, einige Fenster waren kaputt, die Haustür stand offen.

Als plötzlich der Staub zu ihren Füßen hochsprühte und die ersten Tropfen ihre Arme trafen, wußte sie, was sie zu erwarten hatte. Wenig später goß es wie aus Kannen, und ihr Kleid war eine Schattierung dunkler geworden. Sie lief in den Garten und stellte sich unter eine gewaltige Eibe. Dicht wie ein Vorhang, den der Wind in Falten legt, hing der Regen über dem Land. Der Weg war zu einem kleinen Bach geworden, der zu Tal floß. Vor den Windstößen bot die Eibe kaum Schutz. Jetzt sah Aileen, daß durch Nesseln und hohes Gras eine Art Trampelpfad zur Haustür führte. Da es aussah, als würde das Gewitter so schnell nicht abziehen, lief sie rasch zum Haus hinüber.

Sie trat über die Schwelle, wo eine trockene, leblose Stille sie umfing. Auf den ersten Blick schien das Haus leidlich in Ordnung zu sein. Um so rätselhafter, daß es unbewohnt war – besonders bei den heutigen Immobilienpreisen in dieser Gegend. Als sie aber etwas genauer hinsah, erwies sich die Intaktheit bald als Illusion. Hier waren keine Vandalen am Werk gewesen, niemand hatte mutwillige Zerstörung begangen, das Haus war schlicht und einfach verfallen. Halle und Treppenhaus waren noch unversehrt, die anderen Räume aber ein Trümmerhaufen. Herabgestürzte Balken, Latten und Putz bedeckten den Boden. Aileen blickte in den weiten Raum über ihrem Kopf, in dem es keine Trenn- und Zwischenwände mehr gab, und horchte auf das Heulen des Windes in der gewaltigen Höhlung des Kamins, auf den Regen, der an die verbleiten Fensterscheiben prasselte. Sie war plötzlich sehr müde und mutlos. Sie sehnte sich nach Hause. Und dann vernahm sie über sich ganz deutlich einen Schrei.

Ruhig und gesammelt, als habe sie so etwas erwartet, wandte

sich Aileen um und ging, vorsichtig über Holzstücke und Putzbrocken hinwegsteigend, zurück in die Halle. Draußen warf sich die Eibe hin und her wie ein Mensch, der Schmerzen hat, aber im Haus regte sich nichts. Aileen griff nach dem Treppengeländer. Als sie ihre Hand wegnahm, war sie voller Schmutz. Sie ging die laut knarrende Treppe hinauf. Die Stufen führten zu einer kahlen Wand, machten einen Knick und gingen dann weiter bis zu einem Absatz, auf den Licht durch eins der zerbrochenen Fenster fiel. Erst als sie nach links blickte, durch eine Türöffnung, hinter der das Nichts lag, regte sich Angst in ihr, aber auch dann nur kurz. Der Schrei, den sie von unten gehört hatte, wiederholte sich immer wieder, klagend, flehend, unüberhörbar. Die Treppe wurde jetzt schmal und steil und führte in gerader Linie nach oben. Die Stufen waren hoch und stark abgetreten, und der Putz im Treppenhaus war dunkel verfärbt, als wären hier ganze Generationen mit den Schultern entlanggestreift. Aileens Körper blockierte nach und nach das Licht, das aus dem Fenster unter ihr fiel, bis sie nicht mehr sehen konnte, wohin sie ging. Sie tastete sich in der Dunkelheit voran, bis ihre ausgestreckten Hände an Holz stießen. Dahinter schrie es lauter und dringlicher denn je. Aileen zerrte und rüttelte an der Tür, sie geriet in Panik, weil keine Klinke da war, dann endlich fand sie einen ziemlich hoch an der Tür angebrachten Riegel. Als sie ihn zurückschob, sprang die Tür auf wie eine Falle, und etwas kam mit einem Schrei, der nichts Menschenähnliches an sich hatte, direkt auf sie zu. Sie sprang zur Seite und hielt sich schützend die Hände vors Gesicht. Im letzten Moment dreht der Vogel ab und flog auf eins der Fenster zu. Er prallte gegen die Scheibe und fiel zu Boden, wo er benommen und jämmerlich schreiend herumflatterte.

Der Dachboden erstreckte sich der Länge und Breite nach über das ganze Haus, ein riesiger Raum mit kahlem Bretterboden, in den durch drei Fenster – eins in jedem Giebel – Licht fiel. Im Dachstuhl sah man die Unterseiten der überlappenden Ziegel. Offenbar war der Vogel durch einen Spalt zwischen zwei Ziegeln ins Haus gekommen und fand nun nicht mehr zurück in die Freiheit. Mit einem Blick, in dem Stolz, Kränkung und ratloser Groll lagen, sah er Aileen an. Wenn sie ihm helfen wollte, brauchte sie nur eins der Fenster aufzumachen. Den halben Weg zu den Giebelfenstern hatte sie schon zurückgelegt, als sie ein Knacken hörte und ein Beben unter ihren Füßen spürte. Der Vogel flog hoch und setzte sich auf einen Zugbalken, während sich der Fußboden in der Mitte des Raumes um mehrere Zentimeter senkte. Als Aileen umkehren wollte, stürzte sie, weil sie die Neigung des Bodens falsch eingeschätzt hatte. Durch den Aufprall brach der Boden vollends ein, doch Aileen registrierte das nur am Rande. Denn nun war es Nacht um sie geworden, eine warme, schwarze, leuchtende Dunkelheit hüllte sie ein. Lockend dehnte sich der weite Rasen unter ihr, der die beiden hohen Buchen umgab. Das Gras war voller Tau, der rein und klar im Mondlicht funkelte, als sie, getragen und umschmeichelt von der linden Luft, darüber hinschwebte, ohne mit den Füßen den Boden zu berühren. Die Vision währte wohl nur so lange, bis ihr Körper unten auf den Steinplatten aufschlug, war aber von so machtvoller Schönheit, daß sie Aileen für alles entschädigte, was ihr je widerfahren war und was ihr noch widerfahren würde.

mann

«Der Mann kann vieles tun. Er kann Herrschaft faßbar machen. Überall ist jemand über ihm, der ihn beherrscht. Dagegen kann er aufbegehren. Überall beherrscht der Mann selber Menschen, ist er Vater, Ehemann, Chef, Direktor, Ausbilder, Ressortleiter... Damit kann er aufhören.»
Volker Elis Pilgrim

Tahar Ben Jelloun
Die tiefste der Einsamkeiten *Was ist aus mir geworden? Ich bin kein Mann mehr. Es ist gefroren, das ist der Tod, der mich zwischen den Beinen packt. Man muß mich operieren. Kannst du keine Röntgenaufnahme machen?*
(rororo mann 8252)
Tahar Ben Jelloun schreibt von der sexuellen Not afrikanischer Fremdarbeiter in Frankreich. Vermittelt werden Einblicke in eine verborgene Welt männlicher Scham, Verzweiflung und Heimatlosigkeit.

Harry Friebel
Die Gewalt, die Männer macht *Lese- und Handbuch zur Geschlechterfrage*
(rororo mann 8267)

Horst Herrmann
Vaterliebe *Ich will ja nur dein Bestes*
(rororo mann 8248)
«Die These, die sich durch dieses Buch zieht, ist so einfach, wie ihre Perspektive einseitig erscheint: Gewaltfreie Liebe gibt es nicht.»

Mathias Jung (Hg.)
Männer lassen Federn *Unbelehrbar oder im Aufbruch?*
(rororo mann 8269)

Tor Nørretranders (Hg.)
Hingabe *Über den Orgasmus des Mannes*
(rororo mann 8216)

Burkhard Schröder
Spuren der Macht *Memmen, Macker, Muskelmänner*
(rororo mann 8264)
Ab-Schnitte *Über Macht und Ohnmacht der Gefühle nach einer Trennung*
(rororo mann 8250)
Unter Männern *Brüder, Kumpel Kameraden*
(rororo mann 8236)
Rechte Kerle *Skinheads, Faschos, Hooligans*
(rororo mann 8271)

Koos van Zomeren
Ottos Krieg *Roman*
(rororo mann 8260)
Drei Männer unterwegs. Wessel Matser, der das Leben studiert. Simon Jorna, der das Leben fotografiert, und Otto Stein, der das Leben erleidet.

Das gesamte Programm der Taschenbuchreihe *mann* finden Sie in der *Rowohlt Revue*. Jedes Vierteljahr neu. Kostenlos in Ihrer Buchhandlung.

rororo sachbuch

3403/2

mann

M Bisinger / U. Büntjen / S. Haase / H. Manthey / E. Schäfer (Hg.)
Der ganz normale Mann *Frauen und Männer streiten über ein Phantom*
(rororo mann 8275)

M. Frings / E. Kraushaar
Männer.Liebe. *Ein Handbuch für Schwule und alle, die es werden wollen*
(rororo mann 8223)
Momente aus dem Leben schwuler Männer. Laute und leise Worte, damit man uns hört. Bilder, damit man uns erkennt.
Liebesdinge *Bemerkungen zur Sexualität des Mannes*
(rororo mann 8213)

Matthias T. J. Grimme (Hg.)
Käufliche Träume *Erfahrungen mit Pornografie*
(rororo mann 8210)

LUST *Die Lust der Frauen. Die Lust der Männer. Unsere geheimen Lüste*
Redaktion von «Ottar, Buchzeitschrift über Sexualität, Zusammenleben und Gesellschaft» (Stockholm / Schweden) Hg.
(rororo mann 8224)
In diesem Buch versuchen Frauen und Männer ihre erotische Lust darzustellen – wie sie sich erinnern, wie sie Lust empfinden und wie sie ihre Lust gerne ausleben würden.

H. u. W. Nutt (Hg.)
Brüderlein fein *Geschichten über ein schwieriges Verhältnis zwischen Männern*
(rororo mann 8262)

rororo sachbuch

Bernd Nitzschke
Die Liebe als Duell *...und andere Versuche, Kopf und Herz zu riskieren*
(rororo mann 8272)
Der Autor legt hier eine Sammlung seiner Texte über Liebe und Sexualität vor.

D. Schnack / R. Neutzling
Kleine Helden in Not *Jungen auf der Suche nach Männlichkeit*
(rororo mann 8257)

Jürgen Volbeding (Hg.)
Die Kraft ist schwach, allein die Lust ist groß *Ein MANN-Lesebuch*
(rororo mann 8242)

Das gesamte Programm der Taschenbuchreihe *mann* finden Sie in der *Rowohlt Revue*. Jedes Vierteljahr neu. Kostenlos in Ihrer Buchhandlung.